Sandy Green

Zaunkönigin

Sandy Green

Zaunkönigin

Roman

Shaker Media

Bibliografische Information der Deutschen Nationalbibliothek
Die Deutsche Nationalbibliothek verzeichnet diese Publikation in der Deutschen Nationalbibliografie; detaillierte bibliografische Daten sind im Internet über http://dnb.d-nb.de abrufbar.

Titelbild: Aus der Serie *Fantastische Landschaften* Aquarell, 2007
der Künstlerin Ilse Alshuth-Goffart, Solingen

Printed in Germany.

ISBN 978-3-86858-553-7

Shaker Media GmbH • Postfach 101818 • 52018 Aachen
Telefon: 02407/95964-0 • Telefax: 02407/95964-9
Internet: www.shaker-media.de • E-Mail: info@shaker-media.de

Dieses Buch möchte ich all den Menschen widmen, die, zum Schweigen verdammt, keine Stimme in unserer Gesellschaft haben.

Mit dem Kauf dieses Buches unterstützen Sie das Projekt „Magdalena" des Caritasverbandes Wuppertal/Solingen

Jeweils 1 Euro pro verkauftem Buch geht zugunsten des Projektes „Magdalena" des Caritasverbandes Wuppertal/Solingen. Dieses Projekt versucht jungen Migrantinnen, die Opfer von Zwangsprostitution, Menschenhandel oder Zwangsheirat geworden sind oder Gewalt erfahren haben, gezielt zu helfen, aus ihrer derzeitigen Situation herauszufinden, über ihre Zukunft selbst zu entscheiden und in ein menschenwürdiges Leben zurückzukehren.

Vorwort von TERRE DES FEMMES

Im gesellschaftlichen Bewusstsein waren die Schicksale der Frauen, die in nationalsozialistischen Arbeitslagern zur Prostitution gezwungen wurden weitgehend ausgeblendet. Viele dieser Frauen waren bereits vorher zwangssterilisiert worden.

Nach der Befreiung verschwiegen die überlebenden Frauen das Erlittene meist – es war weder Raum noch Verständnis für ihre Lage da. Entschädigt wurden sie nicht, psychologische Betreuung gab es nicht. Viele schämten sich, wollten nicht, dass es bekannt wurde. In einem Lagerbordell gewesen zu sein war schändlich – ihnen wurde unterstellt dies freiwillig getan zu haben, um sich Privilegien zu sichern. Dass es ums bare Überleben ging, das wurde nicht gesehen. Wie viele das Erfahrene nicht ertrugen, psychisch und/oder physisch erkrankten, sich umbrachten, ist nicht bekannt.

Und bis heute haftet in fast allen Kulturen die Schande für Missbrauch, Vergewaltigung und Zwangsprostituierung den Frauen an – die vergewaltigten Opfer sind es, die die Familienehre besudeln usw. Und dies bedeutet für die Opfer das nicht enden der Hölle.

Es ist wichtig, dass Literatur die Schicksale dieser Frauen beleuchtet. „Zaunkönigin“ zieht uns mit in Elfriedes Welt, das Ungeheuerliche das ihr widerfährt wird so unmittelbar fühlbar. In „Zaunkönigin“ wird so an Elfriedes Schicksal exemplarisch deutlich, was man diesen Frauen wirklich angetan hat.

Auch wenn das Erlittene nie wieder gut gemacht werden kann, hat das Benennen und die Anerkennung des Geschehenen etwas Heilsames. Oder mit Hannah Ahrendts

Worten gesagt: „Das Höchste, das man erreichen kann, ist zu wissen und auszuhalten, dass es so und nicht anders gewesen ist, und dann zu sehen und abzuwarten was sich daraus ergibt.“

Claudia Brenig (TERRE DES FEMMES)

1

Kräftige Böen pfiffen um die Ecken der Baracken. Der Wind hatte schwere Wolken mitgebracht und sie vor die Unendlichkeit des Himmels geschoben. Jetzt drängte er sie zusammen, türmte sie auf, peitschte sie auseinander, um sie erneut zu Bergen zu ballen, grau und bedrohlich. Ein kleiner Vogel ließ sich vom Wind treiben, flatterte mit unruhigen Flügeln. Es roch nach Regen.

Allmählich legte sich der Wind, das Pfeifen und Heulen verebbte. Am Himmel thronten die Wolken in stiller Reglosigkeit. Dann fiel der erste Tropfen. Mit einem satten „Plopp" schlug er auf dem hart gestampften Lehm auf und färbte die rote Erde dunkel. Ein zweiter folgte, dann immer mehr. Der Regen wusch die staubige Luft rein, kühlte sie. Vom Boden stieg der vertraute Geruch von feuchter Erde auf und erinnerte an frisch gepflügte Felder. Das gleichmäßige Plattern der Regentropfen wirkte beruhigend.

An einer Stelle rissen die Wolken auf, helles Blau wurde sichtbar. Sonnenstrahlen suchten sich einen Weg durch die Lücke, bannten ein goldenes Glühen ins dunkle Grau und brachen sich am herab fallenden Nass. Mit überwältigendem Leuchten zog sich ein Regenbogen über den Himmel. Strahlend und unbeweglich stand er vor den Wolken. Ein Trost. Ein Versprechen?

Langsam schoben sich die Wolken zusammen, verengten den Riss und schlossen ihn schließlich. Der Regenbogen verlor seine Kraft, wurde blasser und löste sich auf. Heftig ergossen sich die Wolken auf die Erde, verwandelten den Lehm in Schlamm und verschluckten das Tageslicht. Wieder kam Wind auf, heulte durch das Zwielicht, trieb den Regen schräg vor sich her und zerrte am groben Stoff des Kleides. Längst hatte es sich voll gesogen, klebte schwer am Körper der Frau und betonte dessen Magerkeit, die es ansonsten hinter seiner weiten Unförmigkeit verbarg.

Unbeweglich stand die Frau, starrte dorthin, wo noch vor Sekunden der Regenbogen gewesen war. Strähnig vor Nässe, hing ihr Haar bis über die Ohren, tropfte ihr auf die Schultern und in den Nacken. Kleine Rinnsaale liefen ihr über die Stirn, suchten sich einen Weg an ihrer Nase vorbei, rannen über ihre Wangen und den Hals hinab. Doch sie stand einfach nur da, starrte in den Regen hinaus, der auf sie niederfiel, auf die Mauern um sie herum, auf den schlammigen Boden und die Holzbaracken, auf die Welt, die nun die ihre war. Klein, begrenzt und gefangen zwischen den Mauern und den Starkstromzäunen. Obwohl sie erst seit zwei Monaten hier war, schien es ihr, als gäbe es keine Welt jenseits der Mauern mehr. Sie konnte die dunklen Umrisse der Tannen sehen, die fast mit den tief hängenden Wolken verschmolzen, doch sie waren ihr fremd geworden. Auch wenn der Wind bisweilen den süßen Duft ihres Harzes mitbrachte, kamen sie ihr unwirklich vor, so wie Besucher aus einer anderen Zeit, die sich hierher verirrt hatten.

Die Frau wandte sich um und betrat die Baracke. Stimmengewirr schwappte ihr entgegen. Von irgendwo kam ein Ruf in polnischem Akzent: „Seht nur, Rehäuglein hat eine Dusche genommen!"

Lautes Gelächter, das schnell wieder verebbte.

„Elfi!"

Dünne Finger zerrten an ihrem Kleid. Sie blickte sich um und sah Grete, ihre Bettnachbarin.

„Elfi, was machst du denn? Wir werden noch früh genug nass. Warum hast du dich nicht ein bisschen ausgeruht?"

„Ich war draußen", antwortete sie.

„Ja, das seh ich."

„Ich habe einen Regenbogen gesehen."

Grete fuhr sich mit den Fingern durch die kurzen Stoppel auf ihrem Kopf. Ihre Augen blickten unsicher umher, vermieden es, die Kameradin anzusehen.

„Meinst du, es war ein Zeichen?"

Gretes Kopf fuhr herum.

„Ein Zeichen?", wiederholte sie mit scharfer Stimme, „Du meinst doch nicht etwa, es gäbe einen Gott, der sich das alles hier ansieht und dann, nach Jahren, bei sich denkt, ach, schick ich den armen Schmuckstücken dort unten mal einen Regenbogen, damit sie sich besser fühlen."

„Grete!"

Doch die Kameradin ließ sich davon nicht unterbrechen. Ihre grauen Augen funkelten in verzweifeltem Zorn. „Vermutlich ist der liebe Gott gerade auf Erholungskur und hat seine Vertretung in der Zwischenzeit dem Teufel persönlich überlassen."

„Lass das mal keine der Bibelfrauen hören!", rief es heiser, worauf ein krächzendes Gekicher folgte.

„Alles raus! Auf! Auf! Zum Appell!" Die kräftige Stimme übertönte das Gemurmel der leise geführten Gespräche.

„Beeilung! Raus! Heute könnt ihr euch vom Regen die Läuse abwaschen lassen!"

Die Stimme eilte durch die Baracke, an den eng stehenden Betten entlang genau auf sie zu. Grete nahm ihre Kameradin am Arm und zog sie zur Tür. Zusammen mit anderen Frauen drängten sie sich ins Freie. Es war windstill. Der kräftige Regen war in ein sanftes Nieseln übergegangen. Wie ein feiner Schleier hing die Feuchtigkeit in der Luft. Winzige Wassertropfen überzogen die Frauen, glitzerten auf dem groben Stoff der Kleider, in den Haaren oder auf den Kopftüchern, setzten sich auf den Gesichtern nieder, die im düsteren Zwielicht wie Seide glänzten. Die Holzpantinen versanken im Schlamm, der in sie eindrang, braun und kalt, sich an ihnen festsog, so dass sie bei jedem Schritt darin stecken zu bleiben drohten. Mühsam zogen die Frauen die Schuhe aus dem Lehmbrei und kamen so nur langsam vorwärts. Die kräftige Frau trieb sie unentwegt vorwärts.

„Na los! Bewegt euch! Alles aufstellen! Wollt wohl lieber im trockenen Bett bleiben?! Schneller!“

Die beiden Kameradinnen sahen sich kurz nach ihr um und konnten gerade noch sehen, wie sie einer alten Frau einen solchen Stoß gab, dass sie vorwärts taumelte. Ihre Holzpantoffeln blieben im Schlamm stecken, sie verlor das Gleichgewicht, ruderte mit den dürren Armen wie ein verhungerter Vogel und fiel der Länge nach in den Matsch. Drei Frauen eilten ihr zu Hilfe, beschimpften die Blockälteste und zogen die alte Frau auf die Beine, klaubten ihre Pantinen aus dem Dreck.

Grete schüttelte den Kopf. „Hast du das gesehn, Elfi? Ist das eine gemeine Sau, die Obermayer, mit ihrem fetten Hintern und dem Wabbelbauch! Elende SS-Hure.“

Elfi zog ihre zornige Kameradin weiter.

„Komm, Grete, das hat doch keinen Sinn! Gegen die haben wir keine Chance.“

„Ich weiß! Das ist es ja, was mich so verrückt macht! Lässt ihre Wut an den Schwächsten aus! Es ist echt das Letzte! Kein Wunder, dass sie als Asoziale hier ist.“

Elfi zuckte zusammen und senkte den Blick. Grete sah sie mit erschrockenen Augen an.

„Du weißt, dass ich auch den schwarzen Winkel auf dem Kleid hab.“ In ihrer Stimme lag kein Vorwurf.

„Entschuldige, Elfi! Es tut mir leid! Ich vergesse es immer wieder. Du bist keine von denen!“

„Schon gut! Sei jetzt lieber still, Grete.“

Die Frauen hatten sich in Reih und Glied aufgestellt. Leises Stimmengemurmel übertönte die gedämpfte Stille.

Lauthals begann die Blockälteste Obermayer mit dem Zählen der Häftlinge. Das Blockbuch in der einen und einen Stift in der anderen Hand, schritt sie vor den aufgestellten Frauen auf und ab und rief eine Nummer nach der anderen, wartete auf die Rückmeldung bevor sie ihre Haken malte. Nachdem Elfis Nummer aufgerufen worden war, ließ sie ihren Blick über die ausgemergelten Körper um sich gleiten. Da entdeckte sie ein Mädchen neben sich, das sie zuvor noch nicht gesehen hatte. Es bibberte. Die Kleine war höchstens vierzehn oder fünfzehn Jahre alt, hatte die Arme eng um ihren Körper geschlungen und klapperte leise mit den Zähnen. Ihre aufgerissenen Augen erinnerten Elfi an ein in die Enge getriebenes Tier. Plötzlich wandte das Mädchen den Kopf und blickte Elfi an.

„Warum müssen wir jetzt schon hier stehen? Das Signal für den Appell ist doch noch gar nicht gegeben worden."

„Das ist ganz einfach, Schätzchen, du bist hier im Strafblock und nicht auf Erholungsreise!", antwortete eine raue Stimme aus der hinteren Reihe.

Elfi versuchte, das Mädchen mit einem Lächeln zu beruhigen.

„Sag mal, Kleine, wie heißt du?"

„Rebecca", stieß sie leise hervor, „Rebecca Goldstein."

„Sau-Jüdin!", zischte die Frau vor Elfi, doch das Mädchen schien es nicht gehört zu haben.

„Du kannst mich Elfi nennen."

Das Zähneklappern wurde etwas leiser. Im unsteten Blick des Mädchens flackerte ein leiser Hoffnungsschimmer auf.

„Bist wohl noch nicht so lange hier, stimmt's?"

Rebecca nickte. „Erst eine Woche." Ihre Augen füllten sich unaufhaltsam mit Tränen. Mit belegter Stimme flüsterte sie: „Ich hatte so schöne lange Haare, ganz glatt und dunkel und geglänzt haben sie in der Sonne."

Elfi nickte stumm.

„Sie haben sie abgeschnitten."

„Damit machen sie jetzt Filzsocken für die *braven* deutschen Soldaten. Damit die sich in Russland nicht die Zehen abfrieren", warf eine dunkle Stimme mit polnischem Akzent ein, doch weder Elfi noch Rebecca reagierten darauf.

Elfi blickte unverwandt zu dem Mädchen hinüber, die mit stumpfem Blick vor sich hinsah, gefangen von den grausigen Bildern ihrer Erinnerung. Erst nach einer ganzen Weile öffnete sie die zusammengepressten Lippen.

„Sie haben mich geschoren."

Es war nicht zu übersehen. Die kaum geschlossenen Wunden der stumpfen Rasiermesser hoben sich rot von der weißen Kopfhaut ab.

„Sie haben mich geschoren", wiederholte das Mädchen. Ihre Stimme war kaum mehr als ein Hauch. „Am ganzen Körper. Männer."

Über ihre Wangen rannen still die Tränen, doch sie schien es nicht zu bemerken, starrte unbeweglich vor sich in den zertretenen Lehm.

Elfi hätte das Mädchen am liebsten umarmt, sie an sich gedrückt und getröstet. Sie wusste, dass weder die mütterlichste Umarmung noch die liebevollsten Worte ungeschehen machen konnten, was Rebecca während der Aufnahme durchgemacht hatte. Nichts würde die Erinnerung an die Angst auslöschen, an die Schreie und Schläge der SS-Männer, an die Scham, als sie sich vor den Augen dieser ausziehen musste, die demütigenden Beschimpfungen, die sie über sich ergehen lassen musste, als sie nackt und zitternd in der Kälte stand, um dann mit stumpfen Messern am ganzen Körper rasiert zu werden, das lange Haar zu verlieren, für das sie immer so bewundert worden war.

Elfi wusste, wie sich Rebecca fühlte. Sie hatte das alles ebenfalls erlebt. Natürlich musste es für ein so junges unschuldiges Kind noch ein viel größerer Schock gewesen sein, als für sie, die sie bereits 23 Jahre alt war und schon einiges erlebt hatte. Inzwischen war ihr Haar ein wenig nachgewachsen. Rebecca würde das wohl nicht erleben. Jüdinnen wurde regelmäßig das nachwachsende Haar vom Kopf geschoren. Elfi sah noch immer zu dem zitternden Mädchen hinüber, das ihr so zart und wehrlos vorkam. Sie spürte, wie Zorn begann, in ihr aufzuflackern, tief aus ihrem innersten Kern, ein hilfloser Zorn, armselig und zu nichts fähig, als zu verzehren. Sie kämpfte ihn nieder. Nichts konnte sie tun, nichts ausrichten. Noch nicht einmal trösten konnte sie das Mädchen. Denn sie mussten stillstehen und durften sich nicht rühren. Verzweifelt blickte sie zu Grete hinüber. Die Kameradin verstand. In deren traurigen Augen spiegelten sich die ihren. Dann schüttelte Grete kaum merklich den Kopf.

Das Durchzählen der Nummern war beendet. Kurz darauf ertönte die Sirene, die die übrigen Blocks zum Abendappell auf den großen Platz rief. Doch niemand kümmerte sich darum. Die Appelle des Strafblocks wurden häufig früher begonnen und später beendet als die sonst schon quälend lange Steherei der übrigen Blocks. Oft stand der Strafblock noch in Reih und Glied, wenn das ganze Lager längst in den Baracken auf den engen harten Stockbetten lag und versuchte, im Schlaf mildes Vergessen und Kraft zum Weiterleben zu finden.

Während nun die Nummern der anderen Blockinsassen aufgerufen wurden, standen die Frauen vom Strafblock still und reglos im Schlamm und warteten auf die Aufseherin. Das Stehen wurde mit jeder Minute mehr zur Qual. Elfi verlagerte ihr Gewicht von einem Bein aufs andere. Ihr Rücken schmerzte entsetzlich und die Beine begannen taub zu werden. Der nasse Lehm, der in ihre Holzpantinen gelaufen war, hatte ihre Füße kalt und gefühllos werden lassen. Nach der schweren Arbeit, die sie den ganzen Tag verrichten mussten, war das endlose Stehen ein Kampf.

Elfi versuchte, sich auf den schwebenden Nebel aus unzähligen winzigen Wassertröpfchen zu konzentrieren. Sie fing sie mit den Blicken ein, begleitete sie bei ihrem langsamen Dahindriften, verlor sie aus den Augen. In ihrem Kopf wurde es leer und dumpf, breitete sich ein fahles

Nichts aus, wie der Nebel, der sie umgab, sie streifte und doch nicht berührte.

Nur nicht denken. Nicht an ein warmes weiches Bett denken, nicht an Essen denken und vor allen Dingen, nicht an Benno denken. Nicht an seine klugen blauen Augen, an sein dichtes blondes Haar, das kaum zu bändigen war und immer wirr in alle Richtungen von seinem ebenmäßig geformten Kopf abstand. Nicht an seine dunkle Stimme denken, die wie Samt klang und ihre Seele streichelte. Nicht an Benno denken! Nicht! Nicht an sein Lächeln, sein Lachen, sein fröhliches Pfeifen. Nicht an sein Summen, wenn er sich auf eine Arbeit konzentrierte. Nicht! Nein! Benno!

„Elfi!"

Das scharfe Zischen Gretes verwischte das lächelnde Gesicht Bennos und holte sie in den kalten Schlamm und die dunstige Luft des Oktobertages zurück. Im ersten Moment blickte sie sich erstaunt um, dann sah sie zu der Kameradin hinüber, die langsam den Kopf schüttelte.

„Elfi! Was machst du denn?"

Elfi wusste zuerst nicht, was Grete meinte. Plötzlich bemerkte sie, dass sie am ganzen Leib zitterte. Warme Nässe rann über ihre Wangen. Sie tastete mit den Fingerspitzen danach, leckte sie ab und schmeckte Salz auf den Lippen.

Unruhe entstand in der hintersten Reihe. Alle Köpfe wandten sich um und entdeckten den ersten ausgemergelten Körper im aufgeweichten Lehm liegen. Die Frauen, die links und rechts des kleinen Häufchens standen, begannen, ihre Kameradin auf die Beine zu ziehen. Mit letzter Kraft gelang es ihnen. Dicht rückten sie zusammen, versuchten, die Schwache zu stützen so gut es ging. Das blau-weiß gestreifte Kleid war dunkel vor Dreck und klebte schwer am Leib, schien ihn wieder nach unten ziehen zu wollen.

„Ruhe!“, brüllte die Blockälteste und stapfte wütend hin und her. Jeder ihrer Schritte verursachte ein schmatzendes Geräusch. Einige der Frauen verzogen die Münder. Schief grinsende, haarlose Schädel mit braunen Zähnen und dunklen Zahnlücken.

„Hört sofort auf, so blöde zu grinsen!“, schrie die Obermayer, blieb aber augenblicklich stehen. Das schmatzende Geräusch verstummte. Doch das Grinsen haftete noch immer auf den Gesichtern und verblasste nur langsam.

Die anderen Blocks waren nun auch durchgezählt, das ununterbrochene Rufen von Nummern verebbte. Nur leise geflüsterte Gesprächsfetzen wehten durchs vergehende Tageslicht.

Endlich kamen die Aufseherinnen. Die Obermayer stapfte zur rechten Seite und brüllte: „Achtung!“

Alle Körper richteten sich auf, selbst gebeugte und krumme Rücken reckten sich.

Die Aufseherin blieb vor den Reihen stehen. Ihre lange Gerte zischte durch die Luft und schlug mit einem lauten Klatschen auf dem Schaft ihrer polierten Stiefel auf. Sie stemmte ihre Hände auf die breiten Hüften und ließ ihren Blick langsam über die Reihen wandern. Verachtung und Ekel spiegelten ihre Augen, als sie jedes einzelne Gesicht vor ihr streiften ohne auch nur eines zu sehen. Als sie die hinterste Reihe kontrollierte, blieb ihr Blick an dem schlammverschmierten Kleid hängen. Ihre Augen wurden zu schmalen Schlitzen. Ihr breites Gesicht mit dem kräftigen Kinn und der schiefen Nase verzog sich zu einer höhnischen Grimasse.

„Ich wusste ja, dass ihr allesamt Dreckschweine seid, aber dass es euch jetzt auch noch Spaß macht, euch im Schlamm zu suhlen“, troff es über ihre wulstigen Lippen.

Langsam ging sie los, vorbei an den Reihen, bis sie hinter der Gestalt mit dem beschmutzten Kleid stehen blieb. Die Gerte durchschnitt pfeifend die Luft und traf den Rücken der Frau. Sie schrie nicht, stöhnte noch nicht einmal, zuckte nur kurz und kippte langsam nach vorne um, glitt fast geräuschlos in den Schlamm und rührte sich nicht mehr.

„Liegenlassen!“, befahl die Aufseherin und marschierte los. Rhythmisch klatschte ihre Gerte auf den Stiefelschaft, bei jedem Schritt, bis sie schließlich wieder vorne stand und der Blockältesten einen Wink gab. Diese bemühte sich, so schnell es ging vorzutreten und das Blockbuch zu überreichen. Die Aufseherin warf nur einen kurzen Blick auf die notierten Zahlen, schlug das Buch mit einem dumpfen Knall zu und gab es der Blockältesten zurück.

Die Sirene heulte. Ende des Appells. Sofort setzten sich die Frauen Richtung Baracke in Bewegung, bleiche gespenstige Gestalten im letzten Licht des Tages. Zurück blieb ein regloses Bündel, das sich hell vom dunklen Schlamm abhob.

Die Aufseherin warf der Obermayer einen kalten Blick zu, wedelte mit der Gerte nach dem stillen Häufchen und befahl:

„Sorg dafür, dass das da weggeräumt wird!“

Schlafen, schlafen, nur schlafen. Wenn sie doch nur schlafen könnte. Hinabsinken ins unbewusste schwarze Nichts. Entfliehen den engen harten Bettstellen, der Kälte, die die Luft durchwebte, der Feuchtigkeit des Nieselregens, der noch immer vom Himmel rieselte und durch die Löcher und zerbrochenen Fenster ins Innere drang, Decken und Kleider klamm werden ließ. Entfliehen dem Hunger, der den Magen aufzufressen begann, sich durch die Eingeweide biss und im Kopf Bilder von den herrlichsten Mahlzeiten entstehen ließ. Entfliehen dem Anblick des Todes, der in so mannigfaltiger Gestalt durch die Reihen der Bettstellen ging, durch die Lagerstraße wandelte und mit seiner knochigen Hand nach allem griff, es festhielt und mit sich zog. Entfliehen. Entfliehen den eigenen Gedanken, die immer wieder zu ihm zurückkehrten, zu dem Geliebten und Ehemann, der Zuhause wartete, zu Benno. Entfliehen der Sehnsucht nach seinem Gesicht, seiner Gestalt, seinen Augen, der Wärme seines Atems, der Berührung seiner Hände, der Sicherheit seiner Arme. Entfliehen dem Schmerz der Trennung und der Ungewissheit, der Angst und der Scham.

Doch sie konnte nicht schlafen. Trotz der schweren Arbeit, die dem Körper alles abforderte, trotz der unendlichen Müdigkeit, der Erschöpfung, wachte sie. Gretes Füße direkt vor ihren Augen, die Beine der Kameradin in den Armen, um nicht vom Hochbett herab zu fallen, nur notdürftig zugedeckt mit der groben Decke, die sie sich zu dritt teilen mussten. Drei Frauen in einem Bett, Fuß an Kopf, um überhaupt genug Platz zu haben. Bei jeder Bewegung, mussten sich die Kameradinnen mitbewegen. Trotz der Enge schlich die Kälte durch die Reihen. Die entkräfteten Körper brachten kaum die Energie auf, ihre eigene Temperatur aufrecht zu halten. Die Haut juckte von den unzähligen Bissen der Flöhe und Läuse, die Decken und Kleider mit den Frauen teilten.

Und dann war da noch der Gestank, der sich in der Luft festbiss und sich nicht vertreiben ließ, der die Schleimhäute reizte, Übelkeit verursachte. Sie würde sich nie daran gewöhnen können. Viele der Frauen hatten die Ruhr und schafften es nachts nicht rechtzeitig aus den Betten und hinaus auf den Abort. Selbst die zerbrochenen Fenster und das undichte Dach vermochten den Gestank kaum zu lindern.

Aber das war nicht nur hier im Strafblock so. Die Ruhr herrschte in fast allen Baracken, verbreitete Fäulnis und ein schleichendes Sterben, wie ihr Bruder, der Typhus.

Elfi schloss die Augen und konzentrierte sich auf die dunkle Leere, die sie erfüllte. Wie lange musste sie noch hier im Strafblock bleiben? Sie hatte jedes Zeitgefühl verloren, wusste nicht mehr, welcher Wochentag war. Im Strafblock gab es kein Wochenende, existierte kein Sonntag. Zu zwei Monaten hatten sie sie verdonnert. Wie lange mochte das jetzt her sein? Sie konnte sich nicht erinnern. Wenn sie doch nur die Tage mitgezählt hätte. Obwohl sie sich hier mit Grete angefreundet hatte, sehnte sie sich nach Pauline, die sie bereits auf dem Transport ins Lager kennen gelernt hatte. Auf sie konnte sie sich verlassen. Pauline war ihr sofort ans Herz gewachsen. Das lag vielleicht daran, weil sie den Kopf beim Nachdenken auch immer so schräg hielt wie Mathilde. Und ihr helles Lachen erinnerte sie an das Mathildes, ihrer besten Freundin. Kein Tag in den letzten Jahren war vergangen, an dem sie sich nicht mit ihr getroffen hatte. Als sie Mathildes Mann an die Front geschickt haben, war sie es gewesen, die die Freundin getröstet und versucht hatte, sie auf andere Gedanken zu bringen, sie von ihrer Angst abzulenken. Die beiden Freundinnen kannten sich seit Kindertagen und es gab keinen Menschen auf der Welt, der so viel wusste von ihr wie Mathilde. Neben Benno war sie es, bei deren Erinnerung ihr das Herz zersplittern wollte. Obwohl Pauline ein völlig anderes Wesen hatte als Mathilde, glich sie ihr doch in so vielen Gesten. Aber das war ihr erst mit der Zeit aufgefallen, als sie Pauline längst wegen ihres weiten Herzens lieb gewonnen hatte. Sie hoffte, dass sie noch am Leben war, dass sie sie wieder sehen würde.

Mit Schrecken dachte Elfi an die Razzia zurück, an die kräftigen Hände der Aufseherinnen, die alles durchwühlten. Es war furchtbar gewesen, als sie ihr kleines, selbst gebasteltes Heft mit den Gedichten aus dem Spalt zwischen den Bodenbrettern gezogen hatten. Bebend vor Wut hatte Pauline dagestanden und zugesehen, wie die Aufseherinnen das Heft zerrissen, wie sie sie ohrfeigten und herumstießen. Natürlich hatte es eine Meldung gegeben. Und nach ein paar Tagen hieß es dann: Für zwei Monate in den Strafblock! Seitdem hatte sie Pauline nicht mehr gesehen.

Mit ihrer Strafe hatte sie sogar noch Glück gehabt. Es gab Schlimmeres. Die Stockschläge zum Beispiel. Es gab Frauen, die sie nicht überlebten. Andere waren danach verkrüppelt und damit schon fast genauso tot.

Pauline war traurig gewesen, wegen der zerstörten Gedichte, doch sie waren nicht wirklich zerstört. Nur das Papier, auf das sie aufgeschrieben waren, hatten die Aufseherinnen mit ihren derben Fingern zerreißen können. Nur das Papier, eingetauscht gegen Brot, das sie sich vom hungrigen Mund abgespart hatte. Aber die Worte, die lebten weiter. Lebten in ihrem Kopf, in ihren Gedanken, in ihrer Seele. Von dort konnte sie kein menschliches Wesen rauben und vernichten.

Jeden Abend hatte sie Pauline eines ihrer Gedichte vorgetragen. Es waren andere Frauen dazugekommen. Schnell hatte es sich herumgesprochen und bald hatten sich jeden Abend über ein Duzend Frauen vor der Bettstelle versammelt, um den Worten zu lauschen, die sie aus dem Gedächtnis zitierte, in das sie unauslöschlich eingebrannt waren. Still waren sie dagestanden, hatten dem Echo der Verse in ihren Herzen gelauscht, auf den Gesichtern ein feierlicher Ernst. Für einen kurzen Moment gab es keine Mauern mehr, keine Baracken, keinen Hunger, keinen Schmerz. Für einen kurzen Moment hallten die Worte in ihren Seelen wider und brachten ihre trüben Augen zum Leuchten.

Sie würde diese Gesichter nie mehr vergessen können, wie auch die Wärme nicht, die das Gehörte auf sie gezaubert hatte. Noch immer erinnerte sie sich an ihre Zeilen. Wie von selbst tauchten einzelne Silben aus den Tiefen ihres Gedächtnisses auf, verbanden sich zu Worten, die sich aneinander reihten, eins ums andere, jedes an die richtige Stelle rückte, sich zu Versen vereinigten, zu Strophen. Stumm bewegten sich ihre Lippen, als sie die Worte wiederholte, lautlos und mit geschlossenen Augen. So, wie sie erschienen, vor ihr aufleuchteten und wieder verblassten.

Keine Blume gedeiht an Zäunen und Mauer
Einzig der Tod liegt leis auf der Lauer
Er will bloß erschießen, verschmoren, zerfleischen
kann dennoch den Weg in den Himmel nur weisen

Gar oft schon hat der Zaun in der Nacht
aus Verzweifelten selige Engel gemacht
Der Wind trägt ein Flüstern in seinem Wehn
Halt aus und als Freie durchs Tor wirst du gehn

Die Sirene schrillte zum ersten Mal. 4.00 Uhr. Müde öffnete sie die Augen. Sollte sie doch ein wenig Schlaf gefunden haben? Irgendwann musste sie wohl eingeschlafen sein. Ob es an den Gedichten lag, die sie sich lautlos vorgesagt hatte? Vielleicht erleichterte ihr dies das Einschlafen. Auf jeden Fall lenkte es von zerstörerischen Gedanken ab. Sie nahm sich vor, nun jeden Abend eines ihrer Gedichte im Stillen so oft zu wiederholen, bis sie eingeschlafen war. Einen Versuch war es wert. Ohne Schlaf hätte sie nicht die Kraft, um die Tage zu überstehen.

Die kräftige Stimme der Stubenältesten mit dem polnischen Akzent jagte die Frauen aus den Betten. Ein heftiges Gedränge vor dem Waschraum entstand. Das Wasser war eiskalt und es war nicht genug Zeit, um mehr als Hände und Gesicht notdürftig abzuwaschen. Doch es erfrischte ein wenig und regte den Kreislauf an.

Eilends richteten sie mit knochigen Händen die Betten her. Schon wurde der Kessel mit dem dunklen Gebräu hereingeschleppt, das aus Mangel eines passenden Ausdrucks einfach *Kaffee* genannt wurde, obwohl es außer der dunkelbraunen Farbe, nicht die geringste Ähnlichkeit mit Kaffee besaß. Doch es war warm und immer noch besser, als gar nichts in den Magen zu bekommen. Lange Schlangen bildeten sich vor dem Kessel. Geduldig warteten die Frauen, die Holzschalen in den Händen. Sie stand hinter Grete und wartete, betrachtete den leicht gebeugten Rücken ihrer Kameradin. Wie dünn sie war. Die Wirbel ihres Rückgrates bildeten sich unter dem blau-weiß gestreiften Stoff ab, der wie ein Sack an ihrer Gestalt herabhing und sie unförmig, ja körperlos wirken ließ. Endlich war sie an der Reihe, hob ihre Schale hin und erhielt ihre Ration Kaffee. Die dünne Scheibe Brot, aus Kastanienmehl gebacken, die jede der Frauen zum Frühstück erhielt, ließ Elfi im Vorratsbeutel verschwinden. Es war besser, das Brot für später aufzuheben, wenn der Hunger unerträglich zu werden begann. Sie folgte Grete in eine Ecke. Gemeinsam tranken sie in kleinen Schlucken die dunkle Brühe.

„Stell dir vor, mein Brot ist heute total frei von Schimmel. Ich hab es genau untersucht."

Sie lächelte. „Freut mich für dich, Grete."

„Deins nicht?" Es war mehr eine resignierte Feststellung als eine Frage. So war es nicht nötig, eine Antwort zu geben.

„Na, dann ist heute sicher mein Glückstag! Bestimmt finde ich in der Suppe auch ein Stück Kartoffel", fügte sie hinzu und ein bitteres Lachen entrang sich ihrer Kehle, das fast wie das Meckern einer altersschwachen Ziege klang.

Die Sirene schrillte zum zweiten Mal. 5.00 Uhr.

„Los! Alles raus zum Appell! Schneller! Bewegt euch!"

Elfi und Grete verdrehten die Augen, als die Stimme der Obermayer alle Geräusche überschrie. Sie reihten sich in die Schlange der Frauen ein, die sich Schritt für Schritt durch die schmalen Gänge zwischen den Hochbetten drängten und langsam auf die Tür zustrebten.

Es hatte aufgehört zu nieseln. Die Nebelschleier waren verweht. Tief hängende Wolken machten die Dunkelheit noch undurchdringlicher. Kein Stern war zu sehen. Der Stand des Mondes war nicht einmal zu erahnen. Im nahen Wald schrie ein Käuzchen.

Kurze Zeit später hatten die Frauen ihre Plätze eingenommen. In Zehnerreihen standen sie in der Morgenluft, die sich kalt auf ihre Haut legte. Der nasse Lehmboden umschloss ihre Holzpantinen und füllte jede freie Ritze, drang zwischen ihre nackten Zehen. Das grelle Licht der Strahler blendete ihre müden Augen.

Mit dem Blockbuch unter dem Arm stampfte die Obermayer an den Reihen entlang und stellte sich vor die Frauen. Dann begann der Zählappell. Laut rief sie die einzelnen Nummern auf. Jeden Morgen und jeden Abend. Nummern, Nummern, Nummern. Nach jeder heiser gerufenen Antwort, malte sie ihren Haken ins Buch.

Nach einem Aufruf blieb es still. Die Obermayer wiederholte die Nummer, schrie sie fordernd hinaus. Wieder keine Antwort.

„Verdammt noch mal! Wo ist das Miststück?“

„Sie ist heute Nacht gestorben“, antwortete eine raue Stimme.

„So, so!“ Die Obermayer gab der Stubenältesten einen Wink, die sofort in die Baracke ging, um nachzusehen. Es dauerte nicht lange bis sie wieder ins Freie trat. Mit ausdruckslosem Gesicht marschierte sie zur Obermayer. Ein kurzes Nicken, eine Notiz im Blockbuch und das Leben hinter der Nummer war Vergangenheit. Heute Abend würde sich eine andere Frau, mit einer anderen Nummer auf ihren Schlafplatz legen.

Grete flüsterte leise: „Das ist nicht die einzige.“

„Wie viele?“

Doch Grete blieb still.

Noch fünf Mal musste die Stubenälteste in die Baracke gehen. Noch fünf Mal notierte die Obermayer den natürlichen Tod eines Häftlings hinter die entsprechende Nummer.

Dann war der Zählappell beendet und das Warten auf die Aufseherinnen begann. Das Käuzchen hatte aufgehört zu rufen. Zögernd kroch der neue Tag über den Horizont, brachte ein metallenes Zwielicht mit, das sich kaum merklich ausdehnte. Die undeutlichen Schemen des Waldes verwandelten sich in dunkle Tannen, die der leise Wind sanft hin und her wiegte. Quälend langsam vergingen die Minuten, zogen sich in die Länge wie ein ausgeleiertes Gummiband. Irgendwo trällerte eine Amsel, begrüßte den Morgen. Eine zweite stimmte in das fröhliche Lied ein.

An der Heftigkeit ihrer Rückenschmerzen konnte sie erkennen, dass sich die Aufseherinnen heute besonders viel Zeit ließen. Sicher tranken sie heute einen heißen Kaffee mehr, dampfenden bitteren Bohnenkaffee, bevor sie in die nasse Kälte hinausgingen.

Grete stapfte neben ihr durch den nassen Lehm. Es war nicht so einfach, die Holzpantinen an den Füßen zu behalten. Mit dem Körper lehnten sie sich gegen das raue Holz des Karrens, drückten und schoben. Die Räder sanken tief in den weichen Boden ein. Obwohl er noch leer war, bedeutete es bereits einen erheblichen Kraftaufwand, ihn vorwärts zu bewegen. Vorne klammerte sich Brunhilde an die Deichsel und zog so fest sie konnte. Brunhilde war die Kräftigste, denn sie war erst seit zwei Wochen im Lager. Am Stoff ihres Kleides prangte der rote Winkel der politischen Häftlinge und ihre Geschichte war eine, wie man sie oft im Lager hörte. Sie hatte zusammen mit ihrem Mann eine jüdische Familie auf ihrem Hof versteckt. Doch einer ihrer Nachbarn hatte es herausgefunden und gemeldet. Sie hatten die Juden gerade noch rechtzeitig in den nahen Wald schaffen können bevor die Männer der Gestapo angefahren kamen. Doch die Jacke des jüdischen Jungen war in der Eile heruntergefallen und die Beamten der Gestapo fanden das Kleidungsstück mit dem aufgenähten gelben Stern. Brunhilde und ihr Mann waren sofort verhaftet worden. Die Gestapo hatte sie grausam gefoltert, die Wunden an ihren Fingern, wo sie ihr die Fingernägel durchstochen hatten, waren noch nicht ganz verheilt. Sogar die blauen Flecke von den Schlägen waren noch zu erkennen. Was sie mit ihrem Mann gemacht hatten, wusste Brunhilde nicht. Nur eins wusste sie, er hatte die Juden nicht verraten, genauso wenig wie sie selbst.

Brunhilde war eine große Frau mit starkem Charakter, was ihr das Einleben im Lager sehr erschwerte. Deshalb hatte sie sich auch schnell mit einer der Aufseherinnen angelegt und war im Strafblock gelandet.

Jetzt zog sie an der Deichsel, den Blick starr geradeaus gerichtet. Auch an der linken und rechten Seite des Karrens schoben jeweils zwei Frauen. In angemessenem Abstand folgte die Aufseherin, den Deutschen Schäferhund an der Leine neben sich, und achtete auf jede Bewegung der Frauen.

Schließlich waren sie an der ersten Baracke angekommen und blieben mit dem Karren vor der offenen Tür stehen. Die zwei Frauen von der linken Seite, betraten die Baracke. Elfi und Grete richteten sich auf, versuchten, die Schmerzen im Rücken etwas zu lindern, stützten sich auf den Karren und blickten sich wortlos an.

Schon kamen die beiden Frauen heraus, zwischen ihnen hing ein Bündel aus blau-weiß gestreiftem Stoff. Ein Bündel, das einmal ein Mensch gewesen war. Eine der Frauen hatte die Hände um die mageren Fußgelenke geschlossen, während die andere die Schultern der Toten gepackt hatte. So wirkten sie wie ein seltsames blau-weiß gestreiftes Tier, das sich unbeholfen auf seinen vier Beinen über den unebenen Boden bewegte und nur sehr langsam, fast schwerfällig, vorwärts kam.

Sie erreichten den Karren. Während sie das Bündel hin und her schwangen, rief eine der Frauen: „Eins, zwei, drei!“

Dann warfen sie das Bündel hinauf auf den Karren, wo es mit einem hölzernen Geräusch aufschlug und liegen blieb.

Sie blickte zu Grete, doch diese schaute zum Wald hinüber. Vor dem dumpfen Geräusch, den der leblose Körper auf der Ladefläche des Karrens erzeugte, konnte sie nicht fliehen, doch vor dem Anblick der blau-weiß gestreiften Bündel, der hautbezogenen Knochen, die als Arme und Beine aus dem groben Stoff hervorschauten, den geschorenen Schädeln, die nur noch ein wenig Haut von Totenschädeln unterschied und vor den starren Augen, die niemand bereit gewesen war, zu schließen.

Die beiden Frauen kamen bereits mit dem nächsten Bündel aus der Baracke, stellten sich neben dem Karren auf.

„Eins, zwei, drei!"

Ein dumpfer Aufschlag, wieder das schlürfende Geräusch der Holzschuhe im Lehm. Dann war es still. Nur ein einsamer Vogel zwitscherte sein Lied. Elfi suchte ihn und fand ihn auf einer Mauer sitzen. Er war so nah, dass sie seine schwarzen Knopfaugen sehen konnte, die sich munter umschauten. Dann öffnete er wieder den Schnabel und ließ sein Trällern hören. Als die beiden Frauen mit dem dritten Bündel aus der Baracke kamen, erschrak er und flatterte mit aufgeregten Flügelschlägen davon.

„Eins, zwei, drei!"

Der dumpfe Aufschlag. Dann rief eine Stimme: „Es geht weiter!"

Sie stemmten sich gegen den Karren, sechs Frauen, eine zog. Der Weg zur nächsten Baracke war nicht weit. Die Frauen rechts gingen zur Tür und verschwanden im Inneren, um kurz darauf ebenfalls als vierbeiniges, blau-weiß gestreiftes Wesen zu erscheinen, das träge auf den Karren zu stakste. Sie waren noch nicht ganz heran, als eine der Frauen keuchte: „Hier sind es über zehn."

Die Aufseherin verlagerte ihr Gewicht. Die blanken Stiefel waren bis zu den Knöcheln im Schlamm versunken. Der Schäferhund stand an ihrer Seite, reglos. Nur seine Augen verfolgten jede Bewegung der Frauen.

„Eins, zwei, drei!"

„Ihr zwei!“, rief die Aufseherin. Die beiden Frauen links schauten sich nach ihr um. Die Aufseherin winkte mit der Gerte zur Baracke hinüber. „Helft ihnen! Los! Ich will hier nicht ewig stehen bleiben!“

Die Räder sanken nun noch tiefer im Boden ein. Mit ihrem ganzen Gewicht stemmten sich die Frauen gegen das Holz, die Pantinen rutschten unter ihren Füßen weg. Vorne hing Brunhilde an der Deichsel und zerrte den Karren vorwärts. Trotz aller Mühe kamen sie nur langsam voran. Das ungeduldige Klatschen der Gerte gegen den Stiefelschacht gab den Takt ihrer keuchenden Atemzüge vor. Endlich kamen sie vor dem Krematorium an.

„Na los, ihr faulen Drecksweiber! Abladen!“

Alle packten an, griffen sich die Bündel, die aufeinander gestapelt auf der Ladefläche lagen. Grete zog an den Knöcheln und Elfi griff nach den Schultern. Sie war froh, dass Grete dabei war. Grete machte es nichts aus, die knochigen Beine anzufassen. Als Elfi das erste Mal für dieses Arbeitskommando eingeteilt worden war, hatte die Aufseherin schnell bemerkt, dass ihr die Berührung der Toten Angst machte. Sofort hatte sie darauf bestanden, dass Elfi die Bündel alleine vom Karren zog. Mit der Gerte war sie neben ihr gestanden und hatte sie immer wieder damit auf den Rücken geschlagen, weil es ihr nicht schnell genug gegangen war. Elfi hatte sich keine Gedanken darüber gemacht, wie sich die toten Beine anfühlen würden. Als sie sie zum ersten Mal berührte, war sie vor deren Kälte und Starrheit zurückgeschreckt. Sofort hatte die Aufseherin ihr einen Schlag mit der Gerte versetzt und sie angeschrieen, sie gezwungen, die Beine zu packen, die sie an Äste erinnerten, die lange schon abgestorben waren. Sie waren hart und rau, steif und fühlten sich so endgültig tot an, dass es ihr unvorstellbar erschien, dass vor der letzten Nacht noch Blut durch sie geflossen war, sie warm und lebendig, Teil eines Menschen gewesen waren.

Elfi hatte die Bündel vom Karren gezerrt, hatte jeden Moment damit gerechnet, dass sich die Beine vom Körper loslösten, so dünn wie sie waren. Sie hatte die Toten über den Boden geschleift und abgelegt, dort wo die Aufseherin es befohlen hatte. Alle Zwanzig, während die Aufseherin mit verächtlichem Blick dagestanden war, die Gerte drohend erhoben. Elfi hatte gewürgt. Wäre etwas in ihrem Magen gewesen, hätte sie sich übergeben müssen. Doch so blieb es bei einem trockenen Würgen, das ein Brennen im Hals zurückließ.

Mit zitternden Gliedern und aschfahlem Gesicht hatte sie durchgehalten bis zum Ende des Arbeitskommandos. Von da an übernahm Grete die Beine der Toten.

„Lass mich das machen, ich bin nicht so zart besaitet wie du“, hatte sie gesagt. Elfi hatte ihr dafür eines ihrer aufgesparten Brote geben wollen, doch Grete wollte es nicht annehmen.

Elfi wusste nicht, wie sie ihr sonst danken sollte. Worte schienen hier so unbrauchbar und belanglos. Jeder Versuch, ihre Dankbarkeit in Worte zu fassen, kam ihr kläglich vor. So schwieg sie, wie Grete.

Schnell war die Ladefläche leer und die Bündel bildeten eine gestreifte Masse, die sich deutlich vom braunen Lehm abhob und im Laufe der nächsten Stunden wuchs, sich ausbreitete, immer höher türmte zu einem Berg. Lange würde er nicht dort liegen. Das Sonderkommando, das im Krematorium arbeitete, trug ihn wieder ab, langsam, schaffte ihn Bündel für Bündel ins Innere des Gebäudes, ins Innere der Öfen, wo sie schmolzen zu kleinen Häuflein aus Asche.

Grete löffelte die dunkle undefinierbare Brühe aus ihrer Schale. Plötzlich begann sie zu lachen. Sie wandte den Kopf, blickte Elfi an und ihr Grinsen wurde noch ein wenig breiter.

„Hab ich dir nicht gesagt, dass heute mein Glückstag ist?", rief sie heiter. Elfi lächelte unwillkürlich mit.

„Kartoffeln?"

Grete nickte. „Und nicht nur ein Stückchen, sondern gleich zwei."

Stumm löffelten sie das schaurige Gemisch, das sich „Eintopf" schimpfte, jedoch nur aus viel Wasser, ein paar Steckrüben und noch weniger Kartoffeln bestand. Obwohl es nicht nur unappetitlich aussah, sondern auch so schmeckte, bemühten sie sich, so langsam wie möglich zu essen, um die Illusion, den Magen zu füllen, so lange wie möglich zu genießen.

Dann spülten sie Schüsseln und Löffel ab und schafften es gerade noch, rechtzeitig auf den Abort zu kommen bevor das nächste Arbeitskommando zusammengerufen wurde.

Grete wurde, wie die meisten anderen, für eine andere Arbeit eingeteilt und marschierte davon, gefolgt von zwei Aufseherinnen mit ihren Hunden.

Die übrigen Frauen blieben noch stehen und warteten. Auch Rebecca stand noch neben Elfi, bleich und verstört. Endlich kam eine Aufseherin. Es war eine noch ziemlich junge Frau, klein, aber stark gebaut. Sie reckte ihr Kinn in die Höhe, wohl um etwas größer zu wirken und schaffte es, auf die Frauen herab zu schauen. Breitbeinig baute sie sich auf, in den Händen hielt sie einen Schlagstock. Prüfend lag ihr Blick auf den restlichen sechs Häftlingen. Plötzlich kroch ein Lächeln über ihr Gesicht. Ein Lächeln, das in ihrer unteren Gesichtshälfte stecken blieb, weiße gesunde Zähne entblößte und nicht nur gemein war, sondern eine vollständige Abwesenheit von Freundlichkeit und Wärme bedeutete. So unvermittelt wie es erschienen war, verschwand es. Ihr Mund öffnete sich, kalt und gleichgültig warf er den Frauen entgegen: „Auf geht's zu den Schubkarren! Ihr wisst, was euch erwartet, also macht, dass ihr vorwärts kommt!"

Das Atmen fiel ihr schwer. Sie bemühte sich, so flach wie möglich einzuatmen, doch das war bei der anstrengenden Arbeit kaum möglich. Sie versuchte, den Knoten im Hals zu ignorieren, der sich immer weiter zuzog. Doch der Gestank war zu stark.

Gebeugt stand sie da. Je voller die Schubkarre wurde, desto quälender wurde jeder Handgriff. Mit jedem Mal erschien ihr der Eimer schwerer zu werden, den sie hoch wuchtete und in die Karre auskippte. Die Schmerzen im Rücken krümmten ihre Wirbelsäule. Ihr Gesicht verzog sich, als sie schließlich die Hand ins Kreuz legte und sich langsam aufrichtete. Sie wartete bis das Stechen nachließ. Ihre Arme zitterten und die wenigen sehnigen Muskeln, die ihr geblieben waren, brannten.

Die vier anderen Frauen waren bereits fertig, nur Rebecca hatte ihre Schubkarre noch nicht bis zum Rand gefüllt. Tränen rannen über ihr Gesicht, das vor Übelkeit einen grünlichen Farbton angenommen hatte. Der Eimer war nur halbvoll, den sie mit verzerrtem Gesicht über der Schubkarre ausleerte.

Die Aufseherin war mit ein paar großen Schritten hinter ihr und hob den Knüppel. Der Schlag kam so überraschend, dass das Mädchen vorwärts taumelte, fast die Schubkarre umgerissen hätte. Verzweifelt flatterte sie mit den Armen, um das Gleichgewicht nicht zu verlieren, Entsetzen in den Augen, den Mund weit aufgerissen und nach Luft schnappend wie ein Fisch auf dem Trockenen.

„Dir werde ich zeigen, was es heißt, sich vor der Arbeit zu drücken, du faule Judensau!“

Rebecca wankte, füllte so schnell sie konnte, ihre Schubkarre, wobei sie die Aufseherin ängstlich aus den Augenwinkeln beobachtete.

„So! Fertig jetzt! Vorwärts mit den Schubkarren!“

Elfis Finger schlossen sich um die Griffe der Schubkarre. Sie hob sie so vorsichtig wie möglich an, schob sie vorwärts. Das Rad ließ bei jeder Umdrehung ein kurzes

Quietschen hören, rhythmische Schreie, leise, doch durchdringend.

Der Boden war noch immer aufgeweicht, nur an manchen Stellen bereits etwas abgetrocknet. Zertreten und knotig wartete er auf den nächsten Regen.

Die Aufseherin trieb die Frauen an. „Los! Schneller! Es liegen noch fünf Kilometer Weg vor euch! Also beeilt euch gefälligst!"

Elfis Schubkarre holperte über den unebenen Boden. Gefüllt bis zum Rand schwappte der braune breiige Inhalt über, ergoss sich über Elfis Hände, tropfte auf ihre Beine, vermischte sich mit dem feuchten Lehm, der Füße und Holzpantinen umschloss. Sie unterdrückte den Impuls, zurückzuzucken, die Schubkarre loszulassen und sofort in den Waschraum zu rennen, um sich abzuwaschen, immer wieder, so lange bis der beißende ekelhafte Gestank verschwunden war. Viele im Lager hatten die Ruhr und andere Durchfallerkrankungen. Schon auf den Abort zu gehen, kostete Überwindung, ihn jedoch zu leeren und den Inhalt in Schubkarren vor sich her zu schieben, war kaum zu ertragen. Der Anblick der wabernden Masse ließ einen Würgereiz sauer vom Magen hoch quellen. Sie unterdrückte ihn, schluckte mühsam und versuchte, über den Rand der Karre hinweg auf die Lagerstraße zu sehen. Sie durfte keine Reaktion zeigen. Die Aufseherin beobachtete alle mit Argusaugen. So verzog sie nur angewidert das Gesicht und schob die Karre weiter.

Vor dem Revier hatte sich eine Schlange gebildet. Gebeugte Gestalten, mit eingefallenen Gesichtern. Hohle Augen blickten teilnahmslos herüber, glitten weiter. Husten erfüllte die Luft.

Schließlich erreichten sie das Lagertor, wo eine zweite Aufseherin mit ihrem Schäferhund wartete. Die beiden uniformierten Frauen begrüßten sich kurz. Das Tor wurde geöffnet und die kleine Aufseherin marschierte voraus. In Zweierreihen schoben die Frauen ihre Schubkarren hinter ihr her. Ganz zum Schluss, mit genug Abstand, um dem Gestank zu entgehen, folgte die Aufseherin mit dem abgerichteten Hund, den sie sofort loslassen würde, sollte tatsächlich eine so verrückt sein und zu fliehen versuchen. Elfi hatte das einmal erlebt. Es war grauenvoll gewesen. Die Flüchtende war kaum fünfzig Meter weit gekommen. Dann hatte sie das Tier erreicht, niedergerissen und zerfleischt. Die Aufseherin hatte eine Weile zugesehen, bis sie genug hatte und den Hund zurückrief. Auf dem Rückweg hatten sie den blutverschmierten Körper auf eine Schubkarre laden müssen und zurück ins Lager gebracht.

Elfi schauderte bei der Erinnerung und kalt saß ihr die Angst im Nacken vor den scharfen Fängen des kräftigen Hundes, der nur wenige Meter hinter ihr lief.

Inzwischen waren Elfis Hände gänzlich überzogen von den immer wieder überschwappenden Exkrementen. Glitschig geworden, drohten ihr die Griffe aus den Fingern zu rutschen. Als sie kurz hinüber zu Rebecca blickte, die neben ihr ging, sah sie, dass das Mädchen dieselben Probleme hatte. Sie konnte noch nicht so gut mit der Schubkarre umgehen, verstand es nicht, den Unebenheiten des Weges auszuweichen und hatte sich nicht nur die Hände, sondern auch ihr ganzes Kleid, die nackten Beine und ihre Füße besudelt. Verzweifelt klammerten sich ihre Finger um die schlüpfrigen Griffe, so dass die Knöchel weiß hervortraten. Sie verkrampfte Arme und Schultern. So würde sie es nicht bis zum Acker schaffen.

„Locker bleiben, Rebecca“, flüsterte sie.

„Maul halten und weiter schieben!“, durchschnitt eine Stimme hinter ihnen die Stille.

Rebecca vermied es, zu Elfi hinüber zu sehen, senkte den Blick auf den Weg vor ihrem Karren. Doch sie nickte kaum merklich und versuchte, die verkrampften Arme zu lockern. Das war nicht einfach. Die Schubkarren waren schwer und schienen mit jedem Schritt auf dem ausgefahrenen Feldweg schwerer zu werden. Die kleine, stämmige Aufseherin hatte es eilig und gab ein Tempo vor, das die Frauen nur mit großer Mühe halten konnten. Es blieb ihnen kaum noch die Möglichkeit, den Unebenheiten des Weges auszuweichen. Wieder und wieder schwallte die zähe Brühe aus Urin und Fäkalien über den Rand und besudelte sie.

Elfi schaffte es nicht mehr, sich aufrecht zu halten. Ihr Rücken brannte, als stünde ihr Kleid in Flammen. Die Arme wurden ihr lahm von der Schwere. Lehm und Exkremente, die in ihre Holzpantinen geflossen waren, scheuerten die Haut ihrer Füße auf. Sie vermied es, in die hin und her schwappende Masse zu schauen, blickte starr auf den Weg. Immer wieder stieg ihr der Ekel den Hals empor. Doch da nichts da war, was sie hätte erbrechen können, blieb es ein trockenes Würgen, das schmerzte und zusätzlich Kraft kostete. Aber es gelang ihr nicht mehr, es zu unterdrücken. Bald hatte sie das Gefühl, ihr kompletter Körper wäre von einem bösen Feuer erfasst, das allmählich ihre Eingeweide verzehrte, in ihren Knochen und Muskeln wütete und ihre Glieder versengte. Jeder Schritt wurde zur Qual. Jeder Schritt, den sie sich abrang, erzeugte in ihr eine Mischung aus Triumph und Resignation.

Die Aufseherin hatte bereits einen beträchtlichen Vorsprung, als sie plötzlich stehen blieb, sich umwandte und breitbeinig aufbaute. Erst als die Frauen bei ihr angelangt waren, deutete sie mit dem Knüppel auf den Acker zu ihrer Linken.

„Los, los! Abladen! So weitflächig wie möglich!"

Elfi lenkte die Karre auf das Feld. Es war frisch umgepflügt worden. Die feuchten Schollen hatten eine warme rotbraune Farbe und verbreiteten einen irdenen Duft, der nach Heimat roch. Dieser Geruch war noch schlimmer. Er legte sich bleiern auf ihre Seele und wühlte in Erinnerungen. Deshalb war sie froh, dass der Inhalt der Karren ihn auslöschte.

Sie kippte die Schubkarre und schüttete den Inhalt nach und nach über die aufgerissene Erde. Es dauerte nicht lange, bis alle Karren geleert waren. Die Aufseherin hatte den Knüppel in der Rechten und schlug ihn ungeduldig auf die geöffnete Handfläche ihrer Linken, wobei jedes Mal ein leises Klatschen entstand.

„So! Und jetzt rein mit dem guten Dünger in die Erde!", befahl sie schneidend. „Raus aus den Pantinen und tretet die Scheiße in den Boden!"

Elfi zog die Pantinen aus. Ihre Füße waren braun verschmiert, mit roten Schlieren vom Blut, das aus den wunden Stellen geronnen war. Mit beiden Füßen trat sie die Exkremente in den feuchten Acker. Nur zufällig fiel ihr Blick auf Rebecca, die nicht weit von ihr stand und mit weit aufgerissenen Augen auf den stinkenden Boden schaute. Schauer überliefen sie und sie schüttelte heftig den Kopf.

Noch bevor Elfi etwas tun konnte, hatte die Aufseherin das Mädchen entdeckt. Ihr Gesicht verzog sich zu einer Grimasse aus Zorn und Abscheu. Mit großen Schritten stampfte sie auf Rebecca zu. Lange bevor sie das Mädchen erreicht hatte, holte sie bereits mit dem Knüppel aus. Rebecca schien vollkommen weggetreten zu sein, begriff nicht, was um sie herum vor sich ging. Elfi wollte sie warnen, doch der Schrei verhungerte in ihrer Kehle und kam nur als ein lautloses Krächzen über ihre Lippen.

Das Mädchen wurde von dem Schlag heftig getroffen. Sie taumelte einige Schritte vorwärts. Doch die Aufseherin setzte ihr nach, holte erneut aus. Wieder traf der Knüppel den Rücken Rebeccas. Sie schnappte nach Luft, gab keinen Laut von sich.

„Du faule Judensau! Meinst wohl, du bist hier zum Vergnügen!", schrie die Aufseherin, bevor sie zum dritten Mal den Knüppel auf den Rücken den Mädchens schlug. „Dir werde ich beibringen, was es heißt zu arbeiten!"

„Hör auf, Friedericke!“, rief die Aufseherin, die mit dem Hund auf dem Weg stehen geblieben war. „Wenn du sie totschlägst, kann sie die Schubkarre nicht zurückschieben!“

Die kleine stämmige Aufseherin hatte bereits den Arm zum nächsten Schlag erhoben. Mitten in der Bewegung hielt sie inne. Einen Moment verharrte sie so. Dann ließ sie langsam den Arm sinken. In ihren Augen funkelte noch die Wut, als sie mit kalter Stimme sagte: „Da hat sie wohl Recht. Also: Raus aus den Pantinen, du faules Dreckstück, und ran an die Arbeit!“

Damit wandte sie sich um und stapfte zum Weg zurück. Elfi nutzte diesen Moment und eilte die paar Schritte zu Rebecca hinüber. Das Mädchen wankte und drohte zusammen zu brechen. Beherzt umfing sie sie mit ihren dünnen Armen, denen die Not des Mädchens neue Kraft eingehaucht hatte. Rebecca lehnte sich an sie. Elfi hörte ihr leises Wimmern. Es schnürte ihr die Kehle zu.

„Du musst jetzt stark sein, Kind! Hörst du?“, flüsterte sie eindringlich. „Lass sie nicht spüren, wie dreckig es dir geht.“

Rebecca reagierte nicht.

„Hast du verstanden?“ Elfi wurde lauter. „Rebecca!“

Das Mädchen nickte zaghaft. Sie hatte verstanden. Elfi ließ sie erleichtert los und kehrte eilends zu ihrer Schubkarre zurück. In dem Moment hatte die Aufseherin den Weg erreicht und drehte sich um. Doch sie konnte nur noch sechs Frauen sehen, die mit ihren Füßen in der stinkenden Masse aus Erde und Exkrementen herumwateten.

Der Rückweg war angenehmer, da die Schubkarren nun leer waren. Leicht rollten sie über den steinigen Feldweg. Obwohl Elfis wunde Füße sie ständig peinigten, machte sie sich viel mehr Sorgen um Rebecca, die mit krummem Rücken neben ihr herging. Sie musste entsetzliche

Schmerzen haben. Doch sie konnte ihr nicht helfen. Sie wusste es und diese Hilflosigkeit machte sie wütend.

Die Karren waren geleert. Trotzdem begleitete der Gestank die seltsame Prozession noch immer, wehte von den befleckten Kleidern herauf und stieg aus den verklebten Ladeflächen auf.

Über ihnen drängten sich tiefe Wolken zu einer dunklen Masse zusammen, die das Licht schluckte. Unbeweglich hingen sie am Himmel, dicht und undurchdringlich.

Sie hatten noch nicht die Hälfte des Rückweges hinter sich, als der erste dicke Regentropfen auf der Schulter der Aufseherin zerplatzte. Sie zuckte zusammen und fluchte laut. Der Regen setzte fast augenblicklich ein. Wolkenbruchartig entleerte sich die schwere Wolke, die genau über ihnen hing. Große kalte Tropfen durchnässten binnen kurzer Zeit alles, was sie erreichen konnten. Die Aufseherinnen verdammten den Regen, der sein Nass noch ein wenig heftiger vom Himmel schleuderte. Elfi sah zu der schwarzen Wolke hinauf. Ein dankbares Lächeln überzog ihr Gesicht. Auch die anderen Frauen freuten sich über diesen unerwarteten Guss. Obwohl der Regen kalt war und ihren überanstrengten Körpern die letzte Wärme zu entziehen drohte, gab es nichts, das sie jetzt lieber gehabt hätten, als die sauberen Tropfen, die über ihre Körper rannen, die festgeklebte Schicht aus Fäkalien und Schlamm wegspülten, den entsetzlichen Gestank verwehten und verflüchtigten.

Nachdem sie ihren Napf mit Steckrübensuppe empfangen hatte, machte sich Elfi auf die Suche nach Rebecca. Sie kam an der Stubenältesten vorbei, die ihr zurief: „Na, Rehäuglein, suchst du was? Vielleicht eine Verabredung? Hast Sehnsucht nach ein bisschen Liebe?“ Sie brach in ein anzügliches Gelächter aus.

Elfi reagierte nicht, eilte weiter durch die Reihen der Stockbetten. Doch sie konnte das jüdische Mädchen nicht finden. In der Baracke herrschte eine zu große Unruhe, ein ständiges Hin- und Hergelaufe. Außerdem hatte sie nicht viel Zeit, denn natürlich wollte sie noch ihre Suppe essen und musste vor dem Appell Holzschüssel und Löffel säubern. Also gab sie die Suche bald auf, gesellte sich zu Grete, die sie in ihrer bevorzugten Ecke fand und begann, die lauwarme Brühe so langsam, wie es ihr unbändiger Hunger zuließ, zu löffeln.

Grete war bereits fertig mit der Suppe, schob sich das letzte Stückchen Brot in den Mund und blickte die Kameradin aufmerksam an.

„Was ist passiert?"

Elfi sah von ihrer Schüssel auf und ihr Blick begegnete dem Gretes, fragend und erstaunt. Ein kurzes Lächeln huschte über Gretes Gesicht.

„Das seh ich dir an, Elfi. Also, erzähl, was los war."

Elfi erzählte von dem Nachmittag und von den brutalen Schlägen, die Rebecca hatte aushalten müssen. Grete hörte stumm zu. Doch aus ihren Augen schaute dieselbe Wut, die auch Elfi plagte.

Dennoch gaben sich beide dieser Wut nicht hin, da sie wussten, dass sie nur verzehren würde und doch nichts verändern konnte. So verwandelte sich das zornige Funkeln in Gretes Augen allmählich in Traurigkeit.

Als Elfi ihren Bericht beendet hatte, herrschte ein Moment Schweigen zwischen den beiden Frauen. Schließlich sagte Grete leise: „Sie wird es nicht lange durchhalten."

„Wir müssen ihr doch irgendwie helfen können. Sie ist doch noch ein Kind, so zerbrechlich."

Grete antwortete nicht. Sie legte ihr nur die Hand auf die Schulter, zart und tröstend.

Der Aufruf zum Abendappell löste das gewohnte Durcheinander in der Baracke aus und riss die beiden Kameradinnen aus ihren Gedanken. Sie zwängten sich durch das

Gedränge nach Draußen, wo schon die ersten Frauen ihre Plätze zum Appell eingenommen hatten.

Noch immer fiel kalter Regen. Wie der Himmel aussah, würde sich das Wetter auch so bald nicht ändern. Der Boden hatte sich wieder in morastigen Schlamm verwandelt. Binnen von Minuten war der blau-weiße Stoff voll gesogen, hing nass und schwer an ihren Gliedern herab. Das Wasser suchte sich seinen Weg, rann über ihre Gesichter, über die nackte Haut unter ihren Kleidern, sickerte zwischen ihren ausgetrockneten Brüsten hindurch, floss über Rücken und Bauch, die Beine hinab, tropfte von ihren Fingern.

Die Obermayer begann mit dem Zählen der Häftlinge. Elfi sah Rebecca neben sich stehen und flüsterte ihren Namen. Doch das Mädchen reagierte nicht. Ihre Augen blickten ausdruckslos nach vorne. Elfi flüsterte wieder. Dann etwas lauter. Endlich wandte ihr Rebecca das Gesicht zu. Elfi erschrak über die Leere, die ihr daraus entgegenblickte. Schon drehte das Mädchen den Kopf wieder und schaute genauso ausdruckslos nach vorne wie zuvor.

Das Zählen der Häftlinge ging schneller als an anderen Tagen. Die Blockälteste schien es heute nicht so genau zu nehmen. Elfi konnte sich auch gut vorstellen warum. Vermutlich wollte die Obermayer zurück in die trockene Baracke und in ihr geheiztes Zimmer. Dort wartete sicher eine große Portion Brot mit Schinken und Käse auf sie. Oder sogar Kuchen. Den besorgte ihr der SS-Mann, mit dem sie es heimlich trieb. Natürlich heimlich. Wenn es rauskam, wäre es ihr Todesurteil. Sie würde einfach verschwinden, still und unbemerkt. Und nicht mehr auftauchen. Und der Offizier? Na ja, erschießen würden sie ihn nicht grade. Aber zu lachen hatte der sicher nichts mehr. Selbst mit den Häftlingen zu sprechen, war den SS-Leuten strengstens verboten.

Das Auftauchen der Aufseherin holte Elfi aus ihren Gedanken. Als sie die Aufseherin erkannte, erschrak sie. Es war die kleine Stämmige mit dem breiten Gesicht, die sie heute Nachmittag aufs Feld geführt hatte. Jetzt trug sie Schutzkleidung gegen den niederprasselnden Regen über ihrer grauen Uniform. Irgendetwas hielt sie in der Linken. Es sah wie ein Holzbrett aus. Als sie vor den Reihen der Frauen angekommen war, klemmte sie es unter den Arm.

Die Aufseherin nahm der Blockältesten das Blockbuch ab, blätterte darin und gab es ihr dann wortlos zurück. Eine Zeitlang blieb sie mit erhobenem Kinn vor den aufgestellten Häftlingen stehen. Dann setzte sie sich in Bewegung. Langsam und zielstrebig schritt sie durch den schmatzenden Lehmbrei direkt auf Rebecca zu. Dicht vor dem Mädchen blieb sie stehen und zog das Brett unter dem Arm hervor. Elfi wusste, dass es unvernünftig war, aber sie musste einfach hinsehen. Sie entdeckte eine Schnur, die an den beiden Enden des Holzbrettes befestigt war. Die Aufseherin zog Rebecca die Schnur über den Kopf, so dass das Brett dem Mädchen vor der Brust hing. Dann trat sie einen Schritt zurück und betrachtete ihr Werk. Ihre Miene drückte eine Mischung aus Genugtuung und Schadenfreude aus. Ein hämisches Grinsen zerrte ihre Lippen in die Breite. Sie öffnete den Mund. Ihre Stimme troff vor Hohn, als sie befahl: „Du bleibst hier stehen und rührst dich nicht von der Stelle! Hast du mich verstanden, du jüdisches Schwein?“

Rebecca nickte kaum merklich. Die Augen leer, als hätte sich ihr Geist in den hintersten Winkel ihres Bewusstseins zurückgezogen.

Zufrieden drehte sich die Aufseherin um und stapfte mit großen Schritten davon.

Die Obermayer gab das Zeichen zum Ende des Appells. Froh, heute mit einem relativ kurzen Appell davongekommen zu sein, lösten sich die Reihen auf und strebten der Baracke zu. Elfi und Grete traten zu Rebecca. Da erst konnten sie lesen, was auf dem Schild stand, das ihr um den Hals hing:

Ich stehe hier, weil ich eine faule und dreckige Judensau bin!

„Oh, Rebecca", flüsterte Elfi, „es tut mir so leid!"

Doch das Mädchen schien sie nicht zu hören. Mit ausdruckslosem Gesicht starrte sie ins Nichts und Elfi fragte sich, in welcher Welt sie sich gerade befand und was sie dort sah.

Schließlich fühlte sie, wie Grete sie am Arm packte und weg zog. Raus aus der Dunkelheit der anbrechenden Nacht. Raus aus dem immer noch prasselnden Regen.

Als Elfi und Grete zum Morgenappell ins Freie traten, hatte es aufgehört zu regnen. Wohl glänzte noch alles vor Nässe, doch der aufgekommene Wind hatte Bewegung in die grauweiße Dunstdecke gebracht und die Wolken aufgerissen. Die Luft roch frisch und sauber. Es war kühler als an den Tagen zuvor.

Die Frauen hatten bereits fast alle die Baracke verlassen und waren im Begriff, sich in der gewohnten Weise aufzustellen, als plötzlich ein Raunen durch die Reihen ging. Aufgeregt streckten die Frauen die Köpfe zusammen. Elfi schaute neugierig zu ihnen hinüber. Da sah sie, wie einige Frauen mit den ausgestreckten Fingern auf etwas zeigten. Sie folgte den Fingern mit den Augen.

„Oh nein!"

Ihr erschütterter Aufschrei alarmierte Grete, die herumfuhr und Elfis Blick folgte. Dann seufzte sie leise. Dort, nicht weit entfernt, hing eine kaum noch zu erkennende Gestalt im Hochspannungszaun.

„Rebecca!", rief Elfi und wollte gerade loslaufen, als Grete ihr den Weg versperrte. Elfi versuchte, an ihr vorbei zu kommen, doch Grete packte sie mit beiden Armen und hielt sie so fest, dass sie sich nicht mehr rühren konnte.

„Du kannst ihr nicht mehr helfen, Elfi!"

„Nein! Nein! Ich muss zu ihr!" Ihre Stimme überschlug sich. Sie zappelte mit den Armen und Beinen, doch Grete war stärker.

„Elfi! Sei doch vernünftig! Du kannst nichts mehr tun!“

Allmählich ließ ihr Widerstand nach. Das Zappeln wurde zu einem unkontrollierten Zittern. Grete drückte die Kameradin fest an sich.

„Glaub mir, es ist besser für sie. Dort, wo sie jetzt ist, gibt es keine Schläge mehr, keinen Hunger und keine Demütigungen! Keine verdammten Demütigungen mehr!“

Elfis Zittern ging in ein trockenes Schluchzen über. Das Gesicht an der Schulter der Kameradin, vergraben in den groben Stoff des Kleides, versuchte sie, die Bilder zu verscheuchen, die sich vor ihrem inneren Auge immer wieder abwechselten. Die gebeugte Gestalt Rebeccas und die Aufseherin, die immer wieder ausholte und den Knüppel auf den Rücken des wehrlosen Mädchens niederschmettern ließ. Dann der in entsetzlicher Kuriosität im Hochspannungszaun hängende Körper, vom Starkstrom verbrannt, entstellt, die Hände und Arme verschmort. Natürlich konnte sie ihr nicht mehr helfen. Rebecca hatte ihrem Leben ein Ende gemacht. Es war die einzige Freiheit gewesen, die sie sich noch hatte nehmen können, die Freiheit, selbst über den Zeitpunkt ihres Todes zu entscheiden. Jetzt hing ihr Leib im Zaun, der Leib, den sie gestern noch umarmt und gestützt hatte. Er war alles, was noch geblieben war von diesem Kind, das viel zu jung war, um zu leiden, zu hungern, zu sterben. In Elfi bäumte sich der Zorn auf, Zorn über eine Ungerechtigkeit, vor der sie machtlos stand, der sie zuzusehen gezwungen war, hilflos ausgeliefert, die sie verhöhnte und verspottete.

Sie fühlte die tröstenden Hände Gretes, die ihr über den Rücken und durchs Haar streichelten, hörte ihr beruhigendes Murmeln und obwohl sie die Worte nicht verstand, linderte es ihren Schmerz. Ja, die Kameradin hatte Recht: Dort, wo Rebecca jetzt war, gab es weder Hunger noch Leid, weder Zäune noch Strom, weder Schläge noch Demütigungen. Dort war sie frei. Frei.

Diese Vorstellung gab ihr Trost. Sie fühlte, wie die Kraft in ihre weichen Knie zurückkehrte. Das Schluchzen verebbte. Sie richtete sich auf und löste sich von der Kameradin, die sie mit prüfendem Blick beobachtete.

„Bist du in Ordnung, Elfi?"

Sie nickte. „Danke."

Es war nur ein Wort, aber ihr Tonfall ließ es gewichtiger erscheinen als ein Dutzend Sätze.

„Komm, wir müssen uns aufstellen, Elfi."

„Ja, ich weiß."

„Schau nicht mehr hin, Elfi. Und vor allem, versuch, dir nichts anmerken zu lassen. Glaub mir, die warten nur drauf."

„Ja, ich weiß, keine Schwäche zeigen."

„Keine Schwäche zeigen!", wiederholte Grete und es klang wie eine Aufforderung, die sie auch sich selbst einschärfte.

Die Blockälteste Obermayer hatte alle Mühe, den Zählappell in aller Genauigkeit durchzuführen. Obwohl die meisten nach der Entdeckung der Selbstmörderin still vor sich hinschauten, gab es doch viele, die sich offen über die *tote Jüdin* unterhielten. Da nutzten auch die lauten Ermahnungen nichts. Die Frauen scherten sich einfach nicht darum. Munter plapperten sie weiter. So musste die Obermayer die Häftlingsnummern laut schreien, um die Unterhaltungen zu übertönen und öfter wiederholen, bis sie endlich eine Antwort bekam.

Als sie schließlich alle Nummern abgehakt und hinter der des jüdischen Mädchens das Datum und als Todesursache „Herzversagen" eingetragen hatte, sah sie auch bereits die Aufseherin kommen. Sie beeilte sich, rechts der Reihen Aufstellung zu nehmen und rief: „Achtung!"

Sofort verstummten die Gespräche, die Frauen nahmen Haltung an und warteten auf die Aufseherin, die mit finsterem Gesicht heranstapfte.

Sie ließ sich, wie gewohnt, das Blockbuch zeigen, warf jedoch nur einen flüchtigen Blick auf die Seiten, bevor sie es zuklappte und die Obermayer an ihren Platz zurückschickte. Das Buch behielt sie. Die Tote im Zaun bedachte sie mit einem missmutigen Blick. Alle sahen gespannt zur Aufseherin hin, die wortlos dastand, den Blick auf die Frauen gerichtet, jedoch ohne sie anzusehen. Es war, als schaute sie durch sie hindurch. Hin und wieder wandte sie den Kopf und sah an den Baracken entlang, als erwarte sie jemanden.

Tatsächlich, nach einer ganzen Weile tauchten zwei SS-Männer auf, die sich mit strammen Schritten näherten. Die Aufseherin drehte sich um, straffte sich und schaute ihnen entgegen. Als sie bei ihr angekommen waren, grüßten sie kurz und zackig. *Heil Hitler!* Dann wandten sich die SS-Männer den aufgereihten Frauen zu. Mit prüfenden Blicken wanderten ihre Augen von einer Gestalt zur nächsten. Einer der beiden Uniformierten begann, die Reihen abzugehen. Vor der einen oder anderen blieb er kurz stehen, musterte sie von oben bis unten bevor er seinen Gang fortsetzte. Auch vor Elfi blieb er stehen. Sie hatte das Gefühl, den stahlblauen Augen nicht entkommen zu können, die sie mit einer obszönen Arroganz abzutasten schienen. Ein kalter Schauer überlief ihren Rücken. Dann wandte sich der SS-Mann ab und schritt weiter. Erleichtert atmete sie durch. Was hatte das alles zu bedeuten? Selektierten sie die Schwächsten aus? Das war bereits öfter vorgekommen. Sie hatten die Frauen ins Revier geschickt mit der Begründung, sie bekämen dort eine Aufbauspritze. Doch keine dieser Frauen war je zurückgekehrt. Sollte es hier genauso sein? Nein, dieses Mal war etwas anders. Sie schienen an den Schwachen kein Interesse zu haben, gingen an ihnen vorbei, würdigten sie keines Blickes.

Endlich hatte der SS-Mann seine Runde gemacht und kehrte zu seinem Kameraden und der Aufseherin zurück. Leise flüsternd unterhielten sie sich. Obwohl sie nicht weit weg standen, war kein Wort zu verstehen, so gedämpft sprachen sie. Die Aufseherin zückte das Blockbuch und öffnete es. Aufmerksam studierten die SS-Männer die Eintragungen. Auch sie schenkten der Toten im Zaun nur einen teilnahmslosen Blick, um sich erneut den Eintragungen zu widmen. Dann streckten sie die Köpfe zusammen und diskutierten lebhaft.

Elfi beobachtete die beiden SS-Männer und warf einen kurzen Blick zu Grete hinüber. Im Gesicht der Kameradin war nicht zu lesen, was sie dachte. Trotzdem hatte Elfi das Gefühl, dass etwas Bedrohliches von den beiden Uniformierten ausging.

Da schienen sich die SS-Männer geeinigt zu haben. Derjenige, der bereits die Reihen abgeschritten war, trat zur Aufseherin, wies auf die Seiten des Blockbuches und gab ihr seine Anweisungen. Dann wandte er sich um und marschierte, gefolgt von seinem Kameraden, davon.

Die Aufseherin starrte auf die Seiten des Blockbuches. Nach einem kurzen Moment hob sie den Blick und ihre durchdringende Stimme erklärte: „Ich rufe jetzt fünf Nummern auf. Die betroffenen Häftlinge haben sich nach dem Appell in der Schreibstube zu melden."

Laut und deutlich rief sie die Häftlingsnummern. Eine, zwei, drei.... Elfi zuckte zusammen. Das war ihre Nummer gewesen. Panik stieg in ihr auf. Was hatten sie mit ihr vor? Sie schaute voller Angst zu Grete hinüber.

„Sicher brauchen sie euch für einen besonderen Arbeitseinsatz", versuchte Grete sie zu beruhigen. Doch Elfi hörte deutlich den bangen Unterton in ihrer Stimme. Ein dicker Kloß setzte sich in ihrem Hals fest. Was hatten sie mit ihr vor? Was würde mit ihr geschehen?

2

Das gleichmäßige Schaukeln des Zuges wirkt einschläfernd. Wie viele Stunden sitzt sie bereits in diesem Waggon? Ist es Tag oder Nacht gewesen, als sie eingestiegen ist? Dunkel oder hell? Aus dem Dunst der Erinnerung tauchen Bilder in ihr auf: Lebendig, als wären sie eben erst verweht, wiederholen sie sich vor ihrem inneren Auge. Schienen glänzen im milden Licht der Morgensonne. Ein leiser Frühlingswind streichelt ihre Wange und bewegt einzelne Strähnen ihres Haars. Hoch im klaren blauen Himmel kreisen Schwalben. Sie verheißen schönes Wetter. Unglaublich flink und akrobatisch segeln sie aufeinander zu, biegen ab, sausen empor, ziehen Kreise. Ihr lautes Gezeter durchdringt die Stille des Morgens, echot an den nackten Wänden des Bahnhofsgebäudes, das grau in der farbigen Frühlingswelt steht, als wenn es ein gnadenloser Riese hineingeworfen hätte, gleich einem überdimensionalen Bauklotz. Da nähert sich der Zug. Die Rufe der Schwalben werden verschluckt vom Zischen und Stampfen, das anschwillt bis zu lautem Donnern, als die Lok endlich in den Bahnhof einfährt, einen schwarzen Schatten neben sich her schiebt, der dunkel über den Bahnsteig fliegt. Schließlich kommt der Zug mit schreienden Bremsen zum Stehen und verharrt, eingehüllt von Dampfwolken, in erwartungsvoller Reglosigkeit. Türen öffnen sich, vereinzelt steigen Menschen aus, Koffer hängen an schlaffen Armen. Doch sie stören die stille Erwartung nur kurz, die durch die offenen Türen noch eindringlicher geworden ist.

Wie viel Zeit ist seit diesem Morgen vergangen, an dem sie durch eine dieser Türen in den Waggon gestiegen ist und sich auf einem Platz am Fenster niederließ? Sind es Stunden oder bereits Tage? Sie weiß es nicht. Die Zeit scheint versickert im immer gleichen Rattern, in der Gleichmäßigkeit der sanften Erschütterungen. Vielleicht ist sie stehen geblieben und wird erst wieder weiterlaufen, wenn der Zug an dem Bahnhof hält, an dem sie aussteigen muss.

Vom steten Kommen und Gehen im Wagen bemerkt sie nichts, die leisen Gespräche hört sie nicht. Unbeweglich sitzt sie, den Ellenbogen auf das schmale Sims des Fensters gestützt, das Kinn in der offenen Hand ruhend. Dicht vor ihren Augen das Fenster, durch das sie schaut, ohne dass eine Regung auf ihrem Gesicht erkennbar ist. Ausdruckslos blicken ihre Augen in die vorbeiziehende Welt. So sitzt sie, seit sie eingestiegen ist.

Ihre Haltung ist geblieben. Selbst wenn sie hin und wieder aufsteht, um zur Toilette zu gehen, sobald sie wieder auf ihrem Platz sitzt, fällt sie in ihre ursprüngliche Haltung zurück und starrt durch die von Wasserflecken übersäte Scheibe.

Draußen zieht sich langsam das Licht zurück. Irgendwo sinkt die Sonne hinter den Horizont und ihre verblassenden Strahlen senden ein stilles Glühen über die Welt, das vergeht und den Himmel in einem stählernen Blau zurücklässt.

Die Scheiben verblassen. Ein trübes Licht flammt in den Lampen des Zuges auf und taucht den Waggon in einen unklaren Schein, der gerade ausreicht, um den Innenraum in den Fensterscheiben zu spiegeln.

Draußen fliegt die Welt vorbei. Schwarz und unerkannt.

Nur nicht einschlafen. Die Müdigkeit nicht siegen lassen, die alle Glieder schwer macht, das Denken ermattet, die Augen brennen lässt. Wann hat sie das letzte Mal geschlafen? Sie will sich nicht erinnern. Auch nicht an die furchtbaren Träume, die immer wiederkehren, denen sie ausgeliefert ist. Sie verfolgen sie. Erst im Schlaf, dann beim Aufwachen und noch lange in den Tag hinein. Doch gibt es vor dem Schlaf kein Entrinnen. Keine Flucht. Irgendwann kommt er über sie, verführt ihren Körper, überwältigt ihren Geist. Er schließt ihr die Augen, senkt sie in eine betäubende Schwärze, um dann Bilder in ihr aufsteigen zu lassen. Bilder gegen die sie sich wehren möchte. Die sie nicht sehen will. Doch die Träume kennen keine Gnade. Immer wieder wirbeln sie durch ihren Geist, kreisen ihn ein mit Schrecken und Angst bis er sich empor kämpft aus den Tiefen des Schlafes und sie aufschrecken lässt, schweißgebadet und bebend am ganzen Leib. Die Kehle zugeschnürt, ringt sie nach Atem, keucht, reißt den Mund auf, die Augen.

Lange dauert es, bis sie erkennt, wo sie sich befindet, bis sich ihr Pulsschlag wieder normalisiert und das Zittern nachlässt. Nur das Grauen bleibt.

Der Zug schüttelt sich, als er über eine Weiche rollt. Dann biegt er sich um eine Kurve. Das grelle Pfeifen des Signalhorns verhallt in der Nachtstille. Schemen erleuchteter Häuser huschen an den Fenstern vorbei. Schlangen von glühenden Straßenlaternen liegen hingestreckt im Dunkel. Dann herrscht wieder die undurchdringliche Schwärze, die weder Stern noch Mond stört. Eine dichte Wolkendecke hat sich am Himmel ausgebreitet und sperrt all das außerirdische Licht aus.

Es ist still geworden im Wagen. Die Gespräche sind verklungen, als wären den Menschen die Worte ausgegangen. Die Reisenden sind tief in ihre Bänke gerutscht. Die Köpfe auf die Rückenlehne gelegt, sanft hin und her wippend, schlafen sie mit offenen Mündern. Andere kauern in Ecken, an die Fenster gepresste Wangen, gleichmäßig durchgeruckelt im Rhythmus des Zuges. Manche haben ihre Jacken oder Strickwesten zusammengeknüllt zwischen Kopf und Fensterscheibe gezwängt, um das Rütteln zu dämpfen. Langsam rutscht der Stoff an den glatten Scheiben immer tiefer, bis sie ihn, halb schlafend, wieder hinaufschieben.

Sie sieht sich um. Niemand ist wach. Sie ist allein. Alle scheinen zu schlafen oder zumindest zu ruhen. Nur sie weigert sich, die Augen zu schließen. Oder auch nur eine bequemere Haltung einzunehmen. Noch immer das Kinn in der offenen Handfläche. Doch nun, da sie sich unbeobachtet weiß, haben ihre Augen es aufgegeben, in die schwarze Leere zu starren. Vorsichtig wandern ihre Blicke durch den Waggon, verweilen auf den Mitreisenden für den kurzen Moment eines Gedankens, um weiter zu schweifen.

Wie spät mag es sein? Schon nach Mitternacht? Sicherlich ist Mitternacht längst vorbei. Sie müsste bald da sein. Lange kann es nun nicht mehr dauern. Bis jetzt hat sie sich Gedanken an ihre Ankunft nicht erlaubt, doch nun lassen sie sich nicht mehr unterdrücken, sondern drängen sich unaufhörlich in ihr Bewusstsein. Sie wagt es nicht, sich die Begrüßung auf dem Bahnsteig vorzustellen. Ein einziger Gedanke kreist in ihrem Kopf, kehrt immer wieder. Wie sehe ich aus? Wie sehe ich nur aus?

Plötzlich erhebt sie sich und tritt einen Schritt vom Fenster zurück. Im dämmrigen Licht spiegelt sich ihre Gestalt in der schwarzen Scheibe. Müde steht sie da. Obwohl sie sich aufrecht hält, den Kopf erhoben, wirkt sie gebeugt. Ihre Kleider sind zu weit. Die Bluse hängt formlos an Schultern und Armen herab. Auch der Rock ist zu weit. Nur ein schmaler Stoffgürtel kann verhindern, dass er ihr über die Hüfte rutscht und zu Boden fällt. Den Mantel hat sie ausgezogen. Ordentlich zusammengelegt liegt er auf der Sitzbank. Auch er ist zu groß, doch er wärmt in den noch kühlen Frühlingsnächten. Die Strümpfe passen, schmiegen sich elastisch an ihre Beine. Auch die Schuhe haben beinahe ihre Größe. Es sind feine Lederschuhe in einem hellen Beige, das nicht zum dunklen, graubraun melierten Rock und den schwarzen Strümpfen passt. Dennoch sie ist froh, dass sie diese Schuhe bekommen hat, denn sie drücken kaum.

Ihr Blick tastet Kleidung und Körper des unscharfen Spiegelbildes ab. Er vermeidet es, das Gesicht zu betrachten. Erst als sie schon wieder dabei ist, sich zu setzen, streift er es und es ist ihr, als sähe sie eine Fremde vor sich. Hastig wendet sie sich ab, lässt sich auf den Sitz sinken und sieht sich eilends um, ob vielleicht jemand die seltsame Begegnung mit ihrem Spiegelbild beobachtet hat. Doch die Reisenden schlafen. Ihre schweren Atemzüge erfüllen den Wagen und vereinen sich mit dem gleichmäßigen Rattern.

Der Morgennebel hängt über den Wiesen. Weich und bauschig hat er die Welt unter sich versteckt. Gerade klettert die Sonne über den Horizont und bringt ihn zum Strahlen.

Einige der Mitreisenden schlafen noch friedlich. Ihre entspannten Gesichter wippen im Takt. Andere sind wach, starren aus den Fenstern. Manche haben sich bereits erhoben, strecken ihre müden Glieder und gähnen ausgiebig. Dann greifen sie nach ihren Koffern und Taschen, die sie im Gepäcknetz oder vor den Sitzen auf dem Boden gelassen haben. Sie fahren sich mit kontrollierenden Fingern durch die Haare, zupfen Hemden, Hosen und Röcke zurecht und schlüpfen in die für die Fahrt abgelegten Mäntel und Jacken. Sie sind bereit. Mit vorsichtigen Schritten durchmessen sie den Waggon und nehmen vor einer der Türen Aufstellung. Mit einer Hand irgendwo Halt suchend, schwanken sie unbeholfen, starren durch die Fenster nach draußen, nach vorne, den Anblick des Bahnhofs erwartend.

Da erhebt auch sie sich, greift nach dem Mantel, den sie sich überstreift und sorgfältig zuknöpft. Dann setzt sie sich wieder und wartet, bis der Zug kreischend und zischend zum Stehen gekommen ist.

Erst als alle anderen ausgestiegen sind, steht sie auf und geht an den noch nicht Angekommenen vorbei, die sie mit gelangweilten Gesichtern beobachten. An der offenen Tür verharrt sie einen Moment. Draußen wartet ein kühler Morgen. Auf dem Bahnsteig begrüßen sich Menschen oder verabschieden sich. Allmählich verläuft sich die Menge. Der Schaffner ruft zum Einsteigen auf. In diesem Moment entdeckt ihr umherstreifender Blick ein vertrautes Gesicht. Es schaut zu ihr auf und lächelt. Unwillkürlich lächelt sie zurück. Dann steigt sie aus dem Zug auf den Bahnsteig hinab. Fast knicken ihr die zitternden Knie ein. Überrascht hält sie sich an der Tür fest bis ihre Füße auf festem Boden stehen. Das vertraute Gesicht eilt auf sie zu, ist plötzlich da, ganz dicht vor dem ihren. Sie spürt Hände schwer auf ihren Schultern liegen, sieht in blaue Augen, die sich langsam mit Tränen füllen.

„Elfriede!", flüstern bebende Lippen.

Dann fühlt sie sich umfangen von starken Armen, fühlt Nähe und Wärme und fragt sich, warum sich dieser vertraute Körper so fremd anfühlt. Seine Schultern zucken, sein Gesicht in ihren Mantel vergraben. Sie legt ihre Hände auf seine Schulterblätter. Verwundert fragt sie sich, wieso er weint. Aufmerksam wartet sie auf ein Gefühl der Betroffenheit. Doch es bleibt aus. Erschrocken stellt sie fest, dass sie überhaupt nichts fühlt. Keine Freude, keine Erleichterung, keine Liebe. Es ist, als wenn sie ein großes schwarzes Loch in ihrer Brust hätte, das alles Lebendige aus ihrem Innern aufgesaugt und vernichtet hat. Sie versucht, sich gegen die aufsteigende Panik zu wehren. Mit erschreckender Klarheit brechen Gedanken in ihr Bewusstsein ein. *Wo ist die Liebe geblieben, diese große Liebe, die mir fast den Verstand raubte? Warum ist sie jetzt nicht hier? Warum finde ich sie nicht hier bei ihm? In seinen Armen. In seinen Augen. Hat mich die Sehnsucht belogen? Das darf nicht sein. Die Liebe ist da. Sie muss da sein. Es ist deine Pflicht, Liebe zu empfinden! Er hat es verdient! Er kann nichts für das, was du erlebt hast. Du bist ungerecht. Du bist schuld! Sicher wird er bald spüren, welche Schuld du auf dich geladen hast. Er darf es nie erfahren! Es wird ihm das Herz brechen! Du wirst ihn verlieren! So, wie du dich verloren hast! Sie haben dich umgebracht. In all der Zeit haben sie dich Stück für Stück umgebracht. Du bist tot. Wenn du nicht tot wärst, würdest du jetzt etwas fühlen. Aber du fühlst nichts. Also bist du nicht mehr lebendig. Du bist tot. Und doch nicht tot genug. So wie all die anderen. Du hast zugelassen, dass sie dich umbringen und doch überlebt.*

Mit mechanischen Bewegungen streichelt sie ihm über den Rücken und hofft, dass er es als tröstend empfindet.

Nach einem langen Moment, den er sie fest an sich drückt, gibt er sie frei und schaut ihr in die Augen. Tränen rinnen zögernd über seine Wangen. Er lacht und weint gleichzeitig, fährt sich mit den Fingern durch sein wirres Haar und wischt mit dem Handrücken die Nässe fort. Sie sieht, wie er um seine Fassung ringt und wartet ab.

„Hallo, Benno!“, sagt sie dann, lächelt reflexartig, ohne es zu merken.

„Ich hatte solche Angst um dich! Es gab so viele Gerüchte. Man hat so viel Schreckliches erzählt. Ich bin fast wahnsinnig geworden vor Angst.“ Seine Stimme stößt die Worte hastig hervor. „Ich habe versucht, etwas für dich zu tun. Ein Kollege kennt jemanden bei der Gestapo. Aber sie haben mich nur vertröstet. Hast du meine Pakete bekommen?“ Sie schüttelt stumm den Kopf. „Ich habe dir jeden Monat ein Paket geschickt. Mit Kuchen und warmen Socken im Winter und Büchern.“ Er wirkt fast verzweifelt. „Du hast nicht eines bekommen?“ Sie schafft es kaum, ihm ins Gesicht zu sehen, bringt keinen Ton über die Lippen. Eine Falte gräbt sich tief in seine Stirn ein. Dann strafft sich sein Gesicht und er strahlt sie an. „Was soll’s? Jetzt bist du endlich wieder bei mir! Komm mit! Das müssen wir feiern!“

Er nimmt ihre Hand und führt sie über den Bahnsteig auf die Straße zu.

Feiern? Das Wort scheint aus einer anderen Welt zu kommen; einer Welt der Lebenden, der sie einmal angehört hat, die sie jedoch verstoßen, ausgeschlossen hat. Nun soll sie wieder ein Teil dieser Welt sein? Wieder in ihr aufgenommen, von einem Moment zum nächsten, so schnell, wie sie aus ihr verbannt wurde? Ganz so, als wäre sie nie weg gewesen? Als wäre nichts geschehen? Wie lange hat sie sich nach dieser Welt gesehnt, hat sie sich vorgestellt, sie herbeigewünscht. Doch nun steht sie vor dem Eingang und kann nicht hinein. Sie spürt die Stricke, die Ketten, die sie binden, sie fesseln, sie zurückhalten.

Alles sieht noch so aus, wie sie es in Erinnerung hat. Nichts hat sich verändert. Das Dorf ist von den Bomben verschont geblieben. Die Häuser stehen unversehrt und heil im milden Schein der Frühlingssonne. Auch das kleine Häuschen, das sie mit Benno bewohnt hat, bis man sie verhaftete, ist unverändert geblieben. Der kleine Garten sieht verwildert aus. Unkraut wuchert und erstickt die wenigen Tulpen, die versuchen, rote Farbtupfer zwischen das wilde Grün zu streuen. Benno bemerkt ihren Blick.

„Ich hatte keine Zeit, mich um den Garten zu kümmern. Aber das holen wir nach, sobald du dich erholt hast. Zusammen macht es sowieso viel mehr Spaß!“

Sie nickt nur und folgt ihm zur Haustür. Er steckt den Schlüssel ins Schloss, dreht ihn um und stößt die Tür auf. Dann geht er zur Seite, um ihr den Vortritt zu lassen. Eilig kommt er nach, zieht die Tür zu und breitet die Arme aus.

„Willkommen daheim!“

Sie sieht sich um, geht langsam durch die einzelnen Zimmer. Alles sieht aus, als hätte sie es erst gestern verlassen. Wie lange ist sie nicht mehr hier gewesen? Wie viele Wochen, Monate ist es her, seit sie diese Wohnung das letzte Mal gesehen hat? Sie versucht sich zu entsinnen, doch sie schafft es nicht, sich diese Zeitspanne vorzustellen. Es sind nur ein paar Monate vergangen und doch ein ganzes Leben.

Jeden Winkel dieser Wohnung kennt sie, hat sie mitgeholfen einzurichten. Benno hat alles so belassen, wie es war. Sie sieht sich um, betrachtet die Schränke, die Bilder an den Wänden, die Vorhänge, Teppiche, Tisch und Stühle. Die vertrauten Zimmer wirken kühl, so als hätte sich alle Wärme vor der Heimkehrerin zurückgezogen. Sie fühlt sich ausgegrenzt. Die Wohnung ist kein Heim mehr. Sie hört das laute Ticken der großen Standuhr, beobachtet die gleichmäßigen Bewegungen des goldenen Pendels. Diese Uhr hat sie sehr gemocht, sich auf ihre Schläge zu jeder vollen Stunde gefreut. Jetzt sieht sie nur noch eine Uhr darin, einen Gegenstand, bedeutungslos und austauschbar.

Sie fröstelt, obwohl sie noch immer den Mantel trägt.

Benno kommt aus der Küche, zwei Sektschalen in der rechten, eine Flasche Sekt in der linken Hand.

„Sieh mal! Die hab ich die ganze Zeit aufgehoben für deine Rückkehr! Inzwischen ist es unmöglich, an so was ranzukommen.“

Stolz und glücklich streckt er ihr die Flasche entgegen. Ihr Lächeln kommt automatisch. Er stellt die Gläser auf die Marmorplatte des Wohnzimmertisches und macht sich am Verschluss der Sektflasche zu schaffen. Mit einem satten „Plopp“ entkorkt er sie und füllt die Gläser.

„Komm doch her zu mir! Und zieh diesen albernen Mantel aus. Der ist dir ja drei Nummern zu groß!“

Sie schlüpft gehorsam aus dem Mantel und legt ihn sorgfältig über die Sessellehne. Dann geht sie hinüber zu ihrem Mann und setzt sich neben ihn auf das Sofa. Er reicht ihr eines der Gläser und nimmt sich das andere.

„Zum Wohl!“, sagt er und seine Augen glänzen. „Auf deine glückliche Heimkehr!“

Hell klirrt das Glas. Der Sekt bizzelt, erzeugt ein Kribbeln auf der Zunge. Sie hat das Gefühl, Schaum im Mund zu haben und schluckt. Die Säure lässt sie schaudern. Sie stellt ihre Sektschale auf den Tisch. Als sie sich zurücklehnt, sieht sie, dass Benno sie beobachtet.

„Was ist mit deinen schönen langen Haaren passiert?“, fragt er.

„Die wurden am ersten Tag gleich abgeschnitten. Wir wurden rasiert. Wegen der Läuse.“

„Aber du hattest doch keine Läuse."

„Nein, da noch nicht."

„Noch nicht?"

Sie nickt. „Noch nicht", wiederholt sie mit gleichmütiger Stimme. „Später schon. Läuse, Flöhe, Wanzen. Sie waren überall. In der Kleidung, in den Decken, Betten. Überall."

„Haben die denn nichts dagegen unternommen?", fragt er entsetzt.

Ein freudloses Lachen entringt sich ihrer Kehle, das so viel Bitterkeit in sich trägt, dass es ihn erschreckt. Erwartungsvoll sieht er sie an. Doch sie sagt nichts mehr. Da greift er nach seinem Glas, trinkt einen großen Schluck und noch einen.

Schweigen breitet sich aus. Das Ticken der Uhr fällt überlaut in die Stille. Die Bläschen steigen lautlos in der Sektschale nach oben, wo sie ebenso lautlos zerplatzen. Sie sieht ihnen zu. Immer neue entstehen am Boden des Glases, um den anderen zu folgen und sie fragt sich, woher sie kommen.

„Du siehst besser aus, als ich befürchtet habe", unterbricht Bennos Stimme die Stille. „Müde. Ja, müde siehst du aus. Und auch dünner bist du geworden. Aber es ist nicht so wie bei Gertrud."

Sie sieht ihn an ohne zu verstehen. „Gertrud?"

„Ja, die Gertrud Becker von der Obergasse. Du kennst sie doch. Sie kam vor ein paar Tagen aus dem Lager zurück. Ich habe sie nicht mehr erkannt. Ihre Mutter hat mir erzählt, sie war im selben Lager wie du. Jetzt wiegt sie nur noch 42 Kilo. Kannst du dir das vorstellen?"

Sie blickt ihn an. In ihrem Gesicht bewegt sich kein Muskel, nur ihre Augen weiten sich für einen kurzen Moment und das Braun scheint noch eine Nuance dunkler zu werden.

„Ob ich mir das vorstellen kann?“ Ihre Stimme ist nur ein leises Flüstern. „Du fragst mich, ob ich mir das vorstellen kann?“

Er nickt, sieht ihr in die Augen, weicht ihrem Blick aus und nimmt hastig noch einen Schluck aus der Sektschale.

„Man kann sich das nicht vorstellen. Es ist unbeschreiblich. Aber ich habe es gesehen“, sagt sie plötzlich. „Es waren Tausende. Tausende, abgemagert bis zum Skelett, Benno. Tausende, die verhungert sind, einfach umgefallen in den Schlamm. Schluss! Aus! Vorbei! Die Öfen im Krematorium arbeiteten rund um die Uhr und konnten nicht alle fassen. Tag und Nacht hing der Rauch der verbrannten Menschen in der Luft. Es muss meilenweit zu riechen gewesen sein. Warum hat niemand etwas getan?“

Er senkt den Blick, stellt seine Sektschale auf den Tisch. Seine Hand zittert. Fassungslos schüttelt er den Kopf. Er öffnet den Mund, um etwas zu sagen, schließt ihn aber sofort wieder. Dann wendet er sich ihr zu. Seine Hände suchen die ihren und drücken sie. Sie schaut ihn an. In seinen Augen kann sie lesen, dass er ihr glauben will. Aber sie ist sich nicht sicher, ob er es wirklich schafft.

Mit einem Mal zieht er sie an sich und hält sie fest. Zart streichelt er ihr über das Haar. Ihr Kopf ruht auf seiner Schulter. Strähnen ihres Haares sind ihr ins Gesicht gefallen, kitzeln auf der Haut.

Noch immer steigen die Bläschen in der Sektschale auf. Aber inzwischen sind es weniger geworden.

Bennos Hand fährt ihr übers Haar. Es ist eine tröstende Geste, doch sie fühlt keinen Trost. Sie spürt Bennos warmen Körper, doch sie fröstelt. Eine Kälte, die weder Anfang noch Ende zu kennen scheint, steigt aus ihrem Innern empor und breitet sich aus. Zuerst in ihrer Brust, ihrem Magen, steigt den Hals empor, kriecht durch ihre Arme und Beine bis sie selbst bis in ihre äußersten Körperregionen, die Fingerspitzen und Fußzehen vorgedrungen ist. Taub und zu Eis erstarrt lehnt ihr Leib an dem warmen Körper Bennos. Seine Hand streichelt noch immer über ihr Haar. Gleich wird er ihre Kälte spüren. Bestimmt dringt sie durch seine Kleidung bis auf seine Haut und erfasst auch ihn. Es kann nicht mehr lange dauern.

Sie will die Kälte abschütteln, sich von der Starre befreien. Mit einer außerordentlichen Kraftanstrengung löst sie sich von Benno, setzt sich aufrecht und verharrt einen Moment so. Dann greift sie nach dem Sektglas, hebt es vom Tisch auf und wendet sich damit Benno zu.

Ihre Lippen verziehen sich zu einem Lächeln.

„Komm! Lass uns jetzt nicht über so schreckliche Dinge reden. Wir wollen uns doch nicht die Feier verderben lassen“, erklärt sie leichthin.

Er lächelt erleichtert. „Ja! Lass uns feiern!“

Die Gläser stoßen aneinander. Das helle Klingen wird übertönt vom ersten Gongschlag der Standuhr.

„Ich hab dich so vermisst“, flüstert er. Sein Atem streicht über ihr Ohr. Seine Arme halten sie umklammert und drücken sie an seinen Leib. Sie weiß nicht, wo sie ihre Hände lassen soll und legt sie auf seinen Schulterblättern ab. Seine Finger durchwühlen ihr Haar und der Druck seiner Arme wird stärker. Über seine Schulter hinweg kann sie den Wandspiegel sehen, der ihr immer zum Anziehen gedient hat. Jetzt sieht sie ein eng umschlungenes Paar, das vor dem Ehebett steht, welches ihr mit einem Mal unnatürlich breit vorkommt. Der Spiegel zeigt ein ganz normales Paar, das sich in den Armen hält, bereit für mehr Zärtlichkeiten. Nur die Augen der Frau, die sie dunkel aus dem Spiegel anblicken, sind umschattet. Dies zerstört das harmonische Bild. Was mag in dieser Frau gerade vorgehen, fragt sie sich.

„Oh, Elfriede, tut es gut, dich in den Armen zu halten“, unterbricht seine Stimme ihre Gedanken. Sie muss sich räuspern, bevor sie antworten kann: „Ja, Benno! Es tut gut.“

„Hast du mich auch vermisst? Sag schon, hab ich dir gefehlt?“

Sie schließt die Augen und versucht die aufsteigenden Bilder niederzukämpfen. Nur mühsam kommt ein leises „Ja!“ über ihre Lippen.

Warum muss sie jetzt ausgerechnet ans Lager denken? Sie versteht die Wehmut nicht, die sie erfasst. Was ist das? Verwirrt versucht sie, die Gedanken abzuschütteln. Sie ist nicht mehr im Lager und will auch nicht mehr dahin zurück. Bei Benno sein, das kann sie nun. War es nicht das, was sie sich im Lager gewünscht hat?

Er drückt sie noch ein wenig fester an sich, seine Hände wandern über ihren Rücken, verweilen auf ihrem Po. Sie starrt in den Spiegel.

Seine Hände umfassen ihre Taille und er schiebt sie zum Bett, gibt ihr einen sanften Stoß, dass sie rückwärts fällt. Die vergessene Weichheit der Kissen irritiert sie einen Augenblick. Er lacht vergnügt und wirft sich neben sie, rollt sich ein Stück auf sie und drückt ihr seine Lippen auf den Mund. Seine Zunge zwängt sich zwischen ihre Zähne und sie öffnet sie. Seine Hände ziehen ihr die Bluse aus dem Rockbund. Dann spürt sie seine Finger auf ihrem Bauch, spürt sie sanft auf ihrem BH. Seine Küsse werden ungestümer und sein Atem heftiger. Er drängt sich an ihren Körper. Für einen Moment hält er inne und sieht sie an.

„Du bist so schön! Mein Gott, ich hab dich so vermisst.“

Sein Versuch, ihr den BH über die Brust zu schieben, misslingt. Sie sieht sein Gesicht vor sich, spürt seine ungeduldigen Hände, hört seinen schnellen Atem, riecht seine Erregung. Sie ringt nach Luft, doch ihr Hals scheint wie durch eine unsichtbare Schlinge zugeschnürt. Ihre mühsam bewahrte Haltung bröckelt in sich zusammen. Erstarrt, zu keiner Bewegung fähig, liegt sie in den weichen Kissen.

Plötzlich lösen sich seine Lippen von den ihren und er schaut ihr in die Augen. Seine Wangen werden blass.

„Was ist denn los, Elfriede?"

Sie kann ihm nicht antworten, ist nicht fähig, das kleinste Glied ihres Körpers zu bewegen.

„Du kannst jetzt nicht, stimmt's?", fragt er mit heiserer Stimme.

Schnell fügt er hinzu: „Es ist in Ordnung. Mach' dir wegen mir keine Sorgen. Ich kann warten. Entschuldige, wenn ich ein bisschen zu stürmisch war."

Er streicht ihr zart über die Wange, lächelt sie an. Dann erhebt er sich, tritt vor den Kleiderschrank und beginnt, sich auszuziehen. Dabei summt er leise vor sich hin.

Langsam löst sich die Schlinge, die sich um ihren Hals gezogen hat. Befreit zieht sie die Luft tief in ihre Lungen. Doch ein unangenehmes Brennen im Hals bleibt.

Das Kleid ist ihr immer noch ein wenig zu weit. Trotzdem steht es ihr gut. Es ist grün mit braunen Bündchen, die sehr gut mit dem Braun ihrer Augen harmonieren. Das Haar hat sie zurückgekämmt und mit ein paar Spangen festgesteckt. Es ist noch nicht lang genug, um es zusammenbinden zu können.

Benno beobachtet sie, wie sie sich einmal vor dem Wandspiegel dreht.

„Schön siehst du aus."

Sie hört, dass er es ehrlich meint, aber auch ein wenig Wehmut schwingt in seiner Stimme mit. Es verursacht ein Stechen in ihrer Magengegend. Sie wendet sich ihm zu, lächelt und hofft, dass es besonders liebevoll aussieht.

„Lass uns gehen!", fordert er munter und geht in den Flur, wo er den leichten Sommermantel von der Garderobe nimmt und für sie bereithält. Er trägt den Anzug, den sie immer besonders an ihm geliebt hat. Sie weiß, dass er ihn mit Absicht ausgesucht hat. Er will ihr gefallen, will ihr zeigen, wie sehr er auf ihre Vorlieben achtet, wie viel Respekt er vor ihr hat. Wieder spürt sie die Schlinge um den Hals. Schnell schüttelt sie die Gedanken ab, konzentriert sich auf den Mantel, schlüpft hinein und bindet den Gürtel.

Als sie ins Freie treten, sagt er: „Meine Eltern werden sich freuen, dich zu sehn."

„Ich freue mich auch."

„Mutter hat mir erzählt, dass sie die Bauern abgeklappert hat, um ein, wie sie es formuliert, richtiges Essen auf den Tisch zu bekommen."

„Deine Mutter bei den Bauern. Das kann ich mir gar nicht vorstellen."

Benno lacht. „Das konnte ich mir bislang auch nicht vorstellen. Normalerweise schickt sie Vater hin."

Sie gehen nebeneinander die Straße entlang. Es ist Sonntag und die meisten Dorfbewohner dürften momentan in der Kirche sitzen. Das Dorf liegt wie ausgestorben da. Darüber ist Elfriede froh. Sie hat Angst vor den Fragen der Nachbarn. Was soll sie ihnen antworten? Man wird über sie reden. Das weiß sie. So ist das nun mal auf dem Land. Hoffentlich sind wir bei Bennos Eltern bevor der Gottesdienst beendet ist.

Auf den Dächern zwitschern die Vögel. Ein leichter Lufthauch raschelt im jungen Grün der Bäume und Sträucher und lässt die bunten Frühlingsblumen an ihren langen Halmen schaukeln. Am Himmel kleben ein paar harmlose Wölkchen, strahlend weiß, von der Sonne erleuchtet.

„Was für ein herrlicher Frühlingsmorgen!"

Er sieht sie von der Seite an, ein wenig erstaunt über ihre plötzliche Begeisterung. Ihre Blicke treffen sich. Er ergreift ihre Hand. Ihre Finger schließen sich um die seinen. Hand in Hand schlendern sie die Dorfstraße entlang. Sie sehen aus wie ein frisch verliebtes Paar beim gemeinsamen Sonntagsspaziergang.

Der Tisch ist geschmackvoll gedeckt. Teures Porzellan, Stoffservietten, Kristallgläser. Davon wird sich ihre Schwiegermutter nicht trennen. Wenn sie nicht in voller Ausstattung speisen kann, fühlt sie sich nicht wie ein zivilisierter Mensch. Auch, wenn nichts da ist, das man in den geblümten Porzellanschüsseln anrichten kann.

So manches Stück der Wohnungseinrichtung ist bereits verschwunden, sicher auf dem Schwarzmarkt im Tausch gegen die knapp gewordenen Dinge oder steht nun in einer Bauernstube.

Die Schwiegermutter kommt aus der Küche, in den Händen balanciert sie eine große Terrine, die sie mitten auf den Tisch stellt. Dann lächelt sie gönnerhaft und setzt sich, greift nach der Suppenkelle und füllt die Teller. Zuerst ihrem Mann, dann den Gästen, bevor sie etwas auf ihren eigenen Teller gibt.

„Ich wünsche euch einen guten Appetit. Seid nicht sparsam, es ist noch genügend da."

Elfriede sieht zu, wie die zähe Brühe auf ihren Teller schwappt, sich einen Moment noch bewegt, um dann still und glatt im weißen Porzellan zu stehen. Dampf steigt auf wie Frühnebel über den Feldern und löst sich über dem Teller auf. Das Klappern von Besteck auf Porzellan verrät ihr, dass die anderen bereits angefangen haben zu essen. Sie kann nicht aufschauen, kann ihren Blick nicht von der Brühe wenden, die darauf wartet, dass sie ihren Löffel eintaucht und derweil ihren Dampf und ihren Geruch verbreitet. Es ist das Aussehen, aber mehr noch der Geruch, der ihr den Magen zusammenkrampfen lässt. Der Teller verwandelt sich vor ihren Augen in eine Holzschale, abgenutzt, mit Schlieren und Kratzern. In der Holzschale steht eine dünne Brühe und verbreitet diesen Geruch, diesen unverwechselbaren Geruch, ein wenig süßlich, ein wenig faulig. Ihr Magen krampft sich zusammen. Eine heftige Übelkeit steigt in ihr auf. Der Würgereiz kommt plötzlich. Sie kann ihn nicht unterdrücken. Hastig steht sie auf. Der Stuhl rutscht mit einem schabenden Geräusch über die Holzdielen. Die eine Hand fest auf den Mund gepresst, die zweite auf den Magen, rennt sie hinaus. Überraschte und entsetzte Blicke folgen ihr bis sie durch die Tür verschwunden ist.

Da sie noch nichts gegessen hat, bleibt das Würgen trocken und ergebnislos. Als sie sich aufrichtet, glänzen Schweißtropfen auf ihrer Stirn. Sie wischt sich fahrig mit dem Handrücken über das Gesicht und über die Lippen. Als sie sicher ist, dass sie die Übelkeit unter Kontrolle hat, wagt sie es, zu den anderen zurück zu kehren.

Sie will gerade die Zimmertür öffnen, hat bereits die Klinke in der Hand, als sie von drinnen die gedämpfte Stimme der Schwiegermutter sagen hört: „Ist sie schwanger?"

Niemand antwortet. Dann ist da wieder die Stimme der Schwiegermutter: „Benno! Ist sie schwanger?"

„Ich weiß es nicht, Mutter."

Durch die geschlossene Tür hört sie die traurige Müdigkeit in Bennos Stimme. Mühsam kämpft sie gegen die aufsteigenden Tränen an. Noch einmal wischt sie sich mit der Hand übers Gesicht, über die brennenden Augen. Dann atmet sie tief durch und drückt die Klinke nieder.

Alle Augen sind auf sie gerichtet, als sie langsam durch den Raum geht und sich wieder auf ihren Platz setzt. Benno wendet sich ihr zu.

„Geht es wieder?"

Sie nickt und ihre Stimme klingt belegt, als sie fragt: „Könnte ich vielleicht ein Glas Wasser haben?"

„Natürlich", antwortet die Schwiegermutter, erhebt sich und geht in die Küche, um einen Krug Wasser zu holen.

Elfriede nimmt einen großen Schluck. Das Wasser ist kühl und frisch. Mit jedem Schluck spült sie die Übelkeit mehr hinweg, bis fast nichts mehr davon übrig ist. Nur nicht zu tief einatmen und diesen Geruch in sich aufnehmen. Nur nicht mehr hinsehen auf diese Brühe und all die Erinnerungen, die sie wachruft.

Schließlich sind die anderen mit der Suppe fertig. Die Schwiegermutter räumt die Teller zusammen, nimmt auch ihren vollen Teller weg und sie atmet erleichtert auf. Für einen Moment verschwindet die Schwiegermutter in der Küche. Dann kehrt sie zurück, in der einen Hand eine Platte, in der anderen eine Schüssel. Die Holzdielen knarren unter ihren Füßen.

Sie stellt Platte und Schüssel auf den Tisch und sieht die Tischgäste erwartungsvoll an. Stolz glitzert in ihren Augen und die Vorfreude auf das ausgesprochene Lob lässt sie den Kopf noch ein wenig höher recken.

Auf der Platte liegen, angerichtet auf einem Bett von herrlich leuchtendem Karottengemüse, vier Scheiben Braten. Obwohl sie nur halb so groß sind, wie früher üblich, erscheinen sie ihr anstößig, wie sie da liegen, ausgebreitet in aller Lasterhaftigkeit, nackt und saftig, verströmen sie ihren verführerischen Duft, locken und stoßen sie dennoch ab.

Sie zwingt sich, wegzusehen, hinüber zur Schüssel, aus der seidiger Dampf aufsteigt. Glänzende Klöße drängen sich aneinander, übereinander, füllen die Enge der Schüssel aus.

„Ist deine Mutter nicht eine Zauberkünstlerin!“, ruft der Schwiegervater mit freudiger Erregung.

„Wo hast du nur den Braten her? Es gibt doch noch nicht einmal genug Brot!“

„Nun, Benno! Es freut mich, dass mir die Überraschung gelungen ist.“

Mehr verrät sie nicht. Auf die neugierigen Fragen Bennos antwortet sie nur mit einem Lächeln und einem Schulterzucken. Elfriede stellt sich ihren Schwiegervater vor, wie er später, nachdem sie gegangen sind, durch die Wohnung wandert und herauszufinden versucht, welche Kostbarkeit seine Frau gegen das winzige Stück Bratenfleisch wohl eingetauscht haben mag.

Diese Gedanken lenken sie von ihrem vollen Teller, den herausfordernd grellen Karotten, dem prallen Kloß und der anrüchig dazwischen hindrapierten Scheibe Fleisch, ab.

Mit der Gabel spießt sie ein Stückchen Karotte auf. Als sie darauf beißt, verbreitet es seine Süße in ihrem Mund. Weich und schmierig fühlt sie den Kloß zwischen Zunge und Gaumen.

Ganz auf ihr Essen konzentriert, geht das belanglose Geplapper der Schwiegermutter an ihr vorbei. Nur Bennos sanfte Stimme antwortet gelegentlich oder stellt eine Frage, auf die sich ein neuer Wortschwall aus ihrem Mund ergießt.

Elfriede legt ihr Besteck beiseite und greift nach dem Wasserglas. Dann lehnt sie sich auf dem Stuhl zurück.

„Elfriede!"

Der Ruf der Schwiegermutter schreckt sie auf.

„Ja?"

„Ich habe dich etwas gefragt."

„Entschuldige. Das habe ich nicht gehört."

„Warum in aller Welt lässt du das Beste auf dem Teller liegen? Du musst essen, damit du wieder ein bisschen mehr auf die Rippen bekommst, Elfriede."

Elfriede sieht auf ihren Teller hinab. Dort liegt die Scheibe Braten, einsam und unangetastet mitten auf dem weißen Porzellanteller. Sie schaut auf und sieht alle Blicke auf sich gerichtet. Ihr wird heiß. Sie öffnet die Lippen, um etwas zu sagen, doch es kommt kein Ton heraus. Ihre Augen fliegen von einem zum anderen. Hilfe suchend blickt sie zu Benno hin und bemerkt, dass er sie auf eine seltsam traurige Weise ansieht.

„Nun, wenn du den Braten nicht willst, ich nehme ihn gern!", unterbricht der Schwiegervater das verlegene Schweigen.

Elfriede zwingt sich zu einem Lächeln.

„Ich überlasse ihn dir gern."

Sie nimmt den Teller und reicht ihn dem Schwiegervater, der seine Gabel in die Fleischscheibe stößt und sie auf seinen Teller zieht.

„Sag mal, du warst doch in einem dieser Lager, Elfriede."

Elfriede nickt stumm, ihr Gesicht eine ausdruckslose Maske.

„Stimmt es wirklich, was man so hört?", fragt die Schwiegermutter begierig. „Sie haben dort alle Juden vergast. Ist das wahr?"

Elfriede richtet ihren Blick auf die Schwiegermutter, doch sie schaut durch sie hindurch. In ihrer Brust fühlt sie das schwarze Loch, das langsam größer wird, sich in alle Richtungen ausbreitet, bis es sie ganz ausgefüllt hat.

„Ja."

„Wirklich alle? Es waren doch sicher viele."

„Tausende."

„Sag bloß!", ruft die Schwiegermutter ungläubig, „Jetzt übertreibst du aber. Das kann ich mir nicht vorstellen!"

„Nun manche sind schon vorher gestorben, verhungert, erfroren, es gab Krankheiten. Oder sie haben sich in den Hochspannungszaun geworfen."

„*Das* hast du gesehen?"

„Ja. Ich habe es gesehen. Ich habe sie aufgesammelt, all die Toten. Nicht nur Juden. Der Tod macht da keine Unterschiede. Wir haben sie mit einem Karren zum Krematorium gebracht. Es waren Hunderte jeden Tag. Wir haben schnell aufgegeben, sie zu zählen."

„Unglaublich!"

„Einmal haben sie unzählige Tote auf dem Feld verbrannt. Wir haben den schwarzen Rauch gesehen, der in den Himmel aufstieg. Der Wind hat ihn verweht. Und dann sind all die Toten auf uns herabgeschneit. Ihre Asche, wie Schnee. Nur nicht so kalt. Nicht so kalt."

Ihre Stimme ist immer leiser geworden, bis die Worte nur noch als Hauch über ihre Lippen wehen. Es herrscht Stille. Nur das Zwitschern der Vögel dringt durch die geschlossenen Fenster herein, gedämpft wie durch Watte.

Plötzlich bricht die Schwiegermutter in ein schallendes Gelächter aus. Alle sehen sie an. Der Schwiegervater überlegt, ob er in das Lachen einstimmen soll, entscheidet sich aber, erst einmal abzuwarten. Auf Bennos Gesicht ist keine Gefühlsregung zu erkennen. Mit versteinerter Miene sieht er seine Mutter an, die nun sichtbar um Fassung ringt. Es dauert einen unendlich währenden Moment bis sie, mühsam nach Luft schnappend, fähig ist zu sprechen.

„Du willst mich wohl auf den Arm nehmen", jappst sie, „wie Schnee! Das ist ein guter Witz! Wie Schnee!" Sie lacht auf, abgehackt, laut und hysterisch. „Ich wäre fast darauf reingefallen."

Elfriede starrt ihre Schwiegermutter an. Sie kann nicht glauben, was sie eben gehört hat. Ist es wirklich wahr? Sie zweifelt an ihrem Gehör, an ihrer Auffassungsgabe. Sicher hat sie sich gerade verhört. Es war sicherlich ein Missverständnis. Vielleicht hat sie zu undeutlich gesprochen. Nein, das kann es nicht gewesen sein. Die alte Dame hat nicht begriffen, was sie soeben erzählt hat. Doch gleichzeitig muss sie sich eingestehen, dass die Schwiegermutter wohl verstanden hat. Sie hat es sogar sehr genau verstanden, aber sie glaubt ihr nicht. Verwirrt sieht sie in das vertraute Gesicht, das ihr plötzlich so fremd erscheint in seiner arroganten Selbstzufriedenheit. In diesem Moment ist sie sich sicher, dass sie ihr nie glauben wird. Es hat überhaupt keinen Sinn, noch etwas zu sagen, etwas zu erklären. Egal, was sie berichten wird, egal, mit welchen Worten sie es schildern würde, sie wird ihr nicht glauben. Weil sie ihr gar nicht glauben will. Auch der Schwiegervater schüttelt ungläubig den Kopf. Elfriede schaut zu Benno hinüber und sucht auf seinem Gesicht ein Zeichen dafür, dass er ihr glaubt. Ihre Schwiegermutter wird es niemals tun, auch ihr Schwiegervater nicht. Vielleicht wird ihr niemand glauben. Hat sie denn wirklich erwartet, dass man ihr zuhört, ihre Worte für wahr hält, dass man ihr das Unfassliche glaubt? Hat sie vollkommen vergessen, dass diese Menschen der Welt der Lebenden angehören? Und dass die Lebenden nichts von der Welt der Toten hören wollen?

Aber Benno. Er muss ihr einfach glauben. Ihr forschender Blick sucht in seinen Zügen, in seinen Augen. Was sie findet ist Mitleid. Benno sieht sie voller Mitleid an. Doch sie kann nicht erkennen, warum er Mitleid empfindet. Schnell blickt sie weg, bevor sie eine Antwort auf diese Frage finden kann.

Benno ist schweigsam auf dem Heimweg. Still geht er neben ihr her. Das gleichmäßige Geräusch ihrer Schritte begleitet sie die Straße entlang. Von den Dächern flattern tschilpende Sperlinge. Sie bemerkt, dass er sie immer wieder von der Seite ansieht. Als sie den Kopf dreht, begegnet sie seinem Blick, der forschend auf ihr ruht. Es scheint, als wolle er durch sie hindurch bis tief in ihre Gedanken blicken.

„Ist es wahr?“, fragt er. Seine ungewöhnlich harte Stimme erschreckt sie.

„Was?“

„Bist du schwanger?“

Sie schaut ihm in die Augen, in ihrer Bläue spiegelt sich der Himmel, doch es ist ein eisiger Winterhimmel, aus dem alle Wärme gewichen ist.

„Nein“, antwortet sie tonlos.

„Ganz sicher?“

Die Frage nimmt ihr die Luft zum Atmen. In ihrem Innern krampft sich etwas zusammen und schickt pulsierende Schmerzwellen durch ihre Adern. Sie bringt kein Wort über die Lippen. Schnell nickt sie. Das Blut rauscht in ihren Ohren. Unwillkürlich greift sie sich an die Schläfen, reibt sie sanft mit den Fingerspitzen und versucht, die wirr durch ihr Gehirn schwirrenden Gedanken zu beruhigen.

Plötzlich bleibt Benno stehen, zieht sie zu sich herum. Er legt ihr zwei Finger unter das Kinn und hebt sanft ihren Kopf.

„Es tut mir leid, Elfriede“, flüstert er, „ich glaube dir natürlich.“

Sie kann seinen Blick kaum ertragen, doch er hält ihr Kinn noch immer fest. Die Sekunden tröpfeln unendlich träge in die Ewigkeit. Dann nimmt Benno die Hand weg. Erleichtert lässt sie den Kopf sinken.

Schweigend setzen sie ihren Weg fort. Die Sonne steht schon tief, als Benno den Schlüssel ins Schloss der Haustür steckt. Er dreht ihn um und drückt die Tür auf. Doch mitten in der Bewegung hält er inne, schaut über die Schulter zurück und sagt: „Elfriede, ich möchte ein Kind von dir.“

Bevor sie antworten kann, wendet er sich wieder um, öffnet die Tür ganz und betritt das Haus.

3

Die fünf Frauen bewegten sich langsam auf die Baracke zu, in der das Krankenrevier untergebracht war. Der Wind verfing sich in ihren gestreiften Kleidern, bauschte sie, ließ sie um ihre nackten Beine flattern. Fröstelnd zogen sie das Genick ein, pressten die Arme an die Seiten.

„Sonderkommando", flüsterte eine von ihnen gerade so laut, dass es den Wind übertönte.

„Ihr wisst ja, für was sie den Begriff *Sonder* benutzen", antwortete eine raue Stimme.

„Für was?", fragte Elfi und bedauerte bereits im nächsten Moment ihre Frage.

„*Sonder*behandlung, zum Beispiel, heißt Gaskammer. Sag bloß, das hast du nicht gewusst, Rehäuglein?!", kam die spöttische Antwort.

„Eins dürfte klar sein: Das, was die mit *Sonder* bezeichnen, kann nichts Gutes bedeuten", raunte es leise.

„Stimmt, sonst hätten sie uns ja verraten können, wo wir hinkommen."

„Erst lassen sie uns ewig in der Schreibstube herumstehen und dann kein Wort, was mit uns geschehen soll."

„Seid doch staat! Mir wer'n no früh gnuag erfahrn, wos es mit dem Sonderkommando auff si hot", kam es in gebieterischem Ton.

Sie blickte unwillkürlich zum Schornstein des Krematoriums hin, der bedrohlich in den Himmel ragte und unermüdlich schwarzen Rauch ausspuckte.

Der Raum war kahl und leer. Ein paar Krankenbetten standen an der weißen Wand. Blutflecke auf den Laken verrieten, dass sie wohl für Operationen benutzt worden waren.

Die Frauen sahen sich ängstlich um. Man hatte sie in diesen Raum gebracht, wo bereits fünfzehn andere Frauen warteten. Misstrauisch beäugten sie einander. Es waren Frauen aus anderen Blocks. Auf allen Kleidern haftete der Schwarze Winkel.

Vielleicht hatte sie die eine oder andere schon gesehen. Doch sie konnte sich nicht erinnern. Manche unterhielten sich leise miteinander. Ihre feuchten Kleider und ungepflegten Körper verströmten den typischen Barackengeruch. Salzig, herb, nach muffigem Stoff und den Exkrementen der Durchfallerkrankten. Durch ein geöffnetes Fenster drängte sich der Wind und brachte den Duft nasser Erde mit.

Plötzlich wurde die Tür aufgerissen. Die Frauen zuckten zusammen.

„Alle ausziehen! Alles!", erklang polternd der Befehl. „Na los, auf was wartet ihr noch? Ausziehen hab ich gesagt!"

Zögernd schlüpften die Frauen aus ihren Schlamm verkrusteten Pantinen, zogen sich die Kleider über den Kopf und hielten sie schützend vor sich.

„Sicher kommt nur der Lagerarzt und untersucht uns."

„Genau. Weshalb sollten wir sonst ins Revier kommen?" Es klang hoffnungsvoll.

Wieder ging die Tür auf und die polternde Stimme erklang erneut: „Weg mit den Kleidern! Legt sie auf die Betten. Hopp! Hopp!"

Eilends befolgten die Frauen die Anweisung, legten ihre Kleider ordentlich auf die Krankenbetten und stellten die Pantinen darunter.

Nackt standen sie nun da, eine neben der anderen und wussten nicht, wohin sie schauen sollten. Der kühle Windhauch strich über ihre mageren Körper.

Ein drittes Mal wurde die Tür aufgerissen und drei SS-Offiziere betraten mit stampfenden Stiefeln den Raum. Männer. Fremd. Gefährlich. Nur einen kurzen erschrockenen Blick wagten die geweiteten Augenpaare, nahmen kaum die im Lampenlicht funkelnden Abzeichen wahr, bevor sie sich voller Scham senkten, um auf den gekachelten Boden zu starren.

Fürs erste herrschte Stille, eine atemlose Stille, die das Lispeln des Windes noch unterstrich.

Sie stand da und wagte nicht aufzusehen. Das Herz pulsierte in ihrer Brust und sie fürchtete, das heftige Schlagen wäre in der Stille zu hören. Ihre brennenden Augen betrachteten die Bodenkacheln und die lehmigen Muster, die die Holzschuhe auf dem sauberen Weiß hinterlassen hatten. Da waren Streifen und Schlieren, Spritzer und Flecke, Tupfer und ganze Abdrücke. Keine Spur glich der anderen, keinen Abdruck gab es zweimal. Es war ein Durcheinander von Braun und Weiß, von Dunkel und Hell, von Schmutz und Reinheit.

Sie hörte die Stiefel, die sich über die Fliesen bewegten. Sie kamen näher, langsam. Dann hielten sie an und das Murmeln von Männerstimmen unterbrach die Stille. Wieder klapperten die Absätze der Stiefel auf den Kacheln, näherten sich, kamen direkt auf sie zu. Sie hielt den Atem an. Schwarze Stiefel, blank poliert, die aussahen, als hätten sie noch nie den schlammigen Lehmboden berührt, schoben sich in ihr Blickfeld, blieben stehen. Das Licht der Deckenlampe spiegelte sich auf dem glänzenden Leder.

Sie hörte die Atemzüge der Männer, fühlte ihre Blicke auf der Haut brennen, über ihren Körper tasten wie gierige Finger. Trotz der feuchten Kälte, die der Wind im Raum verteilte, brach ihr der Schweiß durch die Poren, stand in winzigen Perlen auf ihrer Stirn, die zu glühen schien.

„Sieh mich an!“, schnarrte es in nasalem Tonfall.

Es gelang ihr nicht, den Kopf zu heben. Ihr Blick schien am Boden zu kleben und sich nicht lösen zu wollen. Der SS-Mann wurde ungeduldig. Er schob den Griff seiner Gerte unter ihr Kinn und hob es an. Ihre Augen sahen sich dem metallkalten Grau eines eng stehenden Augenpaares gegenüber. Alles, was sie wollte, war diesem Blick zu entgehen, der Grausamkeit, die sich in diesem Grau offenbarte. Doch sie konnte ihm nicht ausweichen. Der Griff der Gerte drückte schmerzhaft unter ihrem Kinn.

Plötzlich verzog sich das Gesicht vor ihr zu einem breiten Grinsen.

„Natürlich! Das ist genau das, was ich suche!"

Mit einem Ruck zog er die Gerte weg und ihr Kinn sank auf ihre Brust. Sie schloss die Augen, als ob sie ihnen damit die Last des soeben Erblickten abnehmen könnte. Doch die graue Gnadenlosigkeit hatte sich in ihr Gedächtnis eingebrannt. Dieser rohe Blick, der Leid und Schmerzen völlig unbeteiligt schauen konnte. Wenn der leibhaftige Tod Augen hätte, sähen sie so aus.

Nach der Begutachtung der Häftlinge durch die drei SS-Männer, wurden die Frauen in zwei Gruppen aufgeteilt. Die zehn Frauen, welche von den Uniformierten ausgewählt worden waren, mussten im Raum bleiben und auf den Lagerarzt warten, der sie einer Untersuchung unterziehen sollte. Alle anderen hatten sich anzukleiden und wurden zurück in ihre Baracken geschickt.

Als der Lagerarzt endlich den Raum betrat, waren die Frauen bereits durchgefroren. Ihre nackten Körper hatte der Windzug allmählich ausgekühlt. Die Füße waren taub. Niemand hatte es gewagt, das Fenster zu schließen.

Die Untersuchungen gingen der Reihe nach. Sie stand an erster Stelle und befolgte die Anweisung, den Mund aufzumachen. Der Arzt drückte mit einem Holzstab ihre Zunge hinab und blickte ihr in den Rachen. Dann tastete er einige Stellen ihres Körpers ab, fragte, wie sie sich fühle und machte einige Notizen in einem dicken Buch. Sie rätselte gerade, nach was der Arzt sie eigentlich untersuchte, als sie die Spritze sah. Der Arzt zog eine durchsichtige Flüssigkeit auf und wandte sich zu ihr um. Erschrocken starrte sie die Spritze an. Natürlich hatte sie von den Giftspritzen gehört. Eine Häftlingsschwester hatte ihr einmal erzählt, wie die Naziärzte im Revier die Frauen *abspritzten*. Auch die Neugeborenen bekamen eine Giftspritze, direkt ins Herz. Sie hatten die Häftlingsschwester gezwungen, dabei zu helfen. Eines Tages hatte sie dem Arzt eine solche Spritze gestohlen und sie sich selbst in die Vene gejagt.

Das verzweifelte Gesicht dieser Schwester tauchte vor ihrem inneren Auge auf. Sie wollte weglaufen, doch ihre Beine rührten sich nicht. Gelähmt vor Entsetzen stand sie da und wartete auf die Injektion, die ihr den Tod bringen sollte.

Der Arzt lächelte sie an.

„Ich gebe Ihnen jetzt eine Vitaminspritze, damit Sie ein bisschen zu Kräften kommen."

Seine Stimme klang freundlich, fast warm, stellte sie erstaunt fest und fragte sich im selben Augenblick, ob er sie damit nur täuschen, nur in Sicherheit wiegen wollte. Sie kam nicht mehr dazu, eine Antwort zu geben. Schon griff der Arzt nach ihrem Arm, setzte die Spritze an und drückte ihr die klare Flüssigkeit in die Vene. Sie schloss die Augen und wartete auf den Schmerz, der sie vom Leben in den Tod begleiten sollte, als die warme Stimme des Arztes in ihr Bewusstsein vordrang.

„Sie können sich jetzt anziehen."

Langsam ging sie zu dem Krankenbett hinüber, auf das sie ihr Kleid gelegt hatte. Es war vorbei. Sie war noch am Leben. Ein plötzliches Schwächegefühl ließ ihre Glieder bleischwer werden. Ihre weichen Knie vermochten sie kaum zu tragen. Endlich hatte sie das Bett erreicht. Vorsichtig setzte sie sich und wartete, bis die Kraftlosigkeit gewichen war.

Derweil untersuchte der Arzt eine Frau nach der anderen. Allen schaute er in den Rachen, allen mit demselben Holzstab. Genauso benutzte er für alle Frauen nur diese eine Spritze, die er schon bei ihr verwandt hatte. Immer wieder zog er die klare Flüssigkeit auf und stach die Nadel der nächsten Frau in den Arm.

Sie fragte sich, wie viele Frauen er bereits mit dieser Spritze behandelt hatte bevor er sie nun hier benutzte. Natürlich war es unnütz, sich darüber Gedanken zu machen. Eigentlich wollte sie es auch gar nicht wissen. So erhob sie sich, zog sich das Kleid über und schlüpfte in ihre nassen kalten Holzpantoffeln.

Eine Aufseherin holte die zehn Frauen ab und brachte sie zum Duschraum. Wieder mussten sie ihre Kleider ablegen. Nackt betraten sie den kahlen Raum. Ein banges Gefühl machte sich breit. Unsicher sahen sich die Frauen an.

„Sie hätten sich nicht so viel Mühe mit uns gegeben, wenn sie uns am Ende doch vergasen wollen."

Dennoch schauten sie mit sorgenvollen Blicken zu den blanken Rohren und Duschköpfen hinauf, die an der feuchten Decke über ihnen hingen.

Die Türen fielen mit einem Knall ins Schloss, der sich an den kahlen Wänden brach. Dann herrschte Stille. Eine leise Stimme betete.

Plötzlich war ein Klicken zu hören und aus den Duschköpfen schoss Wasser, ergoss sich auf die nackten zitternden Körper. Sie brauchten einen Moment, um zu begreifen. Vor Erleichterung begannen die Frauen laut zu lachen und hüpften übermütig durch die Wasserstrahlen.

„Das Wasser ist warm!"

„Ja! Es ist tatsächlich warm!"

Dampf breitete sich aus und verbarg die kahlen Wände hinter seinem mildernden Schleier.

Sie versuchten, sich mit den Händen zu reinigen, fuhren sich über die Haut, durch die Haare, streckten die Gesichter in die warmen Strahlen. Sie genossen die Wärme, die an ihren Körpern hinab floss und all den Schmutz und

Gestank abwusch. Allmählich kehrte das Leben in ihre ausgekühlten Leiber zurück, ihre Füße begannen zu prickeln. Wohlige Schauer liefen über ihre Rücken und für einen kurzen Augenblick vergaßen sie beinahe, wo sie waren.

Die Aufseherin wies auf einen Stapel Handtücher. Schnell waren sie unter ihnen aufgeteilt. Der raue Stoff rieb über die nasse Haut und regte die Durchblutung an. Tropfende Haare wurden trocken gerubbelt.

Die Aufseherin rief zwei weibliche Häftlinge herein, die offenbar vor der Tür gewartet hatten. Die beiden schleppten Stapel verschiedener Kleidungsstücke, weshalb Elfi annahm, dass sie im Effektenlager arbeiteten. Eine der besten Stellungen im ganzen Lager, direkt nach einer Arbeit in der Küche natürlich. Das Hab und Gut all der Neuzugänge sortieren, aufschreiben und in Regalen verstauen. Man kam immer an irgendwelche Dinge heran, die man gegen Lebensmittel eintauschen konnte. Natürlich durfte man sich nicht erwischen lassen, aber das Risiko lohnte sich zweifellos.

Die beiden Häftlinge legten die Kleidungsstücke ab und verschwanden genauso schweigend wie sie gekommen waren.

„Ihr könnt euch jetzt anziehen“, ordnete die Aufseherin an.

Sofort machten sich die Frauen an den Kleiderstapeln zu schaffen. Erfreut stellten sie fest, dass für jede von ihnen eine komplette Ausstattung bereit lag. Es gab eine Bluse, einen wollenen Rock, saubere Unterwäsche und dicke Strümpfe.

„Seht nur, warme Strümpfe!“

„Und Schuhe! Hier!“

„Tatsächlich! Richtige Lederschuhe!“

Eilends schlüpfte sie in die Strümpfe, in Rock und Bluse. Der leichte Blusenstoff streichelte ihre, das grobe Gewebe des Häftlingskleides gewohnte Haut. Sanft und duftig hüllte er sie ein und weckte in ihr ein winziges Gefühl von Würde.

Sie zwängte ihre Füße in die feinen Damenschuhe. Es schien ihr eine Ewigkeit her zu sein, seit sie das letzte Mal solche Schuhe getragen hatte. Diese hier waren ein wenig zu eng und sie war sich sicher, dass sie Blasen bekommen würde. Aber das war ihr gleich. Alles war besser, als diese furchtbaren Holzpantinen, die ihr viel zu groß gewesen waren. Ständig hatte sie aufpassen müssen, dass sie sie nicht verlor. Schließlich waren sie der einzige Schutz vor dem steinigen Boden, vor Kälte und Nässe.

Doch jetzt steckten ihre geschundenen Füße in wollenen Strümpfen und Lederschuhen. Sie sah an sich hinab. Bluse, Rock und Schuhe passten farblich nicht zueinander, aber das war nicht wichtig. Die Kleidung war sauber, frei von Läusen, Flöhen und Wanzen und vor allen Dingen: sie wärmte.

Sie dachte an Grete und Pauline und wünschte sich, die beiden Kameradinnen wären jetzt auch hier, könnten das Glück von warmer Dusche und zivilisierter Kleidung mit ihr teilen.

Auch die übrigen Frauen waren schnell angezogen. In dieser Kleidung sahen sie völlig verändert aus. Vielleicht bewirkte allein der Austausch ihres gestreiften Häftlingskleides durch die Straßenkleidung, dass sie sich aufrechter hielten. Vielleicht waren es auch ihre Gesichter, auf welchen der helle Schein eines hoffnungsvollen Lächelns lag.

Die Aufseherin stand daneben und beobachtete die Frauen beim Anziehen. Keine Regung in ihren Zügen verriet, was sie dachte. Ihr Gesicht war eine Maske der Gleichgültigkeit und ihre Augen schienen aus Glas zu sein. Die

Uniform faltenfrei und exakt angelegt, traute sich nicht ein Staubkörnchen, dieses Musterbild von Gehorsam und Korrektheit zu entweihen. Die Stiefel glänzten aufdringlich, nur ein paar helle Lehmspuren klebten wie stille Vorwürfe am schwarzen Leder.

Nachdem alle fertig angezogen waren, führte die Aufseherin die Frauen durch das Lager. Wie ausgestorben zog sich die Lagerstraße durch den trüben Herbstmorgen. Die Arbeitskommandos hatten längst das Lager verlassen. Ein paar Kinder rannten über die Straße und verschwanden in einer heruntergekommenen Baracke, die kein heiles Fenster mehr hatte.

Schließlich erreichten sie den Bunker. Ein entsetztes Raunen ging durch die kleine Gruppe der Frauen.

„Keine Sorge, ihr werdet nicht lange hier bleiben!", rief die ausdruckslose Maske über die Schulter zurück.

Sie brachte die Frauen in den Zellenblock, wo sie bereits erwartet wurden. Zu zweit wurden sie in je eine der Zellen gesperrt. Mit einem dumpfen Knall fiel die schwere Tür hinter ihnen zu, die Schritte der Aufseherin entfernten sich, verhallten und ließen sie in der beklemmenden Stille ihrer halbdunklen Zellen zurück.

Sie sah sich um. Die Zelle war kahl und klein. Die eine Seitenwand wurde von einer schmalen Pritsche eingenommen, auf der sie wohl abwechselnd schlafen mussten oder irgendwie zu zweit versuchen, darauf zu liegen ohne im Schlaf herunterzufallen. Aber das waren sie aus den überfüllten Baracken gewohnt, wo sie auf einem Bett zu dritt Platz finden mussten.

Die Gitterstäbe unterbrachen den freien Blick auf den Gang, durch den sie gekommen waren. Seine kahlen weißen Wände hatten etwas Bedrohliches an sich, was das dumpfe Licht noch verstärkte.

Ihre Zellengenossin ließ sich mit einem leisen Seufzer auf der Pritsche nieder und sah zu ihr herüber.

„Ich heiße Ilse. Und du?“

„Elfi.“

„Und in welchem Block warst du, Elfi?“

„Im Strafblock.“

„Im Strafblock? Ehrlich?“, fragte Ilse skeptisch.

Elfi nickte, ging zur Pritsche hinüber und setzte sich neben Ilse.

„Und? Ist es da wirklich so schlimm, wie erzählt wird?“

Elfi schwieg einen Moment. Gedankenversunken starrte sie ins Halbdunkel.

„Schlimmer!“

Nun nickte Ilse. „Weshalb haben sie dich in den Strafblock gesteckt?“

„Sie haben mich mit Gedichten erwischt.“

„Diese Dreckschweine!“, rief Ilse empört und Elfi sah sich erschrocken um. Ärger stieg in ihr auf. Wie konnte Ilse nur so unvorsichtig sein? Wenn eine Aufseherin das gehört hätte, wären sie dran gewesen, alle beide. Fast erwartete sie, Schritte auf dem Zellengang zu hören. Doch es blieb still.

„Was für Gedichte waren das?“

„Wie?“, schrak Elfi aus ihren Gedanken auf.

„Die Gedichte. Was waren das für welche?“

„Ach so, ja. Die habe ich selbst geschrieben.“

„Du kannst Gedichte schreiben?“

„Ich schreibe Gedichte seit ich denken kann.“

„Weißt du welche auswendig?“

„Ja, natürlich.“

„Musst du mir mal vortragen.“

Es blieb eine Weile still zwischen ihnen. Elfi ärgerte sich noch immer ein wenig über Ilse, doch sie wollte nicht unhöflich sein. Schließlich war Ilse die einzige Kameradin, die sie im Moment hatte und niemand wusste, wie lange sie zusammen in dieser Zelle verbringen mussten. Sie überwand sich und fragte: „Und in welchem Block warst du, Ilse?"

„Ich war in Block sieben."

„Block sieben?" Elfi fuhr herum. Aller Unmut war vergessen. „Ich war auch in Block sieben, bevor ich in den Strafblock kam." Sie überlegte kurz und fuhr dann nachdenklich fort: „Aber dich hab ich dort nicht gesehn."

„Na ja, das liegt daran, weil ich erst seit zwei Wochen hier bin."

„Zwei Wochen erst? Hast du vielleicht Pauline in Block sieben getroffen?"

„Pauline?"

In Elfis weit aufgerissenen Augen kämpften Aufregung und Hoffnung. Sie nickte hastig: „Ja, Pauline. Eine kleine zarte Person mit rötlichen Haaren. Sie waren schon wieder so viel gewachsen, als ich sie das letzte Mal gesehen hab." Sie zeigte mit Daumen und Zeigefinger eine Länge von einem Zentimeter an. Dann wartete sie auf eine Reaktion von Ilse. Diese runzelte die Stirn. Doch plötzlich spiegelte sich die Erinnerung auf ihrem Gesicht, aber es war keine freudige Erinnerung. In Elfis Brust zog sich ein Knoten zusammen, zog sich schmerzhaft fester, als sie die Worte hörte: „Ja, jetzt weiß ich, wen du meinst. Sie kam letzte Woche ins Krankenrevier. Gestern hieß es, sie wäre an Typhus gestorben." Sanft fügte sie hinzu: „Es tut mir leid."

Elfis Kopf und Schultern fielen matt herab. Sie sank in sich zusammen, gliederlos. Eine gewaltige Müdigkeit überfiel sie und saugte die letzte Kraft aus ihrem Körper. Sie wollte weinen, doch längst kam keine Träne mehr aus ihren brennenden Augen. Zu vieles hatten sie gesehen und weigerten sich, ihr salziges Nass zu vergießen, so als wüssten sie, wie sinnlos es wäre.

Pauline. Hatte sie geahnt, dass sie sich nie mehr wieder sehen würden? Ihr Blick war so traurig gewesen, als die

Aufseherin sie in den Strafblock abgeführt hatte. Sie hatte geglaubt, Pauline hätte Mitleid mit ihr. Doch jetzt schien es ihr, als hätte die Kameradin bereits eine Ahnung gehabt. Es war ungerecht. Weshalb ausgerechnet Pauline? Warum ein so gütiger Mensch? Sie hatte es geschafft, herzliche Wärme zu verbreiten, geholfen wo sie helfen konnte. Ihr Brot hatte sie für die verhungernden Kinder aufgespart. In ihrer Nähe war es möglich gewesen, die Hoffnung am Leben zu erhalten, auch wenn alles aussichtslos erschien. Jetzt war sie tot, ausgelöscht, war längst durch den Kamin gegangen, direkt in den Himmel aufgestiegen.

„Du hast sie wohl sehr gemocht?"

Ilses etwas kehlige Stimme drang dumpf zu ihr vor. Sie konnte nicht antworten, versuchte zu nicken. Ilses Arm legte sich um ihre Schultern, zog sie an sich, an ihren Körper, der allein durch seine Anwesenheit tröstete.

Ein scharfer Knall ließ die Frauen zusammenzucken. Dann waren forsche Schritte auf dem Zellengang zu hören. Sie verstummten vor der ersten Zelle für einen Moment, waren wieder zu hören, bevor sie vor der zweiten Zelle verhielten.

„Was geschieht jetzt? Werden wir wieder abgeholt?"

Ilse schüttelte den Kopf.

„Glaub ich nicht. Dazu ist es zu still", flüsterte sie.

Elfi atmete auf. Ilse hatte Recht. Es waren keine laut gebrüllten Befehle zu hören, die jeden Kontakt zwischen Aufseherinnen und Häftlingen kennzeichnete. Nur die Schritte der Stiefel hallten durch den Gang, näherten sich immer mehr.

Endlich tauchte die Aufseherin vor ihrer Zelle auf. Ihre Uniform wirkte besonders grau vor der weißen Wand. Sie schob einen Wagen vor sich her, auf dem Teller standen. Nun griff sie nach zwei Tellern und reichte sie durch die vorgesehene Öffnung. Elfi und Ilse, die noch immer auf der

Pritsche saßen und mit ungläubigen Gesichtern auf die Teller starrten, wagten nicht, sich zu rühren.

„Na, was ist? Wollt ihr nun das Essen oder nicht?“, murrte die Aufseherin. „Ich hab nicht ewig Zeit.“

Hastig sprangen die beiden auf und eilten zum Gitter hinüber, griffen nach den Tellern. Sofort zogen sich die Hände der Aufseherin zurück. Ohne sich noch einmal umzublicken, schritt sie mit ihrem Wagen weiter. Doch die beiden Frauen interessierten sich nicht mehr für die Aufseherin. Stattdessen schauten sie auf die Teller, die sie in den Händen hielten und trauten ihren Augen nicht. Der fein aufsteigende Dampf, der in ihre Nasen stieg, bestätigte, was ihre Augen sahen. Ein großer Berg Nudeln türmte sich da, der mit einer enormen Portion Tomatensoße übergossen war. Noch nie hatte eine Mahlzeit so betörend geduftet und so wunderbar ausgesehen. Mit strahlenden Gesichtern schauten sie sich an. Vorsichtig trugen sie die Kostbarkeit hinüber zur Pritsche, setzten sich und griffen nach dem Löffel.

Langsam, unendlich langsam aßen sie. Ihre Löffel klaubten jede Nudel einzeln vom Teller. Sie versuchten, so oft wie möglich zu kauen, die Bissen lange im Mund zu behalten und nicht eher zu schlucken, bis sie überzeugt waren, dass sie sie angemessen genossen hatten. Erst überlegten sie, ob sie etwas davon aufsparen sollten, entschlossen sich dann aber doch dazu, alles aufzuessen.

Elfi schloss bei jedem Bissen die Augen, tastete die Nudel mit der Zunge ab. Die Tomatensoße war dick, mit Zwiebeln zubereitet und breitete ihr süßlich herbes Aroma in ihrem Mund aus.

Obwohl ihr Magen sehr bald voll war und sie sich fühlte, als wenn sie sich für den Rest ihres Lebens satt gegessen hätte, ließ sie nicht eine Nudel übrig. Ilse ebenso. Schließlich konnte man nie wissen, wann es das nächste Mal etwas Essbares gab.

Verträumt schauten sie auf ihre leeren Teller hinab, hielten die Erinnerung an den Geschmack noch ein wenig fest. Elfi dachte darüber nach, wann sie das letzte Mal so satt gewesen war. Es konnte nur draußen gewesen sein. Bevor sie verhaftete worden war. Zuhause. Bei Benno.

Plötzlich fuhr Ilse auf und blickte Elfi mit panisch geweiteten Augen an.

„Was ist, wenn das jetzt unsere Henkersmahlzeit war?"

Elfi verstand im ersten Moment nicht, was Ilse meinte. Eine tiefe Falte grub sich in ihre Stirn.

„Hab davon gehört", beeilte sich Ilse zu erklären, „ist das letzte Essen bevor jemand hingerichtet wird."

„Ach so!" Elfi musste lächeln. „Nein, da mach dir mal keine Sorgen, Ilse. Wenn sie uns wirklich vergasen oder erschießen wollen, würden sie bestimmt keine Mahlzeit mehr an uns verschwenden."

Ilse schien nicht ganz überzeugt zu sein. Misstrauisch starrte sie auf ihren Teller.

„Nein, ich glaube, die haben was ganz anderes mit uns vor", fuhr Elfi nachdenklich fort.

Die nächsten Tage vergingen mit Warten. Sie durften die Zellen nicht verlassen. Das hieß auch, dass sie weder zum Appell mussten noch zu irgendeinem Arbeitsdienst eingeteilt wurden. Ihren müden Körpern tat die Ruhe gut und sie begannen, sich allmählich etwas zu erholen. Dazu kamen die ungewohnt reichhaltigen Mahlzeiten, die sie zweimal am Tag erhielten. Kartoffeln mit Kraut. Brot mit Leberwurst. Ihre ausgezehrten Leiber verwandelten sich von knochigen Gestellen langsam wieder zu weiblichen Figuren, wurden kräftiger. Die Frauen genossen den ungewohnten Überfluss, doch je mehr Zeit verging, desto mehr mischten sich Misstrauen und Unsicherheit in ihre Gedanken.

Nachts lagen sie zu zweit auf der engen Pritsche, versuchten Schlaf zu finden. Elfi umklammerte die Beine ihrer Kameradin, vermied jede Bewegung, die sie hätte von der Pritsche stürzen lassen. In diesen Stunden, wenn alles still war und nur die gleichmäßigen Atemzüge Ilses zu hören waren, fiel es ihr besonders schwer, ihren Erinnerungen zu entgehen. Wenn ihr Geist sacht zu dämmern begann, stiegen die Gesichter geliebter Menschen in ihr auf. Benno mit seinem milden Blick, Mathilde, ihre liebe Freundin, Grete, die sie im Strafblock zurückgelassen hatte und Pauline, von der nur noch die Erinnerung geblieben war. Manchmal tauchten auch die Gesichter ihrer Eltern vor ihr auf, vage und verblasst in all den Jahren seit sie gestorben waren. All die Gesichter wechselten sich ab, verschwammen, gingen in einander über und begannen durch ihren Geist zu wirbeln, bis sie aus dem Dahindämmern aufschreckte und nur noch die Beine Ilses vor sich sah. Eine eisige Kälte kroch zu dem, hoch oben in der Wand eingelassenen, kleinen Fenster herein, zwischen den eisernen Gitterstäben durch und ließ sich in der engen Zelle nieder. Dort breitete sie sich aus, griff nach allem, was sie erreichen konnte, hüllte es ein und umschloss es. Die dünne Decke hielt diesen kriechenden Frost nur mäßig ab, der sich durch jede Ritze schlich. Kalt und steif wurden die Glieder im Laufe der Nacht, die sich endlos hinzuziehen schien. Immer wieder ließ die Müdigkeit ihr die Augen zufallen. Wie gerne wäre sie eingeschlafen, hätte sich in das erlösende matte Nichts geflüchtet. Doch die große Dunkelheit, die vor ihnen lag, ließ sie nicht zur Ruhe kommen. Tausend Fragen stürzten in ihrem Kopf durcheinander, wirr verwickelten sie sich ineinander, verschlungen taumelten sie dahin. So sehr sie sich auch bemühte, sie zu greifen, voneinander zu trennen, um wenigstens eine einzige Frage zu fassen, es gelang ihr nicht, auch nur in ihre Nähe zu kommen. Immer, wenn sie die Hände ausstreckte, entfernten sie sich, bildeten Knäule, die sich nicht entwirren ließen, verknoteten sich untrennbar miteinander, spielten ein grausames Spiel mit ihr, bei dem sie allein die Verliererin bleiben musste.

Irgendwann, wenn Mitternacht längst vorüber war, deckte der Schlaf sie gnädig zu, holte sie in sein schwarzes leeres Reich, aus dem er sie erst wieder freigab, wenn Ilse begann, sich zu rühren.

Obwohl sie sich vorgenommen hatten, nicht darüber nachzudenken, was mit ihnen geschehen sollte, trieben Überlegungen darüber immer wieder aus der Tiefe des Verdrängten herauf in ihr Bewusstsein.

„Eine Fabrik. Vielleicht werden wir in eine Fabrik gebracht. Nicht in eine so schmutzige, mein ich, sondern in eine ganz besondere. Deshalb auch die Kleider, die sie uns gegeben haben."

Elfi musste lächeln über die Fantasie ihrer Kameradin.

„Ach ja, du meinst also, eine ganz vornehme Fabrik, wo nur ganz vornehme Herrschaften arbeiten?"

„Ja, so ähnlich."

„Und was wird in dieser Fabrik hergestellt?"

„Hmm", überlegte Ilse eine Weile, „ich weiß nicht. Darüber hab ich noch nicht nachgedacht. Vielleicht Schmuck?"

„Schmuck?", prustete Elfi. „Ich glaube, das Letzte, was die Nazis im Moment brauchen, ist Schmuck."

„Aber wieso denn? Die haben doch auch vornehme Frauen, die ihre Ansprüche haben", antwortete Ilse überzeugt. „Ich habe einmal die Frau vom Lagerleiter gesehen. Die war ganz schön aufgedonnert, das kannst du mir glauben."

Elfi schüttelte den Kopf. „Ich kann mir trotzdem nicht vorstellen, dass sie sich zurzeit Sorgen um die Herstellung von Schmuck machen. Wenn es wahr ist, was man sich so im Lager erzählt hat, dann ist Deutschland kurz davor, den Krieg zu verlieren."

Ilse verzog unwirsch die Lippen, legte die Stirn in Falten und verharrte so einen Moment. Dann wandte sie sich ihrer Kameradin zu. „Vermutlich hast du Recht. Die Deutschen werden an allen Fronten zurückgedrängt. Ich bezweifle, dass sie uns da für die Schmuckherstellung brauchen können."

„Vielleicht wollen sie uns ja in die einzelnen SS-Haushalte als Hausmädchen stecken."

„Hausmädchen?"

„Ja. Ich habe gehört, dass der Lagerleiter sich unter den Häftlingen eine Haushaltshilfe ausgesucht hat."

„Das wäre natürliche eine Möglichkeit. Kochen, putzen und Betten machen für die feinen SS-Offiziere."

„Genau! Das würde auch erklären, warum sie uns eingekleidet haben."

„Warum eigentlich?", wollte Ilse wissen.

„Na", rezitierte Elfi im Schulmeisterton, „weil alle, die in der Nähe von SS-Leuten arbeiten, sauber, gepflegt und anständig gekleidet sein müssen."

„Ach so. Das wusste ich nicht."

„Bist ja auch noch nicht lange hier."

Mehrere Stiefelpaare hämmerten den Gang entlang. Schlüssel wurden in Schlösser gesteckt und knirschend umgedreht. Einige Türen öffneten sich mit einem gequälten Quietschen.

„Alles raus aus den Zellen! In Zweierreihen aufstellen! Gesicht zum Ausgang!", hallte es durch den Zellentrakt.

Auch ihre Zelle wurde aufgeschlossen. Die Tür schwang geräuschlos auf. Eilig schlüpften sie in ihre Lederschuhe, die sie unter die Pritsche geschoben hatten und traten auf den Flur hinaus. Die Frauen aus den vorderen Zellen hatten sich bereits aufgestellt. Jede stand genau im richtigen Abstand zu den neben und vor ihr stehenden Kameradinnen. Aufgerichtet und mit erhobenen Köpfen warteten sie, die Blicke nach vorne, wo eine ungewöhnlich groß gewachsene Aufseherin stand. Eine spürbare Spannung lag in der Luft, die sich sofort auf Elfi und Ilse übertrug.

Die beiden Frauen folgten dem Befehl und bildeten die nächste Zweierreihe, während zwei weitere Aufseherinnen die übrigen Frauen aus ihren Zellen scheuchten.

Die riesige Aufseherin blickte mit ausdruckslosem Gesicht über die Reihen der Häftlinge hinweg. Elfi nutzte die Gelegenheit, um sie genauer zu betrachten. Sie war sich sicher, dass sie sie noch nie gesehen hatte. Vielleicht war sie neu hier. Die harten Züge ihres Gesichtes, das vorgeschobene herrische Kinn und der gleichgültige Blick, der nicht die geringste Unsicherheit zeigte, verrieten, dass diese Frau keine gewöhnliche Aufseherin war. Es war ihr anzusehen, dass sie es gewohnt war, Befehle zu geben und dass diese Befehle widerspruchslos befolgt wurden.

„Mit der ist nicht gut Kirschen essen“, raunte Ilse.

Elfi nickte kaum merklich.

Schließlich hatten alle Häftlinge ordnungsgemäß Aufstellung genommen. Die beiden Aufseherinnen blieben hinter den Reihen stehen und warteten.

Als die Stiefel verstummten, kehrte eine drückende Ruhe ein, die die Spannung noch verstärkte. Alle Augen waren auf die große Gestalt gerichtet, die sich nun noch etwas straffte, die Hände in den Rücken legte und die Häftlinge nacheinander abschätzend musterte. Elfi überlief ein kalter Schauer, als sich die stechend blauen Augen auf sie richteten. Sie brauchte all ihre Willenskraft, um stand zu halten und nicht den Kopf zu senken. Mit einem mal fühlte sie sich nackt und schutzlos diesem Blick ausgeliefert, der sie zu durchdringen schien, versuchte, sich in ihr Hirn zu bohren und ihre Gedanken offen zu legen. Dann endlich ließ er von ihr ab und schweifte weiter zum nächsten Häftling. Unwillkürlich atmete sie auf.

Als die lange Aufseherin mit ihrer Musterung fertig war, starrte sie wieder über die Reihen hinweg ins Nichts. Ihre schmalen Lippen öffneten sich und sie begann mit einer ungewöhnlich dunklen Stimme zu sprechen. Obwohl sie fast wie eine Männerstimme klang, passte sie dennoch zur äußeren Erscheinung der Langen.

„Mein Name ist Schmied. Ich habe euch angefordert für mein Sonderkommando. Was es damit auf sich hat, werdet ihr noch früh genug erfahren. Nun geht es erst einmal auf große Reise. Ich bringe euch jetzt zum Bahnhof. Wir werden zu Fuß gehen. Das ist zwar ein paar Kilometer weit, aber ihr hattet ja inzwischen genug Zeit, um euch auszuruhen."

Sie ließ ihren Blick kurz durch die Reihen schweifen. Dann fuhr sie fort: „Ich warne euch! Wenn eine von euch versucht, abzuhauen, wird sofort geschossen! Damit das klar ist! Wenn ihr euch ruhig verhaltet und tut, was man euch sagt, dann werdet ihr es gut haben!"

Der Weg zum Bahnhof zog sich in die Länge. Anfangs hatte sich Elfi gefreut, endlich wieder ins Freie zu kommen. Der frische Wind zerzauste ihr Haar und brachte den Geruch nach Frost und frühem Schnee mit. Am klaren Himmel trieben dicke Wolken dahin, die nichts mit den weißen freundlichen Sommerwolken gemeinsam hatten. Sie waren groß und hatten schwere graue Bäuche, voll mit Regen und Graupel und schienen nur auf den richtigen Moment zu warten, sich über der Erde auszuschütten.

Einige Vögel spielten Fangen im Wind, zwitscherten aufgeregt, während sie sich mit weit ausgebreiteten Schwingen treiben ließen. Dann flatterten sie davon und verschwanden zwischen den dunklen Kronen der Tannen.

Elfi sah ihnen mit sehnsüchtigem Blick nach.

Sie hatte sich in den neuen Schuhen bereits Blasen gelaufen. Ihre Füße waren die Enge nicht mehr gewohnt. Jeder Schritt schmerzte, wenn das Leder über die brennenden wunden Stellen rieb. Aber sie biss die Zähne zusammen und ließ sich nichts anmerken. Vielleicht nahm ihr die lange Schmied die neuen Schuhe ja wieder ab, wenn sie bemerkte, dass sie Blasen bekommen hatte. Und dann musste sie barfuß den Rest des Weges zum Bahnhof laufen.

Der Wind ließ nicht nach. Er drang eisig durch ihre Kleidung, bis auf ihre Haut und sie hatte den Verdacht, dass sie nackt nicht wesentlich mehr hätte frieren können. In der Zwischenzeit war ihr Körper völlig ausgekühlt. Nur das stete Gehen, die Bewegung, verschaffte ihr ein wenig Wärme.

Stumm und gehorsam trotteten die Häftlinge in Zweierreihen hintereinander her. Allen voran marschierte die lange Schmied mit ihrer akkurat sitzenden Uniform. Ganz am Ende folgte ihnen eine kleine krummbeinige Aufseherin aus dem Lager, die alle heimlich *Säbelbein* nannten. Sie hatte einen Schäferhund an der Leine, der sie vorwärts zerrte. Aus seinem keuchenden, hechelnden Maul baumelte die rosa Zunge hin und her.

Säbelbein passte auf, dass niemand auf die Idee kam, fliehen zu wollen. Aber keine der Frauen rechnete sich auch nur die geringste Chance aus. Sie hatten fast alle bereits miterlebt, was die scharfen Schäferhunde mit flüchtenden Häftlingen anstellten. Allein die Vorstellung davon hätte sie eher dazu gebracht, freiwillig in die Gaskammer zu gehen, als sich von den Fangzähnen der Hunde zerfleischen zu lassen.

Im Tal zwischen den Hügeln kauerten die Häuser des kleinen Städtchens, als hätten sie von Anfang an gewusst, dass sie deren Schutz eines Tages brauchen würden. Hin und wieder waren bereits feindliche Flugzeuge darüber hinweg gedonnert. Noch flogen sie achtlos vorbei, steuerten zielstrebig ihre Ziele an, die irgendwo in der Ferne lagen. Doch bald würden es mehr werden und irgendwann vielleicht konnte das Städtchen zum Ziel werden.

Als sie den Stadtrand erreichten, stellte Elfi sich vor, was die Fliegerbomben in dem Städtchen anrichten würden.

Wie würden sie mit all den hübschen weißen Häusern umspringen, die so sauber strahlten, so bieder in Reih und Glied standen, in wohl gepflegten Vorgärten, mit ordentlich gestrichenen Holzzäunen. Sie stellte sich vor, wie die Menschen rannten, um in die Luftschutzkeller zu gelangen, all die braven Bürger, die hart arbeiteten für den Endsieg, Kinder zeugten, um die arische Rasse zu stärken, neue Soldaten heranzogen, um sie in den Krieg gegen den Rest der Welt zu schicken, die *Heil Hitler* riefen und brav den Reden Goebbels im Volksempfänger lauschten. Herrenmenschen, blond, groß gewachsen, mit blauen Augen, rennen in die Keller, von Panik gezeichnet ihre Einheitsgesichter. Um sie herum bricht das Chaos aus, beugen sich die Dächer unter dem Ansturm der Flieger, brechen die Häuser zusammen, bröckeln Fassaden.

Kindergeschrei riss sie aus den Gedanken, in die sich ihr Geist verwoben hatte. Eine Horde Kinder spielte mit einem Ball, der hin und her flog, gefangen wurde, um wieder geworfen zu werden. Fröhliches Lachen erfüllte den kalten Herbsttag. Plötzlich hatte einer der Buben die Gruppe der Frauen entdeckt. Sein Blick fiel auf die Aufseherinnen, dann auf die Zweierreihen der Frauen und auf seinem Gesicht spiegelte sich die Erkenntnis und verwandelte sich in eine Fratze des Hasses. Er bückte sich, klaubte einen Stein vom Boden und warf ihn.

„Dreckige Volksverräter!“, kreischte er mit überschlagender Stimme, während der Stein wirkungslos zwischen den Zweierreihen auf der Straße landete. Die übrigen Kinder, durch seinen Schrei aufmerksam geworden, vergaßen für einen Moment ihr Spiel, starrten die Frauen an, Abscheu auf den kleinen Gesichtern, als sähen sie Monster und Ungeheuer vor sich.

Der Bahnhof war klein. Nur drei Gleise zogen sich an dem schmucken Bahnhofsgebäude vorbei. Auf einem davon wartete ein Zug. Die lange Schmied hielt direkt auf ihn zu. Ein Schaffner stand neben der mächtigen Lok, die prustend kleine Dampfwölkchen ausspie. Die Aufseherin grüßte mit empor gerecktem Arm und der Schaffner erwiderte den Gruß und knallte zackig die Hacken zusammen. Nachdem sie ein paar Worte miteinander gewechselt hatten, wiederholte sich die Prozedur des Grußes. Dann marschierte die lange Schmied am Zug entlang bis zum letzten Waggon.

„Alles einsteigen!“, befahl sie.

Gehorsam kletterten die Frauen in den Wagen. Die Reihen der Bänke waren leer. Unschlüssig standen sie im Waggon, trauten sich nicht, sich zu setzen. Als der letzte Häftling schließlich eingestiegen war, wurde die Tür von außen zugezogen und verriegelt.

Ilse trat an ein Fenster und presste sich die Nase platt.

„Die lange Schmied steigt in einen anderen Waggon ein.“

„Na klar, die SS-Schlampe will schließlich in guter Gesellschaft reisen!“, kommentierte eine raue Stimme.

„Und wat iss mit den beden Uffseherinnen aus ’em Lager?“, will eine Andere wissen.

„Die ziehen mit ihren Kötern ab.“

Ilse wandte sich vom Fenster ab und suchte Elfi.

„Komm, ich denke, wir suchen uns ein schönes Plätzchen.“

Elfi folgte der Kameradin nach vorne, wo diese sich mit einem leisen Seufzer auf eine Bank sinken ließ.

„Mal sehn, wie lange die Fahrt dauert. So groß, wie der Wagen ist, kann sich jede von uns sogar auf eine eigene Bank schlafen legen.“

Elfi setzte sich neben Ilse und sah an ihr vorbei durchs Fenster. Eine Gruppe Bäume stand dort. Alle hatten bereits ihre Blätter verloren, bis auf eine Eiche, die noch immer ihr Laub trug, als ob sie es festhalten wollte, damit es sie gegen die eisigen Berührungen des kommenden Winters schütze. Die Blätter hatten längst ihre Farbe verloren, wackelten braun und vertrocknet im unermüdlichen Wind, dass Elfi fast meinte, sie könne ihr knisterndes Rascheln hören.

Ein lauter Pfiff, dem ein gewaltiges Zischen folgte. Dann ruckelte der Zug an, nahm langsam Fahrt auf, bis er in gleich bleibender Geschwindigkeit den Schienen folgte, Dampf ausspie, der in dünnen Schwaden an den Fenstern vorbei trieb.

„Kennst du dich hier aus, Ilse?"

Die Kameradin, die ebenfalls still aus dem Fenster gesehen hatte, wandte sich zu Elfi um, schüttelte den Kopf.

„Noch nie hier gewesen."

„Wir wissen noch nicht einmal, in welche Richtung wir fahren. Ob wir nach der Heimat fahren oder noch weiter von ihr weg."

„Das ist doch scheißegal!", brauste Ilse unvermittelt auf. „Selbst wenn sie dich in ein Lager direkt vor deinem Heimatort bringen würden, wäre das keinen Deut besser, als wenn du im letzten Winkel des Landes landen würdest."

„Aber..."

„Nichts aber!", unterbrach Ilse, „Du glaubst doch nicht allen Ernstes, dass ein einziger der anständigen Bürger auch nur einen Finger rühren würde, um dir zu helfen."

„Doch! Benno würde alles tun, um mich da rauszuholen", widersprach Elfi heftig.

„Benno?"

„Benno ist mein Mann", antwortete sie und kämpfte gegen das Bild seines lächelnden Gesichtes an, das sofort wieder vor ihrem inneren Auge erschien.

„Und wie heißt dein Mann?"

„Ich bin nicht verheiratet", erwiderte Ilse abweisend.

„Nicht?"

Ilse blickte Elfi in die Augen. Plötzlich schüttelte sie den Kopf, die Lippen zu einem fassungslosen Lächeln verzogen.

„Ihr gut erzogenen einfältigen Weiber! Ihr könnt euch wohl gar nichts anderes vorstellen, als zu heiraten und Kinder zu kriegen, was?", Es war mehr eine Feststellung als eine Frage und es lag kein Ärger in ihrer Stimme, nur der leise Spott einer Frau, die mehr zu kennen, tiefere Abgründe erforscht zu haben glaubte. Der verwirrte Ausdruck auf Elfis Gesicht gab ihr Recht.

„Was glaubst du denn, warum sie mich als Asoziale eingestuft und mir den schwarzen Winkel verpasst haben?"

Elfi blickte die Kameradin mit großen Augen an. Sie hatte eine Ahnung, wollte sie aber nicht laut sagen, weil sie Angst hatte, sie sei falsch, gleichzeitig aber auch befürchtete, dass sie richtig war. Auf Ilses Gesicht zeigte sich wieder das spöttische Lächeln. Sie nickte.

„Richtig geraten", sagte sie leise, „ich liebe eine Frau."

In Elfis Kopf überstürzten sich die Gedanken. Sie hatte noch nie eine Frau offen so etwas zugeben hören. Gleichgeschlechtliche Verhältnisse waren verboten. Bisher hatte sie sich nie Gedanken darüber gemacht. Hin und wieder war von solchen Verhältnissen zu hören gewesen, aber kennen gelernt hatte sie noch nie jemanden, weder Mann noch Frau. Erst im Lager hatte sie von Zärtlichkeiten unter Frauen etwas mitbekommen. Doch da war alles anders als draußen. Die meisten waren verheiratet und sehnten sich nach so langer Zeit im Lager einfach nur nach Liebe. Sie würden alle zu ihren Männern zurückkehren. Aber das hier war etwas anderes. Ilse hatte die Wahl gehabt und sich für eine Frau entschieden. Im ersten Moment wollte sie auf der Bank weiter nach außen rutschen, um mehr Abstand zwischen sich und diese Frau zu bringen. Doch sie überwand diesen Impuls.

„Herrgott! Jetzt schau mich doch nicht so entsetzt an! Du brauchst keine Angst vor mir zu haben. Ich sagte ja schon: Ich liebe eine Frau", erklärte Ilse und fügte bissig hinzu: „Und ich bin treu, genau wie du!"

Elfi spürte, wie sich ihre Muskeln wieder zu entspannen begannen, die sich unwillkürlich verkrampft hatten. Jetzt ärgerte sie sich über ihre ängstliche Reaktion, die ihr nun dumm vorkam und einfältig. Wie Ilse es gesagt hatte.

„Wie haben sie es herausgefunden?", erkundigte sie sich schließlich.

„Ach, du weißt sicher, wie das ist. Manche Dinge lassen sich nun mal nicht wirklich geheim halten. Ich vermute, irgendein Nachbar hat es der Gestapo gesteckt. Irgendwann standen sie dann vor meiner Haustür und haben mich abgeholt."

Sie schwieg eine Weile, während sie gedankenverloren aus dem Fenster sah. Dann erklärte sie triumphierend: „Aber meine Freundin haben sie nicht gekriegt."

„Woher weißt du das?"

„Sie haben mich tagelang verhört und mich immer wieder gefragt, wo sie sich versteckt hält."

„Verhört?", warf Elfi dazwischen. Sie hatte die Methoden der Gestapo kennen gelernt.

„Geschlagen haben sie mich. Immer wieder. Haben mich in der Nacht geweckt, alle Stunde. Ich bekam tagelang nichts zu essen. Und sieh dir das an!" Sie streckte Elfi die Hände hin. Ihre Fingernägel waren blutunterlaufen, dunkelrot und blau und schwarz.

„Sie haben mir die Fingernägel durchbohrt."

Elfi überlief ein kalter Schauer. Die düstere Atmosphäre von Angst und Schmerz wurde sofort wieder lebendig, die ihre Zeit im Gefängnis der Gestapo begleitet hatte.

„Aber sie haben nichts aus mir rausgekriegt!", verkündete Ilse stolz. „Eher hätte ich mich totschlagen lassen."

„Was hast du ihnen erzählt?"

Ilse ließ ihr kehliges Lachen hören. „Na, dass ich es nicht weiß, dass ich keine Ahnung habe, wo sie ist. Ich habe es immer wieder gesagt, jedes Mal, wenn sie mich zum Verhör geholt haben. Sie haben mir immer dieselbe Frage gestellt und ich habe ihnen immer dieselbe Antwort gegeben. Eigentlich ganz einfach. Wenn nicht die verfluchte Angst gewesen wäre. Angst vor den Schmerzen. Angst, nicht durchzuhalten. Angst vor dem Verrat, vor dem Tod. Angst um meine Freundin. Angst. Vierundzwanzig Stunden am Tag."

Elfi schwieg. Sie kannte diese Ängste. Die Angst vor dem eigenen Versagen, vor der eigenen Schwäche. Die Angst, all die Schläge, die Schmerzen nicht aushalten zu können, aufzugeben und damit sich selbst zu verlieren. Es nutzte nichts, zu wissen, dass die Gestapo um diese Ängste wusste, sie förderte, damit arbeitete, sie bewusst einsetzte, um an ihr Ziel zu kommen. Es ließ die Ängste nicht geringer werden, schwächte sie nicht ab, machte sie nicht leichter zu ertragen. Aber es förderte den Trotz, der es möglich machte, durchzuhalten.

„Warum haben sie dir den schwarzen Winkel verpasst? Das würde mich ja mal interessieren. Du bist doch sicher eine solide verheiratete deutsche Frau. Was hast du angestellt, dass sie dich als *Asoziale* eingestuft haben?"

Ilses Frage holte Elfi in die Wirklichkeit zurück. Eine Weile saß sie still da, die Hände im Schoß gefaltet, den Blick in die Ferne gerichtet, in die eigene Vergangenheit. Falten hatten sich tief in ihre Stirn eingegraben, so als würde es sie anstrengen, als koste es sie alle Konzentration.

„Bodo Rauch!", stieß sie mit einem Mal hervor.

Ilse sah sie fragend an. „Wer?"

„Bodo Rauch", wiederholte Elfi und begann zu erzählen: „Wir kennen uns bereits seit der Schulzeit. Schon damals war er immer hinter mir her gewesen. Das hat sich eigentlich nie geändert. Später hat er mich immer wieder gebeten, seine Frau zu werden. Meine Mutter hätte es gern gesehen, denn immerhin ist Bodo Rauch ein Beamter. Er hatte sich hochgearbeitet bis zum Dorfpolizisten und war mächtig stolz darauf. Aber ich wollte ihn nicht. Ich fand ihn ganz nett, damals in der Schule, aber mit der Zeit hat er sich fett gefressen und seine Art, mit der er sich anzubiedern versuchte, hat mich abgestoßen. Ich fand ihn einfach nur....“

„Widerlich!“, ergänzte Ilse.

Elfi nickte. „Ja, genau! Widerlich. Dann habe ich Benno kennen gelernt, einen Arzt. Er war so nett, gebildet, sah so gut aus. Ich hab mich sofort in ihn verliebt. Als er mich gefragt hat, habe ich natürlich sofort *ja* gesagt. Wir haben geheiratet. Seitdem hat Bodo Rauch kein Wort mehr mit mir gesprochen. Ab und zu habe ich ihn gesehen, wie er auf der Straße vor unserem Haus stand und herüberstarrte. Aber ich habe mir dabei nicht viel gedacht. Es war mir auch egal. Ich hatte ja Benno und war glücklich. Und dann hat mich irgend so ein Blödmann angezeigt, weil ich nicht mit dem Hitlergruß gegrüßt habe. Sie haben mich daheim abgeholt und zum Ortsitz der Gestapo gebracht. Dort wurde ich verhört. Sie sagten mir, dass ich bald wieder nach Hause dürfte und haben mich in eine Zelle gesperrt. Ich war kaum drin, als ich von einem Hilfspolizisten geholt wurde, der mich in ein anderes Büro gebracht hat. Und da saß Bodo Rauch. Er hat mich angelächelt, hat sich ganz dicht vor mich gestellt und mir zugeflüstert *Wenn du nett zu mir bist, dann kann ich bestimmt was für dich tun.* Nett! Klar, was er wollte. Aber das konnte ich einfach nicht. Niemals!“ Sie unterbrach ihren Bericht und sah Ilse in die Augen. Eine lang genährte Verzweiflung lag in ihrem Blick, als sie leise sagte: „Wenn ich damals gewusst hätte, was alles passieren würde, ich glaube, ich hätte es getan.“ Wieder brach sie ab. Ihre Lippen zitterten. „Glaubst du, dass ich eine Verräterin bin? Deshalb?“

Ilse schüttelte mit ernstem Gesicht den Kopf. „Nein, Kleines! Diese Gedanken sind normal. Und ich glaube nicht, dass du es getan hättest, auch wenn du gewusst hättest, was auf dich zukommt.“

Elfi entspannte sich ein wenig. Sie schloss für einen Moment die Augen und ließ diese Worte auf sich wirken, die so wohltuend waren und die Qualen ihrer Seele linderten wie heilender Balsam.

Schließlich fuhr sie tonlos mit ihrem Bericht fort: „Ich habe Bodo Rauch gesagt, dass er sich zum Teufel scheren soll. Du hättest sehen sollen, wie er mich angesehen hat. Seine Augen glühten vor Hass. Er hat mir ins Gesicht geschlagen, dass mir drei Tage danach noch die Backe geglüht hat. Dann hat er mich angeschrieen, dass ich meine Sturheit noch bereuen würde und dass er es nur gut mit mir gemeint hätte und dass er mir schon zeigen werde, wo mich mein Hochmut hinbringen würde. Er hat sich hinter seinen Schreibtisch gesetzt, ein Papier ausgefüllt und mich den Beamten der Gestapo übergeben. Und dann kam ich ins Lager. Als Asoziale."

„So ein verfluchtes Schwein! Wenn ich den in die Finger bekäme, ich würde ihn umbringen. Aber ganz langsam!"

„Ich hoffe nur", sagte Elfi tonlos, „dass er Benno nicht irgendwelche Lügen aufgetischt hat."

„Mach dir keine Sorgen. Wenn Benno dich liebt, wird er ihm nicht glauben."

Für einen kurzen Augenblick hellte sich Elfis Miene auf, während sie kaum merklich nickte. Sofort erlosch der leise Schimmer in ihren Augen, so als zöge sich alles Lebendige aus ihnen zurück. Mit einer müden Bewegung wandte sie den Kopf und schickte ihren Blick durch das Fenster hinaus in die vorbeieilende Welt.

Langsam glitt der Tag in die Nacht hinüber. Das vergehende Licht verwandelte die Landschaft in ein finsteres Reich. Schwarze Gespenster flogen an den Fenstern vorbei, wieder und wieder, streckten ihre dürren Arme in den fahlen Himmel, drohend, beschwörend. Eine schmale Mondsichel stand reglos über dem dunklen Horizont. Gelegentlich verhüllte sie der Wind mit dünnen Wolkenfetzen, die ihr Licht mühelos durchdrang.

Ilse war eingeschlafen. Ihr Kopf ruhte auf Elfis Schulter. Der Schlaf hatte einen stillen Frieden über ihr Gesicht ausgegossen, in welchem sich die harten Züge zu einer ungeahnten Weichheit entspannt hatten. Elfi ließ die Berührung zu, obwohl sie immer noch ein komisches Gefühl dabei hatte. Das Geständnis der Kameradin hatte ihr einen tiefen Schock verpasst und ihr Inneres vor Furcht verkrampfen lassen. Im Laufe des Gespräches war die Unsicherheit zwar allmählich gewichen, doch ein letzter Rest Unbehagen war zurückgeblieben. Nun schämte sie sich. Sie schämte sich vor Ilse, die ihr den Schreck sofort angesehen hatte. Sie schämte sich für die einfältigen Ansichten, die in ihr steckten, auch wenn viele Begegnungen in den letzten Wochen ihr Denken bereits verändert hatten. Sie schämte sich für das Misstrauen, das als winziges Körnchen in ihre Seele gefallen war und sich festgesetzt hatte. Würde sie mit Ilse wieder umgehen können wie zuvor, als sie noch nicht wusste, dass diese Frauen liebt? Würde sie mit Ilse umgehen können wie mit einer Frau? Sie wollte nicht, dass Ilse ihr die Gedanken ansehen konnte, dass sie ihr Misstrauen spürte, ihr Unbehagen.

Was hatte sich nur verändert, seit sie es wusste? Noch immer waren sie zwei Frauen, zwei Häftlinge auf der Fahrt ins Ungewisse, mit einer Zukunft, die morgen bereits in einem längst vorgesehenen Tod enden konnte. Zwei Frauen, die gezwungen wurden, zusammen in diesem Waggon zu sitzen, die sich im normalen Leben vermutlich nie begegnet wären. Zwei Frauen, die ihr Leid und ihre Angst teilten, getrieben von dem Wunsch zu überleben, um ihre Lieben wieder zu sehen.

Laut schrieen die Bremsen. Der Zug wurde langsamer und kam schließlich mit einem fauchenden Ausatmen zum Stehen. Der weiße Dampf waberte über die schlecht beleuchteten Bahnsteige und löste sich langsam in der feuchten Luft auf.

Die Waggontür wurde aufgerissen und schreckte die Frauen aus ihrem Schlaf. Erstaunt sahen sie sich um, brauchten einen Moment, um zu verstehen, wo sie waren. Die lange Schmied brüllte in den Wagen hinein: „Los! Alles raus! Raus aus dem Zug und in Zweierreihen aufstellen!"

Gehorsam kletterten die Frauen aus dem Zug, bildeten Zweierreihen auf dem Bahnsteig und standen still, die vom unterbrochenen Schlaf noch bleiernen Körper aufgerichtet. Benommen sahen sie sich um, versuchten herauszufinden, auf welchem Bahnhof sie sich befanden, doch die Dunkelheit verbarg dieses Wissen.

Die lange Schmied zählte die Frauen durch. Ihre Uniform glatt, keine Falten oder Knitter verrieten, dass sie eine Zugreise hinter sich hatte, stand sie, die Hände im Rücken und wippte auf den Sohlen ihrer blanken Stiefel.

„Wie ihr euch denken könnt, ist die Zugfahrt hier zu Ende. Weiter geht es jetzt mit einem Lastwagen."

Sie nahm die Hände nach vorne, schob den Ärmel ihrer Uniformjacke vorsichtig zurück und warf einen Blick auf die Uhr. Dann zupfte sie den Ärmel wieder gewissenhaft zurecht.

„Der Fahrer wird gleich hier sein", stellte sie fest. „Keiner rührt sich von der Stelle. Wer es versucht, wird erschossen."

Sie hatte den Satz kaum über die Lippen gebracht, als aus dem Bahnhofsgebäude ein uniformierter Mann trat und langsam auf die Gruppe zuschlenderte. Vor der langen Schmied angekommen, riss er den Arm hoch und knallte die Hacken zusammen. „Heil Hitler!", schrie er so laut, dass die lange Schmied zusammenzuckte. Ihr Gesicht verzog sich vor Zorn. Doch einen Sekundenbruchteil später hatte sie sich wieder unter Kontrolle, wischte ihren Ärger mit einer ausdruckslosen Miene fort und befahl in sachlichem Ton: „Führen Sie die Häftlinge zum Lastwagen!"

Der Fahrer nickte nur, winkte den Frauen zu, ihm zu folgen und setzte sich in Bewegung, während die lange Schmied wartete, um der Gruppe mit wachsamen Blicken zu folgen. Betont langsam spazierte er den Bahnsteig entlang, neben dem Bahnhofsgebäude her und auf die Straße, wo ein Lastwagen stand. Es war ein Militärlastwagen mit einer Plane über der Ladefläche, auf welcher normalerweise Waffen oder Soldaten transportiert wurden. Hinter dem LKW wartete ein kleiner Geländewagen. Nur vage waren die Schemen der Insassen in der Dunkelheit zu erkennen. Der glühende Punkt einer Zigarette bewegte sich durch das Wageninnere.

„Na los! Rauf auf die Ladefläche!"

Die Frauen begannen, sich mühsam auf die Ladefläche des Wagens zu ziehen. Sie halfen sich gegenseitig, während die lange Schmied jede ihrer Bewegungen mit den kalten Augen verfolgte und der Fahrer seine stille Rebellion fortführte, in dem er sich gegen den Kotflügel lehnte, eine Zigarette rauchte und in den nachtschwarzen Himmel starrte.

Endlich hatten alle einen Platz auf der Ladefläche gefunden. Die Plane wurde geschlossen und von außen festgezurrt. Dann waren Schritte zu hören, die harten kurzen Schritte der langen Schmied und die schlurfenden langsamen Schritte des Fahrers. Zwei Autotüren wurden zugeworfen. Hinter dem LKW heulte der Motor des Geländewagens auf. Dann drang Scheinwerferlicht durch die undichte Plane. Der Lastwagen schüttelte sich, als der Motor angelassen wurde. Der Fahrer gab Gas und ließ den Motor aufheulen. Die Reifen knirschten über die steinige Straße, als der Lastwagen anfuhr und mit leisem Brummen schneller wurde. Auf der Ladefläche hockten die Frauen, dicht aneinander gedrängt in der eisigen Finsternis.

Eine Weile fuhr der Lastwagen auf einer asphaltierten Straße dahin. Plötzlich bremste er und bog scharf auf einen unebenen Weg ab. Die Frauen versuchten, sich festzuhalten, wurden vom Schwung jedoch umgerissen, gegeneinander gedrückt, schlugen sich Arme und Beine an, stießen mit den Köpfen gegeneinander.

Mit unverminderter Geschwindigkeit rumpelte und schlingerte der Wagen über den Weg, hüpfte durch die Schlaglöcher. Es gab nichts, wo sich die suchenden Hände hätten festkrallen können. Die holprige Fahrt warf die Körper immer wieder durcheinander, wie Würfel in einem Becher, stauchte ihre Wirbelsäulen, schlug Blutergüsse auf ihre weiße Haut. Durch die undichte Plane pfiff der Fahrtwind, drang durch die Kleidung bis ihre Glieder taub und steif von der Kälte geworden waren.

Endlich stoppte der Wagen. Sie waren nicht lange unterwegs gewesen, auch wenn ihnen die Sekunden zu Minuten geronnen schienen. Elfi entdeckte eine kleine Öffnung in der Plane. Sie schob sich näher heran, krümmte ihren Rücken und beugte sich tief hinab, um einen Blick hinaus zu erhaschen. Es war noch immer dunkle Nacht, die jedoch vom leblosen Licht elektrischer Lampen erleuchtet war. Hohe Tannen, gespenstisch angestrahlt, wiegten sich bedrohlich hin und her. Ihr Rauschen klang wie ein warnender Protest ob dieser nächtlichen Störung, die sie aus dem verträumten Schlaf gerissen hatte.

Stimmen waren zu hören, harte Männerstimmen, die kurze abgehackte Sätze sprachen. Dann heulte der Motor auf, der Wagen ruckte an und rollte langsam vorwärts. Elfi kauerte vor der Plane, spähte durch die Ritze. Sie fuhren durch ein großes Tor. Was sie dann sah, war ihr vertraut. Es war ihr, als wären sie mit dem Zug nur im Kreis gefahren und wieder dorthin zurückgekehrt, woher sie gekommen waren. Obwohl die Baracken in einer etwas anderen Farbe gestrichen waren und vielleicht auch ein wenig anders angeordnet, war es doch ein Lager, ein anderes Lager, eine andere Hölle, ein anderer Spielplatz des Todes. Ein Lager.

Der Lastwagen fuhr auf der Lagerstraße, dann über den Appellplatz, vorbei an den Baracken, die in Reih und Glied, gleichmäßig nebeneinander ruhten. Ihre dunklen Fenster verrieten nichts vom Kampf der Seelen, der sich in ihrem Innern abspielte. Still verharrten sie im Licht der Strahler, die Tore geschlossen, abweisend, feindselig.

„Kannst du was erkennen?“ fragte es von irgendwo.

Elfi richtete sich auf und schaute in die Runde der erwartungsvollen Gesichter, nur erleuchtet vom schalen Licht, das durch die Plane drang.

„Ein Lager“, antwortete sie nur so laut, dass ihre Stimme vom Brummen des Motors nicht verschluckt wurde.

„Ein Lager?“, kam es ungläubig zurück.

„Verfluchte Scheiße!“ Ilses kehlige Stimme übertönte alles. „Sie stecken uns nur in ein anderes gottverdammtes Lager!“

Die Frauen streckten die Köpfe zusammen, flüsterten und tuschelten über diese Neuigkeit. Einigen stand das Entsetzen in den blassen Gesichtern. Andere schienen erleichtert, wieder in ein Lager zu kommen. War es auch die Hölle, so doch eine, die ihnen vertraut war.

Niemand verspürte mehr das Bedürfnis, durch den Spalt in der Plane nach draußen zu spähen. Nach dem ersten Getuschel saßen die Frauen nun schweigend, blickten starr vor sich hin, jede sah andere Bilder vor sich, während der Lastwagen langsam weiter rollte. Schließlich blieb er mit einem sanften Ruck stehen, das Motorbrummen erstarb. Autotüren schlugen zu, dann wieder Schritte auf beiden Seiten des Wagens, links schlurfend, rechts zackig. Hände machten sich an der Wagenplane zu schaffen, lösten die Seile, rissen die Plane fort. Wo gerade noch die schwere Leinwand war, erschien nun das strenge Gesicht der langen Schmied.

„Aussteigen!“, befahl sie. „Nicht so langsam. Bewegt euch!“

Die Frauen mühten sich. Ihre Glieder, vom Rütteln und Stoßen des Lastwagens verkrampft und steif, wollten ihnen den Dienst versagen. Jede Bewegung jagte einen stechenden Schmerz durch ihre Muskeln, ein heißes Kribbeln blieb zurück. Eine nach der anderen krabbelte von der Ladefläche, stand unsicher auf den Beinen, zupfte an der Kleidung herum. Erst dann wagten sie, sich vorsichtig umzusehen. Der Geländewagen, der ihnen die ganze Zeit gefolgt war, war verschwunden. Sie standen vor einer Baracke, die nichts Außergewöhnliches an sich hatte. Im Gegenteil, sie sah aus, wie jede andere Baracke. Das einzige, was sie von den übrigen unterschied, war der hohe Holzzaun, der sich um die Baracke herumzog und sie so vom Rest des Lagers abtrennte. Erstaunt betrachteten sie den Zaun, der massiv die Sicht versperrte, herein und hinaus. Lange stand er noch nicht da. Sein helles Holz roch nach Kiefernharz.

Auch die Baracke schien neu gebaut zu sein, ihre Farbe war noch nirgends abgeblättert, die Fenster waren intakt, ihre Scheiben so rein, dass sie das Licht der Strahler reflektierten.

„Diese Baracke ist ab heute euer Block!“, sagte die lange Schmied mit einer seltsam milden Stimme. „Wenn ihr euch anständig benehmt und tut, was von euch verlangt wird, dann werdet ihr es hier gut haben. Ihr bekommt gutes Essen, könnt zu zweit in einem Zimmer schlafen und werdet euch sicher nicht totarbeiten.“

Die Frauen tauschten erstaunte und misstrauische Blicke.

„Und wo ist der Haken?“, fragte Ilse mit fester Stimme.

Die Frauen zuckten zusammen, ob dieser Ungeheuerlichkeit. Nicht nur, überhaupt das Wort an eine Aufseherin zu richten, sondern auch noch eine solch unverschämte Frage zu stellen. Alle hielten den Atem an. Sogar der Wind setzte aus, das Rauschen der Baumwipfel erstarb und eine spannungsvolle Stille breitete sich aus. Für einen bangen Moment sahen die Frauen mit erwartungsvollen Augen zur langen Schmied hinüber. Doch die Aufseherin stand reglos mit unverändert ausdruckslosem Gesicht und tat so, als hätte sie die dreiste Frage nicht gehört. Ihre Stimme klang wie zerspringendes Glas: „Los! Rein in die Baracke!"

Müde von der langen Reise, von den durchwachten Nachtstunden, dem wenig erholsamen Schlaf im Zug legten sich die Frauen nieder. Es blieben jeweils die zwei zusammen, die sich bereits die Zelle im Bunker teilen mussten. Die gemeinsame Zeit, wenn auch von willkürlichem Diktat erzwungen, hatte ein unsichtbares Band zwischen ihnen gewoben, fein und fragil. Doch als ihnen die Entscheidung überlassen wurde, sich zu zweien ein Zimmer zu teilen, hatte das unsichtbare Band sie schon so unmerklich verbunden, dass sie wie selbstverständlich die Zimmer bezogen, ohne ein Wort darüber zu verlieren.

Überrascht entdeckten sie saubere Betten und strahlend weißes Bettzeug. Doch sie waren zu erschöpft, wollten nicht über die ungewohnten Wohltaten nachdenken, die sie nicht verstehen, nicht einordnen konnten. Die lange Schmied hatte ihnen gesagt, dass sie in der Frühe mehr über ihre zukünftige Arbeit erfahren würden. Nun lagen sie ausgestreckt in ihren Betten, genossen den Duft der frischen Bettwäsche, der dünnen Matratze, die doch so viel weicher war als das Stroh, das ihnen im Lager als Unterlage reichen musste. Kaum schlossen sie die übermüdeten Augen, glitten sie auch schon hinüber in die Dunkelheit des Schlafes, wo die wirren und furchtbaren Traumbilder warteten.

Die Fenster waren bereits helle Vierecke, die das Licht des Tages in die kleinen Räume einließen, als sie geweckt wurden, um zu frühstücken. Schnell kleideten sie sich an und versammelten sich um den Tisch im Gemeinschaftszimmer. Sie bekamen eine Tasse Kaffee, schwarzes widerliches Gebräu, das nicht im entferntesten an wirklichen Kaffee erinnerte. Zum Kaffee gab es eine Scheibe Brot und einen kleinen Klecks Marmelade, klebriges Zeug von undefinierbarer Herkunft, rötlich braun, aber es war süß und machte das trockene harte Brot zu einer genießbaren Mahlzeit.

„Marmelade hat's im Lager nur sonntags gegeben", stellte eine der Frauen fest. „Ich möchte bloß wissen, was die mit uns vorhaben, dass sie uns den Zucker so in den Arsch blasen."

Die Frauen kauten mit vollen Backen, spülten das Brot mit dem warmen Gebräu hinunter und schwiegen.

Kaum war das letzte Stückchen Brot verzehrt, als die Tür aufflog und die lange Schmied im offenen Rahmen stand. Sie trat ein, schloss die Tür hinter sich und baute sich vor den Frauen auf. Lange sah sie sie an, eine nach der anderen, tastete die Gesichter mit harten Augen ab. Endlich öffnete sie die Lippen und begann mit schnarrender Stimme zu sprechen: „So! Jetzt wird es langsam Zeit, dass ihr erfahrt, wozu ihr hier seid. Was meint ihr wohl, warum ihr so gut ernährt und geschont wurdet in den letzten Tagen? Bestimmt nicht aus Mildtätigkeit. Ihr solltet ein bisschen Fleisch auf die Rippen bekommen für eure Arbeit hier."

Sie hielt kurz inne und beobachtete die Wirkung ihrer Worte. Die Gesichter vor ihr waren eine Maske der Ausdruckslosigkeit, mühsam angewöhnt, um im Lager besser überleben zu können. Doch die lange Schmied kannte solche Masken, wusste längst, dass wohl die Gesichter lügen konnten, jedoch die Augen nicht. Und in den Augen der Frauen sah sie Ratlosigkeit, Angst und Misstrauen. Voller Zufriedenheit fuhr sie fort: „Ihr seid hier, um im Prämiensystem für die Häftlinge einen kleinen Höhepunkt darzustellen." Für einen Augenblick huschte ein zynisches Lächeln über das Gesicht der Aufseherin, das den Frauen mehr sagte, als die hochgestochenen Worte.

„Ihr arbeitet ab heute hier im neu eingerichteten Häftlingsbordell."

„Seid froh, dass es nur ein Häftlingsbordell ist."

Emmas rauchige Stimme mochte weder beruhigen noch trösten, sie stellte einfach nur fest, sachlich, nüchtern.

„Wat solln wir? Froh sein?", antwortete Auguste, eine groß gewachsene Brünette mit zartem hellem Teint, die in Berlin beim Diebstahl erwischt worden war.

„Ja!", erklärte Emma bestimmt. „Ein SS-Bordell würden wir vermutlich alle nicht überleben."

„Aber det Häftlingsbordell schon, oder wat?"

„Immerhin besteht eine Chance."

„Un wat is der Unterschied zwischen enem Häftlingsbordell und enem SS-Bordell? Kannst du uns det vielleicht och mal erklären, wo du ja allet weßt."

Emmas nüchterne Stimme blieb gleichmütig, als sie erklärte: „Kannst du dir vielleicht vorstellen, was ein Herrenmensch mit einem so unwerten Untermenschen wie uns anstellt?" Geduldig und langsam, wie zu unverständigen Kindern, sprach sie weiter: „Im Häftlingsbordell ist alles genau geregelt. Das habt ihr ja gehört: Pro Häftling höchstens zwanzig Minuten, erlaubt ist nur die Missionarsstellung, keine Sonderwünsche, jede hat acht Häftlinge am Abend zu bedienen. Dafür gibt es genug Wasser und Seife und gutes Essen, damit wir bei Kräften bleiben. Schließlich sollen die Häftlinge ja ihre Belohnung bekommen. Aber bei den SS-Männern ist alles erlaubt. Versteht ihr? Alles! Ich habe gehört, dass es viele nicht überlebt haben. Einige sind wahnsinnig geworden."

Auf diese Worte folgte ein bedrücktes Schweigen, das sich wie zähes Harz im Gemeinschaftsraum ausbreitete bis es selbst die entferntesten Ecken ausgefüllt hatte. Alle sahen vor sich hin, vermieden es, dem Blick einer anderen zu begegnen. Schließlich unterbrach Ilse die Stille: „Was hast du noch gehört?"

Emma schüttelte den Kopf. „Das wollt ihr nicht wissen, glaubt es mir."

„Und woher weißt du das alles?“, begehrte eine verzweifelte Stimme auf.

„Na, ich hab es aus erster Hand erfahren.“

„Du kennst Prostituierte?“

Emma brach in lautes Gelächter aus. Es dauerte eine Weile, bis sie sich wieder so weit gefangen hatte, dass sie antworten konnte. „Kindchen“, gluckste sie, „ich bin schon so lange ich denken kann eine und ich kenne eine Menge anderer. Und du wirst auch bald dazu gehören.“

Der Tag bewegte sich langsam durch die Zeit. Die Furcht vor dem Abend und dem Unabwendbaren, das sie erwartete, das von Minute zu Minute näher rückte, unaufhaltsam, legte sich wie ein klammes Tuch um ihr Herz. Mit jedem Augenblick, der verging, zog es sich mehr zu bis sie das Gefühl hatte, ihr Herz würde zerdrückt, zerrieben. Die Zeit zog sich endlos in die Länge und verrann doch viel zu schnell, versickerte unwiederbringlich im Nichts.

Sie versuchte, jeden Gedanken an Benno zu verdrängen, doch wie eine ungreifbare Mahnung fühlte sie seine Gegenwart, spürte sie ganz nah. Sie lähmte ihre Glieder, ihren Geist, der nicht mehr fähig war, klar zu denken, der anfing zu schwirren und sich zu drehen in einem wilden Durcheinander bis ihr silberne Punkte vor den Augen zu tanzen begannen.

Nach dem Abendbrot stellte sie sich einen Moment in die offene Barackentür und schaute hinaus auf die rohen Holzlatten des Zaunes. Eine kühle Brise bewegte den dünnen Stoff ihrer Bluse und brachte den Geruch süßlichen Rauches mit sich.

Plötzlich hörte sie ein heiteres Trällern. Sie suchte nach dem Ursprung der Melodie und entdeckte einen winzigen Vogel. Graubraun und unscheinbar saß er auf dem Zaun und wackelte mit den Schwanzfedern. Dann öffnete er den Schnabel und ließ erneut seinen hellen Gesang hören.

Hinter ihr polterte ein SS-Mann heran und befahl ihr mit dröhnender Stimme, in die Kammer zu gehen und sich umzuziehen. Bevor sie die Baracke betrat, schaute sie noch einmal zum Zaun hinüber. Der winzige Vogel war verschwunden.

Als es schließlich 18.00 Uhr war, zitterte sie am ganzen Leib.

Sie hatte die Nummer *eins*. Das hieß, sie bekam das erste kleine Zimmer zugewiesen. Es war genauso breit, dass gerade ein Bett an die Außenwand passte. Ansonsten war das Zimmer leer und die Wände kahl. Sie saß auf dem Bett, trug die schwarze Unterwäsche, die sie zugeteilt bekommen hatte und starrte auf die Tür mit dem Guckloch, das jemand recht stümperhaft aus dem Holz gesägt hatte. Draußen auf dem langen engen Flur wurden Stimmen laut. Männerstimmen. Die schnarrenden Befehlsstimmen der wachhabenden SS-Männer, dazwischen die schüchternen, verschämten, zurückhaltenden Stimmen der Häftlinge, der Begünstigten, der Bevorzugten. Schritte dröhnten über die Holzdielen.

Plötzlich wurde die Tür vor ihren Augen aufgestoßen und ein Häftling trat ein. Sie sah ihn an und versuchte, ihre Angst tief in ihrem Innern verborgen zu halten. Er blieb einen Moment an der Tür stehen und sie fühlte seinen prüfenden Blick über ihren Körper wandern. Er war groß und hielt sich aufrecht. Sie stellte überrascht fest, wie kräftig er gebaut war. Ein grüner Winkel prangte auf seinem blau-weiß gestreiften Hemd und um den linken Oberarm trug er eine schwarze Armbinde, doch sie konnte nicht entziffern, was dort in weißer Schrift geschrieben stand. Sein Gesicht war breit, mit stark ausgeprägten Wangenknochen und wulstigen Lippen. Die zu weit auseinander stehenden Augen blickten überheblich und gierig zugleich. Sein Mund verzog sich unerwartet zu einem Lächeln. Dann kam Bewegung in seine Gestalt und er schritt zielstrebig auf sie zu. Sie schluckte mühsam. Nackte Angst klammerte sich um ihre Kehle. Schon war er da, sie fühlte die ungewohnte männliche Nähe, fremd und bedrohlich. Während er sein Hemd über den Kopf zog, sagte er: „Mein Name ist Konrad. Ich bin der Ober-Kapo hier. Das heißt, dass *ich* hier das Sagen habe."

Er schob seine Häftlingshose über die Hüfte. Darunter trug er lange Baumwollunterhosen gegen die Herbstkälte. Elfi war sicher, dass die meisten der Häftlinge da draußen ohne diesen Luxus auskommen mussten.

„Wenn du dich anstrengst, dann kann ich dir einiges organisieren, verstehst du", flüsterte er und streifte die Unterhose ab.

„Na los, zieh dich schon aus. Wir haben nicht viel Zeit."

Mit bebenden Fingern öffnete sie ihren BH, legte ihn beiseite und beeilte sich, aus dem Höschen zu schlüpfen. Er stand dicht vor ihr. Sie vermied es, auf sein Geschlechtsteil zu sehen, legte sich zurück. Schon war er über ihr. Sie spürte seine rauen Hände auf ihrer Haut, auf Armen, Bauch und Brüsten.

„Weißt du, wie lange ich keine Frau mehr gesehen hab?", schnaufte er. Sein Gewicht drückte sie auf die dünne Matratze. Heißer Atem streifte ihren Hals, sein heftiges Keuchen war dicht neben ihrem Ohr. Sie fixierte einen Punkt an der Decke, eine kleine Unebenheit, die sie anstarrte, während er sich zwischen ihre Beine zwängte. Als sie den Schmerz spürte, verschwamm der Punkt an der Decke vor ihren Augen. Plötzlich fühlte sie, wie sie sich von ihrem Körper zu trennen begann, wie sie sich aus ihm zurückzog und langsam nach oben schwebte. Mit einem seltsamen Gefühl der Leere schaute sie auf sich hinab wie auf eine Fremde. Sie sah das Gesicht einer jungen Frau, das ausdruckslos zu ihr hinaufsah, sah die Schweißtropfen auf der blassen Stirn. Die wilden Bewegungen des Mannes kamen ihr unnatürlich vor. Sie sah, wie sein Oberkörper sich aufbäumte und nur ganz dumpf, wie durch Watte, drang sein Aufstöhnen zu ihr vor. Kurz darauf sank sein Körper in sich zusammen, blieb einen

Moment schwer atmend auf der Frau liegen. Dann stemmte er sich mit einer trägen Bewegung hoch. Während er sich erhob, fühlte sie sich plötzlich schwer, sank langsam tiefer und kehrte schließlich in ihren Körper zurück.

„Wenn du was brauchen solltest", schreckte sie seine Stimme auf, „dann halte dich an mich."

Er klaubte seine Unterhose vom Boden auf, schlüpfte erst mit dem rechten, dann mit dem linken Fuß hinein und zog sie hoch über sein verwelktes Geschlechtsteil. Sie sah ihm dabei zu, wie er Häftlingshose und Hemd überstreifte und konnte nun auch das Wort auf der Armbinde lesen: Kapo.

„Halte dich an mich, hast du gehört?" Er verzog seine wulstigen Lippen zu einem breiten Grinsen, wandte sich um und verließ mit elastischen Schritten den Raum. Dumpf schlug die Tür hinter seinem Rücken zu.

4

Die Sonne hat den Zenit längst überschritten. Ihre schräg einfallenden goldenen Strahlen verlieren allmählich an Kraft, kühlen ab wie ein langsam erlöschendes Feuer, das sich in prasselndem Überfluss verausgabt hat. Der Himmel gleicht einem riesigen Vergissmeinnicht-Beet, ausgesät über dem hellen Grün des Buchenwaldes, das der Frühling mit seinem Versprechen von Licht und Wärme frisch und leuchtend aus den kahlen Zweigen gelockt hat. Das rhythmische Klopfen eines Spechtes schallt aus den Tiefen des Waldes, nur hin und wieder übertönt vom Ruf des Kuckucks.

Die Wiese erklingt in einer Symphonie eifrigen Summens zahlreicher Bienen, die zielstrebig von Blüte zu Blüte eilen, vom Brummen plumper Hummeln, die schwerfällig über die Halme taumeln und dem Zirpen gerade erwachter Grillen, ein wenig zaghaft noch und ungeübt. Der leise Wind bewegt das Gras in sanften Wellen, schaukelt die Margeriten und bringt den Duft nach erstem Heu und damit auch Erinnerungen an den Sommer mit.

Zwischen dem hohen Gras ist die Decke ausgebreitet, grelles Rot im lebendigen Grün. Eine Flasche steht neben zwei Gläsern, daneben eine Schüssel mit Kartoffelsalat, bereits fast geleert und ein paar Scheiben Brot, deren Krümel einige Ameisen angelockt haben, die sie greifen und heben und davon schleppen.

„Ist es nicht herrlich hier?“, fragt er mit einem zufriedenen Seufzer.

„Es ist wunderschön, Benno!“, antwortet sie, „es war eine wirklich gute Idee.“

„Ich dachte mir, dass dir das Picknick gefällt. Das hast du früher schon immer so gerne gemacht.“

Sie schweigt, schaut geradeaus nach oben in die unendliche Bläue des Himmels, schwebt mit den Schwalben, spürt die warmen Sonnenstrahlen, tanzt mit den Aufwinden. Singt mit den anderen Schwalben im Chor, singt das Lied der Freiheit.

Er stemmt sich hoch, stützt sich auf die Ellenbogen und blickt auf sie hinab. Als er ihren abwesenden Gesichtsausdruck sieht, setzt er sich ganz auf und greift nach den Gläsern.

„Komm, stoße mit mir an, Elfriede."

Doch er muss seine Bitte noch einmal wiederholen bevor ihr Selbst aus der Himmelsbläue zurückkehrt. Sie lächelt, richtet sich auf und erfasst das Glas, das er ihr reicht.

„Auf uns!", sagt er feierlich.

„Auf uns", wiederholt sie.

Die Gläser klirren hell, der Wein erfüllt den Mund süß und sauer zugleich, kitzelt Zunge und Gaumen.

„Der Wein ist gut, woher hast du ihn?" Sie nimmt die Flasche an sich und versucht, das verwaschene und ausgebleichte Etikett zu entziffern. Da hört sie ein Zwitschern, das ihr seltsam vertraut vorkommt, das Bilder von hohen Mauern und verschneiten Zäunen in ihr weckt. Sie schaut auf und entdeckt auf dem Zweig eines Busches einen winzigen Vogel sitzen. Sorgsam putzt er sein graubraunes Federkleid. Dann reckt er den Kopf, öffnet den Schnabel und singt sein heiteres Lied.

„Benno." Sie zeigt mit dem Finger auf den kleinen Vogel. „Was ist das für ein Vogel?"

Benno kneift konzentriert die Augen zusammen, als er nach dem Vogel Ausschau hält. Es dauert einen Moment bis er ihn entdeckt hat.

„Ach, der Kleine? Das ist ein Zaunkönig."

„Ein Zaunkönig?", wiederholt sie gedankenverloren.

„Ja. Warum fragst du?"

„Ich hab ihn schon mal irgendwo gesehen. Ist nicht wichtig."

Noch eine ganze Weile beobachtet sie den Vogel, bis er seine Flügel ausbreitet und mit flinkem Flug verschwindet. Als sie sich umwendet, sitzt Benno vor ihr; aus seinem Haar schauen Margeritenköpfe, sogar hinter die Ohren hat er sich welche gesteckt. Sie muss lachen. Es ist ein helles fröhliches Lachen und seine Augen glänzen feucht. Erst als ihr Lachen in ein Kichern übergegangen und dann endgültig verstummt ist, sagt er leise: „Das ist das erste Mal, dass ich dich habe lachen hören. Das erste Mal seit..."

Sie sieht die Träne, die ihm über die Wange rinnt und das glückliche Strahlen seiner Augen. Ganz zart legt sie ihre Hände auf seine Wangen, umschließt sein Gesicht, fühlt seine kühle Haut, die warmen Tränen und für einen Atemzug vereint sich ihr Ringen nach Nähe und Einheit zu einem einzigen verzweifelten Sehnen.

Plötzlich wendet er den Kopf, befreit sich von ihren Händen und wischt sich mit einer ungeduldigen Bewegung über die Augen, fährt sich mit den Fingern durchs Haar. Die weißen Blüten fallen herab und bleiben unbeachtet auf der roten Decke liegen.

„Ich glaube, wir sollten langsam gehen." Seine Stimme klingt belegt und das Lächeln flackert unsicher über sein Gesicht. Er erhebt sich, reicht ihr die Hand und hilft ihr auf. Mit schnellen Handgriffen räumt er die Reste in den Picknickkorb, schüttelt die Brotkrumen und Ameisen von der Decke und legt sie gefaltet obenauf. Dann hebt er den Korb an und geht mit großen Schritten auf dem Pfad voraus, der sie hergeführt hat. Sie glättet ihr Kleid und folgt ihm. Seine Schritte sind müde. Sie bemerkt zum ersten Mal, dass sein Rücken leicht gebeugt ist, so als trage er eine unsichtbare Last, die ihn niederdrückt, schwerer wird und ihm allmählich über die Kraft geht.

Es ist wegen mir, denkt sie. Er hat sich auf seine Frau gefreut und zurück kam ich. Was für eine Enttäuschung muss es für ihn gewesen sein, als er gemerkt hat, wie wenig ich mit der Elfriede noch gemeinsam habe, die er geheiratet hat. Verhaftet wurde seine Frau, zurückgekehrt ist eine Fremde. Immer versucht er, sich nichts anmerken zu lassen. Aber ich habe so oft den Schmerz in seinen Augen gesehen, obwohl seine Lippen gelächelt haben. Nie hat er mich bedrängt, nie hat er mir auch nur einen Vorwurf gemacht. Er ist wahrhaftig der geduldigste Mensch auf der ganzen Erde. Ich möchte, dass er glücklich ist. Wenn ich nur wüsste, was ich tun soll. Wenn ich doch nur fühlen könnte. Fühlen, so wie damals. Ich wurde befreit. Ich durfte das Lager verlassen. Aber die Mauern habe ich mit mir genommen. Sie sind noch immer um mich herum. Schließen mich ein in eine kalte Welt, eine tote Welt. Sie lassen keinen Raum für Wärme. Trennen mich vom Leben. Von Benno. Er leidet durch mich, er leidet für mich. Das ist nicht richtig. Nicht gerecht. Ich muss etwas tun. Etwas ändern. Ich muss etwas für ihn tun. Ich muss ihn glücklich machen.

Die Sonne versinkt aprikotfarben hinter dem Horizont und lässt einen orangen Himmel zurück, der sich in den Fensterscheiben der Bauernhäuser spiegelt. Kein Mensch begegnet ihnen, als sie mit dem Picknickkorb durch das Dorf laufen. Die meisten Dorfbewohner sind Bauern und um diese Zeit mit Füttern, Melken und Ausmisten ihrer Kühe, Schafe oder Ziegen beschäftigt. So herrschen in den Höfen die Schatten des hereinbrechenden Abends während die Stallfenster hell erleuchtet sind und von reger Betriebsamkeit künden. Hin und wieder schlägt dem Paar zorniges Gebell aus dem Dunkel entgegen, wo ein Hund aufgeregt an seiner Kette zerrt. Eine getigerte Katze hüpft von einem Zaunpfahl, trabt auf die Straße und setzt sich auf den vom Tag noch aufgewärmten Sand. Rasch hebt sie ihre Pfote und beginnt sie gewissenhaft zu putzen. Die beiden Spaziergänger beachtet sie nicht.

Als sie die Haustür erreicht haben, ist die Sonne längst untergegangen und das leuchtende Orange zu einem blassen Gelb geworden. Feuchte Kühle senkt sich vom

Himmel herab und vertreibt die Wärme des Tages, die sich noch zwischen den Häusern verborgen hält.

Er öffnet die Tür und lässt Elfriede den Vortritt. Dann folgt er ihr, schließt die Tür und dreht den Schlüssel um. Das letzte Licht des Tages dringt durch die Fenster und taucht alles in einen goldenen Schein.

„Benno!"

Obwohl es Elfriedes Stimme ist, lauscht er ihr nach, nimmt sie auf in sich und lässt sie nachhallen in einem stillen Echo. Es ist etwas in ihrer Stimme, das ihn anzieht und gleichzeitig zögern lässt, ein sanfter Unterton, kaum wahrnehmbar und doch für ihn so deutlich zu erkennen, der ihn früher so häufig gehört hat. Verunsichert bleibt er stehen. Gerade weil er diesen Klang in ihrer Stimme so lange vermisst und so heftig herbeigesehnt hat, zweifelt er nun an seiner Wirklichkeit. Angestrengt lauscht er in die Stille, die in den Tiefen der Räume herrscht, lauscht bis die Stille zu einem Rauschen in seinen Ohren wird, einzig unterbrochen vom leisen Ticken der Uhr, die im Wohnzimmer unaufhörlich die Sekunden zählt. Fast glaubt er, alles wäre nur eine unglückselige Einbildung gewesen, als sie seinen Namen ein zweites Mal ruft. Ein heißes Brennen breitet sich in seiner Brust aus. Er setzt den Korb ab, wo er gerade steht und folgt gebannt der Aufforderung. Der Ruf kam aus dem Schlafzimmer. Zögernd bleibt er an der Tür stehen. Da kommt sie auf ihn zu, bleibt dicht vor ihm stehen, streckt sich und küsst ihn zart auf die Lippen. Wie versteinert steht er da und rührt sich nicht.

Sie spürt, wie er mit sich ringt, sieht wie Unsicherheit und Verlangen in ihm kämpfen. Noch immer wagt er nicht, sich zu rühren. Wieder küsst sie ihn auf den Mund, länger. Da greift er nach ihr, zieht sie an sich. Seine Arme umfangen sie. Er presst seine Lippen auf die ihren. Sie fühlt seine Nähe, die ihr vertraut ist und fremd zugleich. Zweifel flackern auf, doch sie drängt sie weg, schiebt sie in die letzte Ecke ihres Verstandes. Entschlossen schlingt sie ihre Arme um seinen Hals, schmiegt sich an seinen Körper. Seine Hände streichen über ihren Rücken. Ein Schauer durchfährt sie, beginnt wohlig und wird zu einer kriechenden Kälte, die sie zittern lässt. Als sie die Augen öffnet, sieht sie plötzlich ein breites Gesicht mit starken Wangenknochen und wulstigen Lippen vor sich, ein brutales Gesicht, das auf sie zukommt. Fast hätte sie aufgeschrieen, doch im nächsten Moment sind es wieder Bennos vertraute Züge. Nur langsam entspannt sich ihr verkrampfter Körper. Die Angst bleibt, bohrt sich stechend in ihren Magen.

„Wie sehne ich mich nach dir", flüstert er, streicht ihr eine Strähne aus der Stirn und sieht ihr in die Augen. Doch sie kann diesen Blick nicht ertragen, der ihr bis in die Seele dringen will. Sie macht sich von ihm los, öffnet die Knöpfe ihres Kleides, streift es über die Schultern und lässt es zu Boden gleiten. Ihre fahrigen Finger suchen die Knöpfe seines Hemdes. Während sie es öffnet, fällt seine Hose. Er nimmt sie auf die Arme, mühelos und leicht, und trägt sie zum Bett. Weich und duftig fangen die Daunenkissen sie auf. Das Gewicht seines Körpers drückt sich neben ihr in die Matratze. Sie atmet den Geruch seiner Haut, der ihr fast vergessen ist, jetzt aber aus einer fernen Erinnerung aufsteigt, so wie längst vergangene Kindheitserinnerungen zuweilen aufblitzen, schemenhaft und kaum zu erkennen, um dann wieder in den Tiefen des Gedächtnisses zu verschwinden.

Ihre Fingerspitzen stellen fest, dass sich sein Körper kaum verändert hat. Ein wenig schlanker ist er geworden. Seine Rippen sind einzeln zu erfühlen. Sie wartet auf das Verlangen, das sich immer eingestellt hat, wenn sie seine Schultern, seine Brust, die Muskeln seines Rückens berührte. Sie wartet auf das heiße Brennen der Leidenschaft, das seine Hände auf ihrer Haut entfachen werden. Sie wartet auf den Beweis, dass die Liebe, die sie für ihn empfand, nicht verloren ist, sondern nur verschüttet in ihrem

Innern und dahindämmert in einer Art starrer Bewusstlosigkeit, jederzeit bereit, erweckt zu werden, neu aufzuleben und nach Außen zu drängen. Sie wartet. Wartet.

Doch nichts geschieht. Ihr Herz fühlt nur eine kalte Leere, die sich um ihre Gefühle legt und sie lähmt. Voller Verzweiflung presst sie sich an ihn, klammert sich an seinen Körper, versucht mit heftigen Küssen ein bisschen seiner Wärme in sich hineinzusaugen. Es gelingt ihr nicht.

Er missversteht, glaubt an wildes Begehren, das auch in ihm wogt, ihm brennend durch die Adern rauscht. Leidenschaft und Verlangen, seit Monaten unterdrückt, zwanghaft verdrängt aus seinem Fühlen und Denken, bricht nun hervor, gelockt durch ihre Küsse, ihre Arme, die ihn umklammern. Er versucht, sich zu beherrschen, hat Angst, sie mit seiner Heftigkeit zu erschrecken. Doch er schafft es nicht, dieser Macht Stand zu halten. Es reißt ihn mit in einen Strudel aus lodernden Flammen, die jede Faser seines Körpers ergreift, seine Muskeln, Sehnen, Nerven und seinen Verstand blendet. All seine vernünftigen Gedanken versinken im Feuer, im unaufhaltsamen Sehnen. Da gibt er seinen Widerstand auf, fühlt, wie er untergeht, versinkt in der Hitze, die ihn nun vollkommen umschließt, ihm den Atem raubt. Er zieht keuchend die Luft in die Lungen, sein Atem wird schneller.

Seine Hände und Lippen sind überall auf ihrem Körper. Die offensichtliche Begierde der Berührungen weckt einen tiefen Ekel in ihr. Sie weigert sich, diesen Ekel zu spüren, kämpft gegen den Impuls, seinen Körper weg zu stoßen. Mit aller Kraft konzentriert sie sich auf ihn, seine Persönlichkeit, Benno, ihren Mann, den sie über alles liebt. Sie ruft sich sein vertrautes Gesicht ins Gedächtnis, das sie nur schemenhaft in der Dunkelheit vor sich sieht. An jede Miene, jeden Gesichtsausdruck kann sie sich erinnern, sieht seine funkelnden Augen vor sich als wäre es lichter Tag. Ihre Hände streicheln seinen Körper, den Körper Bennos, den Körper ihres Mannes. *Es ist mein Benno! Es ist mein Benno!* Wieder und wieder spricht sie in Gedanken diesen Satz zu sich selbst. Ein wenig entspannen sich ihre verkrampften Muskeln. Der panische Pulsschlag wird ruhiger.

Er rollt sich auf sie. Sie fühlt den Schmerz, spürt, wie sie sich von ihrem Körper zu trennen beginnt. Bestürzt will sie sich wehren, will ihren Körper nicht verlassen. *Nicht bei Benno! Bitte nicht bei Benno!* Doch unaufhaltsam schwebt sie empor. Verzweifelt streckt sie die Arme aus, um ihren Körper fest zu halten, doch ihre Hände greifen ins Leere. Sie schwebt weiter, entfernt sich immer mehr von ihrem Körper, blickt auf ihn herab, wie all die ungezählten Male zuvor. *Nicht bei Benno!* Panik befällt sie.

„*Nein!*“

Grelles Licht blendet sie. Blinzelnd versucht sie, etwas zu erkennen. Erst nach einem endlos erscheinenden Moment haben sich ihre Augen etwas an die Helligkeit gewöhnt. Sie sieht Benno über sich. Die Wangen bleich, seine Augen vor Schreck weit aufgerissen. Verwirrt blickt sie ihn an.

„Was hast du? Was hab ich denn falsch gemacht?“, fragt er mit heiserer Stimme.

„Wieso? Ich verstehe nicht....“

„Du hast laut ‚Nein!‘ geschrieen.“

Da erst begreift sie. Im verzweifelten Kampf zwischen Körper und Geist hat sie ungewollt laut gerufen. Doch was soll sie jetzt Benno sagen? Wie ihn beruhigen?

„Aber nein, du hast nichts falsch gemacht“, antwortet sie und versucht, ihre Stimme unbekümmert klingen zu lassen.

„Dann sag mir, warum du geschrieen hast.“

Sie bekommt ein schwaches Lächeln zustande, doch kann es nicht lange auf ihren Lippen halten.

„Es tut mir leid, wenn ich dich erschreckt habe. Das wollte ich wirklich nicht“, sagt sie ernst und meint es auch so. Ihre Finger zittern, als sie ihm zärtlich durchs Haar streicht. „Geliebter“, flüstert sie ihm ins Ohr. Doch so leicht lässt er sich nicht ablenken. Misstrauisch sieht er sie an.

„Bitte, glaube mir, es hat nichts mit dir zu tun. Mich überkommt manchmal eine furchtbare Angst im Dunkeln.“ Die Lüge kommt ihr erstaunlich leicht über die Lippen und sie scheint ihn tatsächlich zu beruhigen. Der misstrauische Ausdruck verschwindet und weicht einem liebevollen Lächeln.

„Warum sagst du das denn nicht gleich, mein Vögelchen?“, raunt er gespielten Vorwurf. „Natürlich werden wir jetzt immer eine Kerze brennen lassen, damit du dich nicht fürchten musst.“

Sie zwingt sich zu einem dankbaren Lächeln. Um ihn auf andere Gedanken zu bringen, knabbert sie an seinem Ohrläppchen. Er seufzt voller Wohlbehagen, schließt die Augen und senkt sein Gesicht auf ihres, um sie zu küssen.

Der Blecheimer scheppert über den Fliesenboden, kippt um. Er rollt klappernd weiter bis er gegen die Küchentür stößt und liegen bleibt. Kartoffeln kullern auf dem Boden umher. Ein Holzbrett schlägt auf und schrappt ein Stück über die Fliesen. Mit einem ohrenbetäubenden Knall landet ein Topf auf dem Boden.

Zwischen dem Lärm nur das Geräusch hin und her eilender Schritte und leises hektisches Schnaufen.

Ein irdener Krug zerschellt an der Wand. Die Scherben verteilen sich klirrend. Nur kurz schaut sie auf den rotbraunen Haufen hinunter. Dann greifen ihre Hände nach einem weiteren Holzbrett. Wie ein Geschoss fliegt es durch die Küche. Dumpf kracht es gegen die Wand, hinterlässt eine Delle. Dann stürzt es zu Boden.

Ihre Hände suchen im Küchenschrank. Sie finden eine Vase. Das Glas fühlt sich kühl und glatt an. Es ist ihre Lieblingsvase, ein Erbstück ihrer Urgroßmutter. Doch der blinde Zorn ist zu mächtig. Ein lauter Schrei begleitet die Vase, bis sie auf dem Küchenboden zerplatzt. Scherben spritzen in alle Richtungen davon, klimpern, klirren, klingeln unter die Schränke, den Tisch, die Stühle.

Für einen Sekundenbruchteil herrscht Stille. Dann sind wieder ihre wütenden Schritte zu hören. Glas knirscht unter ihren Sohlen. Ein Tritt schleudert den Stuhl gegen den Küchentisch. Holz kracht gegen Holz. Sie kehrt um, will zurück zur Anrichte, achtet nicht auf den Boden. Mit dem rechten Fuß tritt sie auf eine Kartoffel. Sie knickt um, rudert mit den Armen, fällt. Entsetzt schreit sie auf. Der harte Aufprall erstickt ihren Schrei. Benommen bleibt sie auf der Seite liegen, spürt den dumpfen Schmerz, der nur allmählich durch ihren Schrecken dringt und sich in ihrer Hüfte ausbreitet. Der Schmerz steigert ihre stumme Wut noch mehr, wühlt und peitscht in ihr.

Kaputtschlagen. Alles zerstören. Nichts soll mehr heil bleiben. Kein Stück. Sie kann den Anblick der unversehrten Dinge nicht ertragen. Den Anblick all dieser Lügen um sie herum! Nichts ist unversehrt geblieben. Nichts ist heil. Auch wenn das Haus, das Dorf von Bomben verschont geblieben ist, wenn keine Trümmer zu sehen sind, keine eingestürzten Wände, so ist alles Unbeschädigte doch nur Schein. Es ist nicht echt. Es ist nur Fassade, besteht aus äußeren Hüllen, die aussehen wollen, als ob die Vergangenheit ihnen nichts hat anhaben können, als seien sie verschont geblieben. Doch hinter den Fassaden herrscht der Verfall. Tief verborgen lauert eine Finsternis, undurchdringlich und kalt. Alles Wühlen, alles Suchen in dieser Finsternis fördert doch nur Zerbrochenes zu Tage. Zerbrochen wie ihr Leben, ihre Träume, ihre Ziele. Alles zerstört und zerfallen. Nur noch Trümmer in ihrer Seele, ein Haufen Schutt und Asche, auf den sie blickt, jeden Tag, Stunde für Stunde. Alles in ihr ist zerschmettert und jeder Versuch, aus den Ruinen wieder etwas aufzubauen, scheitert, bricht in sich zusammen wie die Hoffnung, die immer tiefer im Scherbenhaufen versinkt. Nichts ist heil!

Der Zorn treibt sie an. Sie will aufstehen. Aufstehen und noch mehr dieser Lügen zerschlagen. Sie stemmt ihre Hände gegen die Fliesen, setzt sich auf. Ein schneidendes Ziehen in der Rechten lässt sie zusammenzucken. Sie blickt auf ihre Hand nieder. Im Handballen steckt eine bunte Glasscherbe. Sie erkennt das Muster der Vase. Eine Weile sitzt sie so, starrt auf den Splitter in ihrer Hand und wundert sich, dass kein Blut zu sehen ist. Dann zieht sie die Scherbe heraus. Sofort quillt es rot aus der Wunde, bildet ein Rinnsaal, sammelt sich in der Mitte ihrer Handfläche. Sie rührt sich noch immer nicht, betrachtet abwechselnd den bunten Glassplitter und das helle Blut. Ihr Blut.

Mit einem Mal verschleiert sich ihr Blick, doch die Augen bleiben trocken. Erst zittert die Unterlippe, schließlich der ganze Kiefer. Sie öffnet den Mund und ein entsetzlicher Schrei bricht aus ihr hervor, durchdringend und unmenschlich, der Laut eines gemarterten Tieres.

Völlig unerwartet kommen die Tränen. Zögernd erst, als haben sie vergessen, was Weinen ist. Doch dann rinnen sie warm und nass über ihr Gesicht. Ihr Körper zuckt unter lautem Schluchzen. Keuchend schnappt sie nach Luft. Der Zorn weicht einer kraftlosen Leere. Sie kann sich nicht mehr aufrecht halten. Langsam sinkt sie um, bleibt reglos liegen. Eine unwirkliche Stille erfüllt die Küche, gelegentlich unterbrochen von leisem Wimmern. Lautlos tropft das Blut auf den Küchenboden.

Als Benno von der Arbeit in der Klinik nach Hause kommt, sind die Kartoffeln vom Küchenboden geklaubt und liegen wieder im Blecheimer. Die Holzbretter lehnen auf der Anrichte an der Wand und alle Scherben liegen im Abfalleimer. Die Blutflecke sind weggewischt. Gewissenhaft hat sie aufgeräumt, gekehrt, geputzt, alle Spuren ihres Ausbruches beseitigt. Einzig die kleine Delle in der Wand ist geblieben. Doch sie ist kaum zu sehen.

Mit kaltem Wasser hat sie ihre geröteten Augen gekühlt, hat vorm Spiegel das Kleid gerichtet, ihr zerzaustes Haar geglättet. Die Hand hat sie verbunden, so gut es ihr mit der Linken möglich war. Der pochende Schmerz der Schnittwunde tut ihr merkwürdig gut. Es ist, als wenn dieser kleine stechende Schmerz ihre innere Not etwas lindern würde, auch wenn er zu unbedeutend und schwach ist, um sie gänzlich zu übertönen. Sie fragt sich, ob sie dabei ist, langsam verrückt zu werden. Im Lager hat sie einige gesehen, die irrsinnig geworden sind, die Angst und Qual nicht mehr ertragen konnten und deren Seelen sich in den Wahnsinn geflüchtet haben. Alle kamen sie ins Verrücktenstübchen, von wo keine einzige je zurückgekehrt ist. Woran merkt man, dass man den Verstand verliert? Wie fängt es an? Wie fühlt es sich an? Das hat sie sich schon oft gefragt. Wie fühlt sich der Wahnsinn an? Tut es weh oder fühlt man überhaupt nichts mehr? Sie hat sich immer gewünscht, die Frauen im Verrücktenstübchen würden nichts mehr spüren.

Ist es überhaupt möglich, das selbst festzustellen? Kann man sich tatsächlich beim Wahnsinnigwerden beobachten? Oder sehen es nur die anderen? Vielleicht ist es eine Befreiung. Vielleicht.

Sie sitzt am Küchentisch, von wo sie aus dem Fenster blicken kann und beobachtet den wirbelnden Flug der Schwalben. Als Benno hereinkommt, steht sie auf und begrüßt ihn. Ein Hauch Desinfektionsmittel umgibt ihn. Er sieht erschöpft aus.

„Du siehst müde aus."

Er nickt, seufzt.

„Hast du Hunger?"

Wieder nickt er und lächelt ein kurzes, fast gequältes Lächeln.

Sie nimmt einen Topf aus dem Küchenschrank, greift nach dem Blecheimer und kippt die Kartoffeln auf den Küchentisch. Mit einem Messer setzt sie sich und beginnt, die

Kartoffeln zu schälen. Benno sieht ihr dabei zu. Ein großer Schritt bringt ihn dicht vor den Tisch.

„Was ist passiert?", fragt er besorgt.

Erstaunt schaut sie von der Kartoffel auf.

„Was ist mit deiner Hand geschehen, Elfriede?"

„Ach." Sie winkt ab. „Ist nicht so schlimm."

Er zieht einen Stuhl unter dem Tisch vor und setzt sich neben sie. Vorsichtig umfasst er ihr Handgelenk, nimmt ihr das Messer weg und dreht ihre Hand, um den Verband zu betrachten.

„Ich habe mich nur ein bisschen geschnitten", versucht sie ihn zu beruhigen. Doch er lässt sich nicht abwimmeln. Behutsam löst er die ungeschickt angelegte Binde und wickelt sie ab. Dann untersucht er die Wunde. Eine tiefe Falte steht zwischen seinen Augenbrauen, als er aufblickt.

„Das sieht böse aus, Elfriede. Mit was hast du dich denn geschnitten? Auf jeden Fall nicht mit einem Messer."

Sie schüttelt den Kopf. „Nein, mit einer Glasscherbe. Mir ist eine Vase heruntergefallen. Und beim Einsammeln der Scherben ist es passiert."

„Eine Vase? Doch hoffentlich nicht die deiner Uroma?"

„Doch."

Sein Gesichtsausdruck wechselt sofort von Neugier zu Mitleid.

„Oh, das ist gemein. Erst geht deine geliebte Vase kaputt und dann schneidest du dich auch noch an den Scherben."

Sie versucht, ein möglichst unbekümmertes Gesicht zu machen und sagt leichthin: „Ein Unglück kommt selten allein. Ich werde es schon überstehen."

Er lächelt, doch an der Art, wie er sie ansieht, erkennt sie, dass er ihr die Gleichmütigkeit nicht abnimmt.

„Ich werde dir die Hand jetzt erstmal ordentlich verbinden, damit nichts reinkommt. Wir müssen aufpassen, dass sie sich nicht entzündet. Ich glaube, ich habe noch ein wenig Jod da.“

Als er die Küche verlässt, um nach Medikamenten zu sehen, atmet sie erleichtert auf. Obwohl sie ihm dankbar ist, dass er nicht weiter nachgefragt hat, plagt sie ein nagender Zweifel. War es wirklich nötig, ihn anzulügen? Schon wieder lügen. Wohin soll dies nur führen? Wie oft musste sie ihn bereits belügen. Und wie schwer ihr dies fällt, jedes Mal aufs Neue, jedes Mal mehr. Alles in ihr wehrt sich dagegen, den Menschen, der ihr am meisten bedeutet, anzulügen. Doch was bleibt ihr anderes übrig? Die Wahrheit sagen? Unmöglich! Niemals soll er erfahren, was in Wirklichkeit im Lager geschehen ist. Eher will sie sterben, als dass sie ihm davon erzählt. Es würde ihm das Herz brechen. Wie sollte er verstehen können, dass sie keine andere Wahl gehabt hat? Aber ist das wirklich wahr? Hat sie tatsächlich keine andere Wahl gehabt? Natürlich hätte sie sich wehren können. Dann wäre sie erschossen worden. Oder sie hätte die Nahrung verweigern können. Es wäre langsamer gegangen, aber es wäre ihre Entscheidung gewesen. Es gab nur den Tod als Ausweg. Er war die einzige Tür die in die Freiheit führte. Viele Kameradinnen waren hindurch gegangen. Doch sie hatte durch diese Tür nicht gehen wollen. Es war die Angst vor dem Tod, die sie all die schrecklichen Dinge tun ließ, ertragen ließ. Es war der Wunsch zu leben, zu überleben, der sie angetrieben, ihr die Kraft gegeben hat. Überleben war alles, was zählte. Was später käme, würde sich zeigen. Doch inzwischen bereut sie ihre Schwäche, ihre Angst vor dem Tod, bereut ihren Willen zu überleben, ihr Durchkommen, bereut, dass sie sich nicht geweigert hat. Wäre es nicht vielleicht besser gewesen, wenn man sie erschossen hätte? Der Tod will ihr mit einem Mal nicht mehr so Furcht erregend erscheinen.

Es klappert leise, als sie Messer und Gabel ordentlich neben ihren Teller legt. Benno, der gerade dabei ist, seine gefüllte Gabel in den Mund zu schieben, schaut interessiert von seinem halbvollen Teller auf. Er zieht die leere Gabel aus dem Mund und kaut mit vollen Backen. Als sie von ihrem Teller aufsieht, bemerkt sie Bennos fragenden Blick. Sie schaut weg, obwohl sie weiß, dass er fragen wird, sobald er seinen Bissen geschluckt hat. Sie weiß genau, wie er die Frage formulieren wird und in welchem Ton er sie stellt; und dieses Wissen löst einen heftigen Unwillen in ihr aus. Sie verspürt nicht die geringste Lust, ihm zu erklären, dass sie jetzt einfach nicht mehr weiter essen kann. Er wird es nicht akzeptieren, wird wissen wollen, warum und wird sie zu überzeugen versuchen, wie wichtig Nahrung für sie ist. Natürlich kann er nicht verstehen, dass sie plötzlich einen unerklärlichen Ekel vor dem Essen auf ihrem Teller empfindet. Sie kann es ja selbst nicht verstehen, kann keine Worte finden, die es ihm verständlich machen könnten. Es geschieht manchmal einfach so und es gibt keinen erklärbaren Grund dafür. Mitten in der Mahlzeit ist ihr mit einem Mal, als wenn alles, was auf ihrem Teller liegt, plötzlich faul, schimmelig und stinkend geworden sei. Allein der Anblick widert sie an und der aufsteigende Geruch verursacht ein beunruhigendes Würgen in ihrer Kehle. Nichts kann sie dazu bringen, auch nur noch einen Bissen zu sich zu nehmen. Wie soll sie dies erklären? Sie will es überhaupt nicht erklären, will es Benno gar nicht begreiflich machen. Es würde nichts nutzen. Er würde Verständnis vortäuschen und doch bliebe ein unausgesprochener Vorwurf zurück. Sie weiß, er will nett sein, doch kommt ihr das mit einem Mal so unaufrichtig vor. Sie muss an Grete denken, an Ilse. Sie hätten verstanden, hätten ihr keine Vorhaltungen gemacht. Im Lager ist alles viel einfacher gewesen. Essen, schlafen, arbeiten. Einziges Ziel war das Überleben. Nichts war kompliziert. Es herrschte eine grausame Ordnung. Eine Ordnung, die klar und deutlich war, die alles regelte. Es geht etwas Vertrautes von dieser Ordnung aus. Sie sehnt sich plötzlich nach dieser Ordnung. Als sie es merkt, erschrickt sie. Blickt von ihrem

Teller auf. Benno schluckt gerade. Bekümmert legt er die Stirn in Falten. Jetzt wird er sie gleich stellen, die erwartete Frage. Benno öffnet die Lippen. „Sag mal, hast du Mathilde schon getroffen seit du zurück bist?“

Darauf ist Elfriede nicht gefasst.

„Mathilde?“, fragt sie überrascht.

„Hmhm“, brummt Benno, der sich bereits den nächsten Bissen in den Mund geschoben hat und mit Kauen beschäftigt ist.

„Nein, noch nicht“, antwortet sie immer noch vollkommen überrumpelt. „Warum fragst du?“

Wieder muss sie auf eine Antwort warten, bis er geschluckt hat. Nachdenklich bemerkt er: „Ich habe sie auf dem Heimweg gesehen. Zusammen mit Gertrud. Wenn mich nicht alles täuscht, dann haben sie die Straßenseite gewechselt, als sie mich erkannt haben.“

Er sieht sie an, als ob er eine Erklärung von ihr erwartet. Doch sie zuckt nur mit den Schultern.

„Sie haben mich ganz komisch angesehen“, fährt er fort, als sie nichts sagt. „Wirklich sehr seltsam.“

Dann schweigt er eine Weile, so gedankenverloren, dass er sogar seinen Hunger und den halbvollen Teller vergisst.

Elfriede kann sich Mathildes Verhalten nicht erklären. Seit wann hat ihre Freundin etwas mit Gertrud zu schaffen? Die haben sich doch nie verstanden, waren seit der Schulzeit verfeindet. Und nun sollen sie plötzlich befreundet sein? Mathilde soll Benno aus dem Weg gegangen sein? Benno ist immer gut mit ihr ausgekommen. Warum also sollte sie plötzlich die Straßenseite wechseln, wenn sie ihn sieht? Das ist einfach nicht ihre Art. Es muss eine ganz belanglose Begründung geben. Natürlich ist es unnütz, sich darüber den Kopf zu zerbrechen.

„Mach dir keine Gedanken“, unterbricht sie deshalb seine Grübelei, „bestimmt war es ein Zufall, dass sie grade über die Straße gegangen ist. Das muss doch nichts bedeuten.“

Er hebt den Blick, seine Augen kehren in die Wirklichkeit zurück. Liebevoll schauen sie sie an. Schließlich nickt er.

„Sicher hast du Recht“, seufzt er, „vielleicht leide ich ja schon unter Verfolgungswahn.“

„Ich werde Mathilde demnächst mal besuchen.“

Er nickt, lächelt kurz und wendet seine Aufmerksamkeit wieder seinem Teller zu.

Die Sonne scheint kräftig. In den Straßen staut sich die Hitze und bringt die Luft zum Flirren. Die Sperlinge haben sich über Mittag in eine schattige Hecke zurückgezogen. Hin und wieder ist das träge Gurren einer Taube zu hören. Eine leichte Brise streicht durchs Dorf und bringt den würzigen Duft nach frischem Heu mit, der an glückliche Sommertage erinnert.

Elfriede genießt die Sonnenstrahlen auf ihrer Haut. Die leuchtenden Farben der Blumen tun ihr wohl. Auch die süßen Düfte, die sie verströmen. Das frische Grün der Büsche und Bäume, die nach dem langen Winter nun endlich wieder erwacht sind. Alles ist ein Beweis für das *Leben* und dass es immer Leben geben wird. Auch nach dem dunkelsten und kältesten Winter sprießen wieder die Blätter, blühen die Blumen. Das Leben beginnt von vorne, wächst und gedeiht, blüht und wird Früchte tragen. Für das Leben gibt es immer einen Neuanfang.

Elfriede biegt in eine Seitenstraße ab. Den Weg ist sie schon so oft gegangen, dass sie ihn mit verbundenen Augen finden würde. Schon seit sie ein kleines Kind war, ist sie diesen Weg gelaufen, gerannt, gehüpft, mal mit ihrer Puppe im Arm, mal mit dem Steckenpferd zwischen den dünnen Beinchen, später dann mit der Handtasche und sorgsam darauf bedacht, keine Laufmasche in die kostbaren Strümpfe zu reißen.

Nur noch eine Kurve, dann wird sie den großen Hof sehen können, der den Eltern von Mathilde gehört. Da Mathilde die älteste Tochter ist, wird sie den Hof einmal erben.

Deshalb bewohnt sie, zusammen mit ihrem Mann, die kleine Wohnung unter dem Dach. Die drei Schwestern sind auch längst verheiratet und sind zu ihren Männern in die Stadt gezogen.

Immer, wenn die ganze Familie zusammenkommt, gibt es ein fröhliches Fest. Elfriede erinnert sich an eine Menge Leute, die alle an den bereitgestellten Tischen im Innenhof des Gutes sitzen und eifrig durcheinander reden. Es wird gegessen und getrunken und zu später Stunde packt einer der Männer, wohl ein Onkel von Mathilde, eine Ziehharmonika aus und beginnt alte Weisen zu spielen und singen, in die alle nach und nach einfallen, so dass der Gesang im ganzen Dorf zu hören ist.

Doch seit Elfriede wieder zuhause ist, hat sie kein fröhliches Lied durch die stille Nachtluft schallen hören. Sie hofft, dass es Mathilde und ihrer Familie gut geht. Ihr Mann ist jedenfalls aus dem Krieg zurückgekehrt, wie Benno ihr berichtet hat, wohl mit einem Granatsplitter im Bein, aber immerhin ist er lebend zurückgekehrt. Da hat sie mehr Glück gehabt als die meisten anderen Frauen, die noch immer vergeblich auf ihre Männer warten. Auch hier im Dorf sind fast keine Männer zu finden. Nur ein paar Greise haben es geschafft, dem Krieg zu entgehen. Einige der Frauen sind längst Witwen, andere hoffen noch auf eine Rückkehr ihrer Männer. Benno ist der einzige, den sie nicht an die Front geschickt haben. Das hat er seinem Beruf als Arzt und seiner Anstellung im Krankenhaus zu verdanken. Die anderen Frauen im Dorf haben sie darum immer beneidet. Aber keine hat geklagt. Dafür hatten sie zuviel Respekt vor Benno. Sie wussten alle, wie wertvoll es ist, einen Arzt in der Nähe zu haben.

Sie kann das große Fachwerkhaus schon sehen. Elfriede geht unwillkürlich ein wenig schneller. Es drängt sie vorwärts. Sie freut sich darauf, ihre Freundin wieder zu sehen. Inzwischen fragt sie sich, warum sie nicht schon früher hergekommen ist. Schließlich ist Mathilde ihre einzige und beste Freundin. Seit sie denken kann, verbindet sie mit ihr ein festes Band, geknüpft aus Kinderstreichen, aus den wohlbehüteten Geheimnissen ihrer Jugendzeit, aus Gesprächen über Kummer und Sorgen, Freude und Glück. Wie viele Stunden haben sie wohl zusammen verbracht?

Nun steht Elfriede vor der schweren Holztür und nimmt den eisernen Klopfer in die Hand. Laut hämmert der Eisenring gegen das Holz. Danach herrscht Stille. Nur das leise Gackern der Hühner auf dem Misthaufen und zufriedenes Grunzen, das dumpf aus dem Schweinestall dringt, sind zu hören. Gerade will Elfriede nochmals nach dem Eisenring greifen, als sie Schritte im Hausflur hört. Die Tür öffnet sich und das neugierige Gesicht ihrer Freundin taucht im Türspalt auf. Elfriede lächelt. Eine ehrliche Freude erfüllt sie, als sie die vertrauten Züge der Freundin sieht.

„Guten Tag, Mathilde!“

Das Gesicht der Freundin verändert sich schlagartig. Die Neugier verschwindet. Die Lippen pressen sich zu einer dünnen Linie zusammen, scharf und hart. Die Mundwinkel verziehen sich nach unten, ihre Augen verengen sich zu schmalen Schlitzen unter zusammengezogenen Brauen. Feindselig und abweisend schaut sie Elfriede an und schweigt.

Elfriede versteht nicht. Ein jähes Unbehagen wischt ihr das Lächeln aus dem Gesicht. Ihre Freude ist verflogen. Unsicher sieht sie die Freundin an und wartet auf ein Wort von ihr. Doch es kommt keins. Ein schwelendes Schweigen herrscht zwischen ihnen, das sich unerträglich in die Länge zu ziehen scheint.

Endlich öffnet Mathilde die zusammengepressten Lippen. Schroff bellt sie: „Was willst du hier?“

Elfriede spürt, wie ihr heiß wird. Die Hitze steigt in ihr hoch, erfasst ihren Kopf. Ihre Wangen brennen. Sie versucht, eine Erklärung zu finden. Was hat Mathilde nur? Ist sie beleidigt, weil ich ihr nach meiner Heimkehr nicht schon längst einen Besuch abgestattet habe? Aber sie hätte ja auch zu mir kommen können. Nein, es muss etwas Furchtbares geschehen sein. Aber was kann das sein? Was habe ich falsch gemacht? Warum hasst sie mich plötzlich?

Noch immer starrt Mathilde sie an, blockiert alle Gedanken mit ihrem Blick. Sie merkt, wie sich ihre Hände ineinander verkrampft haben. Sie muss reagieren. Doch was soll sie nur sagen?

„Aber, Mathilde, wir sind doch Freundinnen", bringt sie vorsichtig hervor.

Die Freundin macht eine abwehrende Handbewegung und erwidert kalt: „Nein! Jetzt nicht mehr!"

„Was hab ich dir denn getan?" In Elfriedes Stimme schwingt Verzweiflung mit.

„Das müsstest du doch am besten wissen!", faucht Mathilde zurück. „Das hätte ich wirklich nicht von dir gedacht, Elfriede!"

„Aber..."

„Nichts *aber*!", unterbricht Mathilde laut. „Ich will mit so einer wie dir nichts zu tun haben! Also, lass dich hier nie wieder blicken! Hast du mich verstanden?"

Aus Mathildes Augen funkelt ihr der blanke Hass entgegen. Verstört starrt sie ihre Freundin an. Den Mund vor Entsetzen einen Spalt geöffnet, sie merkt es nicht. Ein einziger Gedanke schießt ihr wie ein eisiger Blitz durch den Kopf: Was hat Gertrud ihr erzählt? Zu keiner Antwort fähig, wendet sie Mathilde den Rücken zu und geht mit müden Schritten davon. Sie ist erst wenige Meter gegangen, als sie hört, wie die schwere Holztür hinter ihr mit einem heftigen Knall zugeschlagen wird.

Lichtlos liegt der Tag vor den Fenstern. Nur ein graues Dämmern sickert durch die Gardinen. Schneidender Wind schüttelt die Zweige der Bäume, lässt die Büsche wogen und pfeift durch jede Mauerritze. Er dringt in jede Kammer, verströmt seine klamme Kälte.

Sie ist allein. Zusammengekauert sitzt sie auf dem Sofa im düsteren Wohnzimmer. In eine wollene Decke gewickelt starrt sie geradeaus, wo auf dem Wohnzimmertisch die Flamme einer Stumpenkerze sich müht, warmes Leuchten zu verbreiten. Doch ein Luftzug, der aus dem Nichts zu kommen scheint, lässt die Flamme immer wieder hektisch flackern.

Sie zieht die Decke enger um ihre Schultern, doch gegen die Kälte vermag sie nichts auszurichten. Mit eisiger Hand greift sie nach ihr, dringt durch die Poren ihrer Haut bis in ihr Inneres, wo sie sich ausbreitet und ihren Körper in immerwährendem Zittern schüttelt.

Ein besonders heftiger Luftzug zerrt an der Flamme. Sie erlischt lautlos. Nur ein feiner Rauchfaden steigt vom Docht auf, kräuselt sich einen Moment bevor er sich allmählich auflöst.

Sie regt sich nicht. Ihre blicklosen Augen sind noch immer auf die Kerze gerichtet. Vollkommen wirr ist ihr Geist, keine Möglichkeit, einen einzigen Gedanken zu fassen, eine Erinnerung zu halten. Wie Sturmböen kommen sie angeflogen, berühren sie nur flüchtig, wechseln sich ab, ziehen weiter und verschwinden unaufhaltsam in die Weite. Jeder Versuch, sie zu greifen, lässt sie heftiger durcheinander wirbeln.

Dieser innere Kampf nimmt sie so gefangen, dass sie nicht hört, wie Benno eintritt. Sie bemerkt nicht, wie er im Türrahmen steht und sie betrachtet. Erst, als er spricht, schreckt sie auf und fragt sich unwillkürlich, wie lange er wohl schon da gestanden haben mag.

„Ganz schön kalt für Sommer, was?“

Er kommt ganz ins Wohnzimmer, setzt sich neben sie auf das Sofa und gibt ihr einen zarten Kuss auf die Wange.

„Guten Abend, mein Schatz.“

„Guten Abend“, antwortet sie und rückt ein wenig näher an ihn heran, um sich an seinem Körper zu wärmen. Er legt den Arm um ihre Schultern und sofort lässt das Zittern nach.

Sie lehnt sich ein wenig zurück, um ihn von der Seite ansehen zu können und fragt: „Wie war es im Krankenhaus?“

Er seufzt: „Nun ja, eigentlich wie immer. Manchmal ist es nicht einfach, sich ständig mit den Krankheiten und Verletzungen anderer Menschen zu befassen.“

Sie nickt.

„Doch heute gab es wenigstens noch einen Grund zum Feiern“, berichtet er heiter.

„Was gab es denn?“

„Der Franz Hopp, mein Kollege, ist Vater geworden.“

Bei diesen Worten krampft sich alles in ihr zusammen. Ein heißes Stechen fährt ihr durch die Brust. Sie wendet sich ab und starrt zu Boden.

„Ach“, ist alles, was sie über die Lippen bekommt.

„Ja! Es ist natürlich in unserem Krankenhaus zur Welt gekommen. Franz war so aufgeregt, dass er einen Patienten fast am falschen Bein operiert hätte.“

Benno lacht laut auf, schüttelt den Kopf und grinst breit.

„Stell dir vor, es ist ein gesunder Junge. Sie wollen ihn auf den Namen Fred taufen“, erzählt Benno munter. „Ein hübscher Name.“

Er wendet den Kopf und sieht sie von der Seite an. Sie spürt es, doch sie bringt es nicht fertig, seinen Blick zu erwidern. Behutsam legt er ihr die Hand unters Kinn und hebt mit sanftem Druck ihr Gesicht bis sie ihm in die Augen sehen muss. Es kostet sie alle Überwindung, diesem Blick stand zu halten und nicht sofort den Kopf wegzudrehen. Sie nimmt all ihre Kraft zusammen. Es kommt ihr vor wie eine Ewigkeit. Plötzlich verziehen sich seine Lippen zu einem milden Lächeln.

„Wäre es nicht schön, wenn wir auch bald ein Kind haben könnten?“

Panik steigt in ihr auf. Sie frisst sich von ihrem Magen aufwärts durch ihren verkrampften Körper bis zu ihrem Hals. Eine jähe Hitze lässt sie in Schweiß ausbrechen, der aber sofort kalt auf ihrer Haut steht. Nur ihr Kopf scheint weiter zu brennen wie von glühenden Flammen bedeckt.

Obwohl sie sich alle Mühe gibt, sich nichts anmerken zu lassen, spürt er doch die Veränderung. Aufmerksam schaut er sie an und denkt angestrengt nach. Dann erhellt sich sein Gesicht und er erklärt schnell: „Es muss kein Junge werden. Nicht, dass du das meinst. Ich freue mich genauso über ein hübsches kleines Mädchen. Wenn es von dir ist, wird es sicher das schönste Mädchen im ganzen Dorf.“

Sie versucht zu lächeln, doch es wird nur ein verzerrtes Abbild, eine lächerliche Grimasse.

Endlich nimmt er die Hand von ihrem Kinn, lässt ihren Kopf frei. Sie sieht zur erloschenen Kerze hinab. Lautlos atmet sie auf.

Als sie ihm einen kurzen Seitenblick zuwirft, starrt er, die Stirn in nachdenkliche Falten gezogen, ernst vor sich hin. Bevor er zu sprechen beginnt, weiß sie bereits, was er sagen wird und ein kaltes Grauen packt sie.

„Ich frage mich sowieso, warum du nicht schon lange schwanger bist.“

Darauf kann sie nicht antworten. Nur mühsam kann sie den Impuls unterdrücken, aufzustehen und davon zu laufen.

„Eigentlich müsstest du bereits schwanger sein. Aber nun ja, wir versuchen es eben weiter, wie?“

5

Sie saß reglos auf der harten Pritsche, die ihr Arbeitsplatz war. Mit dumpfem Blick sah sie den breiten Rücken und kräftigen Stiernacken Konrads durch die Tür verschwinden. Alles in ihr fühlte sich dumpf an, als hätte ihre Seele längst den geschundenen Körper verlassen, der nun taub und hohl weiterleben musste bis er gänzlich ausgelaugt, verbraucht und abgenutzt war, bereit, weggeworfen zu werden.

Ein heftiges Poltern und das abgehackte bellende Geschrei auf dem Flur der Baracke ließ sie zusammenfahren. Sie hielt den Atem an, um besser hören zu können, um zu verstehen, was da vorging, doch es waren nur einzelne Worte zu erlauschen, die keine Bedeutung für sie machen wollten. Ein lautes Stimmengewirr, das Durcheinander vieler Männerstimmen erfüllte die Baracke.

Dann hörte sie plötzlich die Stimme des wachhabenden SS-Offiziers heraus: „Jawohl, Herr Lagerkommandant."

Unwillkürlich schaute sie sich in ihrer kleinen Kammer um, als ob sie irgendwo einen Fluchtweg finden könnte. Doch nur nackte Wände, kalt und tot, umgaben sie. Wohin hätte sie auch fliehen wollen?

Eilends zog sie sich ihr Kleid über. Gerade, als sie damit fertig war, flog die Tür auf und ein schmächtiger, grauhaariger Mann in SS-Uniform torkelte herein. Sie kannte die Abzeichen der einzelnen Offiziere nicht und fragte sich nun, ob sie den Lagerkommandanten persönlich vor sich hatte.

Der Offizier starrte sie einen Moment mit einem schiefen Blick an, wobei er sich an der Tür festhielt. Er wankte bedrohlich. Schließlich öffnete er die Lippen: „Was...... was stehst'n soo sssschh.........schteif da herum, du hü.... hübsches Ding?"

Vollkommen verwirrt riss sie die Augen auf. Der Offizier war stockbetrunken. Was wollte er hier? Er schien nicht alleine zu sein, denn sie hörte, wie ihre Kameradinnen wohl ebenfalls Besuch von SS-Offizieren erhielten. Das konnte nicht sein. Es durfte nicht sein. Wenn es eine Vorschrift gab, für die sie alle dankbar waren, so war es die, dass es den SS-Männern verboten war, Umgang mit ihnen zu haben. Es war sogar unter schwere Strafe gestellt, mit Frauen der Lagerbordelle zu verkehren. Schließlich gab es extra SS-Bordelle. Also, was hatte dies zu bedeuten?

Dem Offizier dauerte ihr Zögern zu lange. Er wankte auf sie zu, ergriff ihren Arm und zog sie hinter sich her zur Tür. Obwohl er dünn und klein war, beinahe einen halben Kopf kleiner als sie, hatte er genug Kraft, sie mitzuschleifen. Sie war zu überrumpelt, um reagieren zu können, hatte zuviel Angst, um an Gegenwehr auch nur zu denken und wäre zu ausgelaugt gewesen, um überhaupt genügend Kraft für Widerstand aufbringen zu können.

Der schmächtige Mann zerrte sie den schmalen Flur entlang zum Gemeinschaftszimmer der Baracke. Als sie den Raum betraten, sah sie, dass bereits einige andere der Frauen hier waren; sie erkannte Emma, die ihr viel sagend zulächelte. Der Raum war erfüllt von Grölen und Brabbeln, von zu lautem Gelächter. Es stank nach Alkohol. Eine Horde SS-Offiziere hatte sich am Tisch niedergelassen, auf dem eine ganze Menge Flaschen stand. Jeder der Offiziere hatte eine geöffnete Flasche in der Hand, die er immer wieder an seine Lippen wandern ließ.

In einer Ecke stand Auguste. Ein junger Bursche in Uniform hatte den Arm um sie gelegt. Elfi war sicher, auch ihn noch nie gesehen zu haben, genauso wie all die anderen. Augustes Gesicht war seltsam verklärt, ihre Augen strahlten, so als genösse sie die Berührung des Fremden. Verwirrt wandte Elfi den Blick ab.

Wieder kam ein Offizier herein, gefolgt von Ilse, die sich entgeistert umsah und das Gesicht verzog, als hätte sie eine Bande ungezogener Kinder vor sich, die sie gleich zur Ordnung rufen würde. Doch sie schüttelte nur stumm den Kopf.

Die Offiziere zogen die Frauen an sich und forderten sie auf, sich auf ihren Schoß zu setzen. Keine wagte es, sich zu weigern. Sie nahmen auch die hingehaltenen Flaschen und tranken daraus. Obwohl sie nur kleine Schlucke nahmen, tat der Alkohol in den entwöhnten Körpern schnell seine Wirkung. Einer der Männer stimmte ein Lied an, in das schließlich alle seine Kameraden einfielen. Die Frauen, vom Schnaps aufgekratzt, lachten. Manche griffen jetzt gerne nach der Flasche, griffen immer öfter danach.

Elfi fühlte, wie sich alles um sie herum drehte. Verschwommen sah sie die Männer, die Frauen, die sich im Rhythmus des Liedes wiegten wie ein vom Sturm gepeitschtes Meer. Sie brachte es nicht über sich, das Lied mitzusingen, so wie einige ihrer Kameradinnen. Noch nicht einmal die enthemmende Wirkung des Alkohols reichte aus, um das Gefühl von Verbrüderung mit dem Todfeind zu vertreiben. Das eingefallene Gesicht Paulines taucht vor ihr auf. Aus traurigen Augen blickt sie sie an, stumm schüttelt sie den Kopf. Das Gesicht verschwimmt, löst sich auf in dichtem Nebel, aus dem sich allmählich die Züge eines jungen Mädchens bilden. Rebecca. Wieder vergeht das Gesicht im Nebel, um einem anderen Platz zu machen, dann einem weiteren. Die bleichen Gesichter toter Kameradinnen tauchen aus dem Nebel ihrer Erinnerung auf. Eingefallene Wangen, tief in den Höhlen liegende Augen. Traurige Blicke klagen sie an. Elfi fühlte sich wie eine Verräterin. Der Alkohol brannte in ihrem Magen, während die Hitze der Scham in ihrem Inneren empor kroch. Die Nähe des Offiziers wurde ihr unerträglich und sie versuchte, ihn so wenig wie möglich zu berühren. Das war allerdings kaum machbar, da er sich ebenfalls zur Melodie wiegte, sie mit beiden Armen in fester Umklammerung hielt, die er nur aufgab, um die Flasche an die Lippen zu setzen. Aus vollem Hals grölte er den Text des Liedes mit, den seine schwere Zunge unverständlich werden ließ, die richtigen Töne fand er schon lange nicht mehr. Sie widerstand der Regung, sich vor dem abscheulichen Lärm die Ohren zuzuhalten, nur mit Mühe.

Erst als eine der Frauen dem Offizier, der sie hielt, vor lauter Alkohol und Schaukeln, einen Schwall Mageninhalt über die Uniform erbrach, riss der unverständliche Gesang ab. Der Offizier stieß die Frau von sich und wollte sie anbrüllen, doch es kam nur ein erbärmliches Lallen heraus. Seine Kameraden lachten über sein Missgeschick, was ihn nur noch wütender machte. Mit einem Ruck stand er auf, dass der Stuhl nach hinten umkippte und torkelte mit stampfenden Stiefeln auf die Tür zu. Den übrigen Offizieren war nun ebenfalls die Lust am Feiern vergangen. Einer nach dem anderen stemmte sich von seinem Stuhl hoch, wankte zur Tür und verließ die Baracke.

„Sssooo, mei... meine Da..... Damen, jez is Schlusss fü... für heut.“

„Gu... gu.......gute Nacht!“, stammelte der junge Bursche, der sich bis zuletzt nicht von Auguste hatte trennen wollen, bevor er gegen den Türrahmen schwankte und fast nach draußen fiel.

Mit einem Mal war es still. Die aufgepeitschte Ausgelassenheit war verflogen, die trunkene Freude versiegt. Nur das Stöhnen und Jammern der Frau, die sich übergeben hatte, war zu hören.

„Die wer...werden mich um.....umbringen... gans si...sicher... morgen.....mo.....morgen werden sie ko...kommn und mi... mich er...erschie...schießen.“

„Halt die Schnauze, du dumme Gans!“, fuhr Emma dazwischen.

Die Frau fing an zu heulen und schluchzte in regelmäßigen Abständen auf. Beschämt versuchte sie, ihr Gesicht in den Händen zu verbergen. Ihr Haar stand wirr vom Kopf ab, denn sie hatte immer wieder an einzelnen Strähnen gezogen, geistesabwesend, ohne es zu bemerken.

Die Kameradin, die ihr am nächsten saß, legte die Hand auf ihre Schulter und versuchte, sie zu beruhigen: „Nun lass mal, wird schon nicht so schlimm werden. Die Herren wissen doch morgen auch nix mehr. So viel wie die gesoffen haben."

Doch das Schluchzen ließ nicht nach. Da stand ihre Zimmergenossin auf, fasste der Jammernden unter die Arme und half ihr auf die Beine.

„Kumm scho, Kind. I bring di ins Bett. Do g'herscht hi."

Sie stützte sie und schleppte sie mit einiger Mühe zur Tür. Als sie draußen waren, herrschte Schweigen. Die Frauen starrten mit verschlossenen Gesichtern vor sich hin, schauten nicht auf, wichen den Blicken der anderen aus.

Endlich durchbrach Emmas Stimme die betretene Stille: „Genug Spaß gehabt für heute! Zeit, um schlafen zu gehn."

Beim Frühstück am nächsten Morgen setzte sich das betroffene Schweigen fort. Einigen Frauen war der Alkohol sehr schlecht bekommen. Sie hatten fahle Gesichter und dunkle Ringe unter den geröteten Augen.

Elfi war froh, dass sie nicht so viel getrunken hatte. Bis auf ein leichtes Dröhnen in den Schläfen ging es ihr recht gut.

Ilse kam als Letzte in den Gemeinschaftsraum, setzte sich neben Elfi und griff nach ihrer Kaffeetasse. Elfi erschrak. Die Kameradin sah erbärmlich aus. In tiefen Höhlen lagen die Augen, ausdruckslos und starr. Ihre Lippen waren welk wie die einer uralten Frau. Elfi fragte sich, ob es die Nachwirkungen des vielen Schnapses waren, verwarf diesen Gedanken jedoch sofort wieder. Das konnte nicht nur ein Kater sein. Dünn war sie geworden, so als hätte sie tagelang nichts gegessen und Elfi versuchte sich an die letzten Tage zu erinnern. Hatte Ilse tatsächlich die Mahlzeiten nicht angerührt? Doch Elfi wusste es nicht. Viel zu sehr war sie mit sich selbst und ihrem Teller beschäftigt gewesen, um auf die anderen zu achten.

Beiläufig warf Elfi kurze Seitenblicke zu Ilse hinüber. Die Kameradin nippte gelegentlich an ihrer Tasse. Die Scheibe

Brot mit Marmelade dagegen rührte sie nicht an. Elfi tat so, als hätte sie nichts bemerkt. Doch sie wollte wissen, was mit dem Brot geschah. Deshalb trödelte sie so lange mit ihrem Frühstück herum, bis Ilse aufstand und ging. Kaum hatte sie den Raum verlassen, als auch schon eine Hand nach dem Brot griff. Elfi schnappte blitzschnell zu und hielt das Handgelenk der braunhaarigen Berlinerin fest.

„Heh!“, beschwerte sich diese sofort.

„Du bestiehlst eine Kameradin! Pfui Teufel!“, fauchte Elfi.

„Aber, wenn set doch nich will.“

„Vielleicht will sie es ja später noch.“

„Warum hat set dann nich mitjenommen?“

Auguste hatte Recht. Wenn Ilse vorgehabt hätte, das Brot später zu essen, hätte sie es sicher nicht liegenlassen. Aber weshalb tat sie das? Was war nur los mit ihr?

Die Berlinerin versuchte, ihr Handgelenk zu befreien, doch Elfi hielt es mit eisenhartem Griff.

„Eine Frage noch“, sagte sie und blickte die Frau scharf an. „Seit wann nimmst du dir schon Ilses Essen?“

Auguste zögerte. Offensichtlich hatte sie Angst. Elfi nickte ihr auffordernd zu. „Keine Bange. Ich will nur wissen, seit wann sie nichts mehr gegessen hat.“

„Montag früh hat se det erste Mal ihr Brot liejenjelassen“, beeilte sich die brünette Frau zu sagen.

Elfi ließ ihr Gelenk los, worauf Auguste eilends ihre Hand zurückzog und die roten Druckstellen rieb, die Elfis Finger zurückgelassen hatten. Nach einem letzten sehnsüchtigen Blick auf die Scheibe Brot, stand sie auf und ging.

Elfi blieb allein zurück, vor ihr die Scheibe Brot. Sie war dunkel, von einem undefinierbaren Braun, trocken und krümelig und verbreitete einen bitteren Geruch, der sie seit ihrem ersten Tag im Lager begleitete und der niemals mehr aus ihrer Nase verschwinden würde. Der Geruch des, zu Brot verbackenen Kastanienmehls und des Rauches, der aus den Schornsteinen der Krematorien kam, würde sie ihr Leben lang nicht vergessen.

Sie seufzte, hob vorsichtig die Brotscheibe auf, damit sie nicht auseinander fiel und stand auf. Durch eines der Fenster konnte sie Ilse sehen, die trotz der Kälte draußen vor der Baracke stand. Sie sah nur Rücken und Hinterkopf, die schmal und reglos genau in der Mitte zwischen Tür und dem hohen Zaun verharrten, der ihre Baracke wie eine Insel von der Außenwelt, vom Männerlager, abtrennte.

Elfi wandte sich vom Fenster ab, verließ den Gemeinschaftsraum, ging durch den langen Flur bis zur Tür, die nach draußen zum Hof führte. Dort blieb sie einen Augenblick stehen, blickte erst auf die kostbare Scheibe Brot und dann auf den Rücken der Kameradin. Eine dunkle Vorahnung legte sich wie eiskalter Frost auf ihre Seele. Für einen kurzen Moment schauderte sie. Energisch straffte sie die Schultern, um die Beklemmung abzuschütteln bevor sie endlich mit Entschlossenheit in die kalte Morgenluft hinaustrat.

Ilse sah sich nicht um, als Elfi neben ihr stehen blieb. Reglos betrachtete sie die Baumwipfel, die über den Zaun hinausragten. Nur das leichte Heben und Senken ihrer Brust, verriet die gleichmäßigen Atemzüge. Die flüchtigen Wölkchen, in die sich der Atem verwandelte, vergingen im kalten Morgen, spurlos, als hätte es sie nie gegeben.

Von weiter Ferne das Geschrei von Befehlen. Obwohl kein Wort zu verstehen war, drang der anmaßende, herrschige Ton deutlich bis hierher durch. Leises Murmeln von tausend Männerstimmen, unbestimmbar, gedämpft und verhalten, der andauernde Unterton des Tages. Kaum mehr wahrgenommen, so sehr war er zur Gewohnheit geworden. Lautlos überzogen Wolken den Himmel, dunkelgraue Schneewolken. Die Vögel schwiegen.

„Ich hab mich schon gefragt, wann du kommst“, übertönte Ilses Stimme die gewohnten Grundgeräusche.

„Ich hab dir dein Brot mitgebracht.“

„Ich will es nicht.“

„Aber du musst doch etwas essen.“

Ein hämisches kurzes Lachen schüttelte den dünnen Leib neben ihr, unterbrach für einen Moment die Reglosigkeit.

„Ilse, so hältst du nicht lange durch.“

Schweigen.

„Ilse.“

Langsam drehte sich die Kameradin zu ihr um, das Gesicht einer alten Frau, bleich und krank.

„Elfi, hör auf damit. Ich kann nicht mehr. Ich will nicht mehr.“

„Aber du darfst doch nicht einfach aufgeben.“

„Doch, Elfi, das darf ich. Ich darf selbst entscheiden, wie ich sterbe. Das ist die einzige Freiheit, die mir geblieben ist.“

„Nein!“ Verzweiflung erstickte Elfis Aufschrei, ließ ihn zu einem heiseren Flüstern werden.

Ilse schüttelte mit einem verständigen Lächeln den Kopf. Leise sagte sie: „Ihr klammert euch mit all eurer Kraft an dieses erbärmliche Leben, das schon morgen, schon heute, in der nächsten Stunde zu Ende sein kann. Und wofür? Um noch einen Tag mehr in diesem Elend durchstehen zu können?“

„Aber es wird nicht mehr lange dauern, Ilse. Konrad hat erzählt, dass die Amerikaner nicht mehr weit sind. Wir hatten doch auch schon Fliegeralarm.“

Wieder das verständige Lächeln. „Natürlich. Irgendwann werden die Amerikaner kommen. Aber wann wird das sein? Glaubst du wirklich, dass bis dahin noch eine von uns am Leben ist? Glaubst du, die Nazis warten so lange bis die hier sind? Vorher fliegt eine gute deutsche Maschine übers Lager und lässt ein paar nette Bomben fallen. Das nennt man dann Spurenbeseitigung."

„Du glaubst, die zerbomben ihr eigenes Lager?"

„Ich glaube, dass wir hier nicht lebend rauskommen, so oder so."

„Nein, das kann ich nicht glauben."

Ilses Lächeln wurde herzlicher. „Das *willst* du nicht glauben. Und all die anderen auch nicht. Ihr klammert euch an jeden Strohhalm, den ihr erreichen könnt, bis ihr feststellt, dass ihr mit ihm untergehen werdet."

„Darauf lasse ich es ankommen."

„Das ist in Ordnung, Elfi. Es ist gut, wenn du das kannst. Vielleicht wird dich das wirklich eines Tages hier herausbringen." Sie wandte sich wieder dem Zaun zu. „Aber ich, ich kann das nicht."

„Aber du bist doch diejenige von uns, die den starken Willen hat, die mehr Mut hat, die meiste Kraft."

„Kraft hab ich keine mehr, Kleines", erwiderte Ilse leise. „Einen starken Willen und Mut? Braucht man die nicht auch zum Sterben?"

„Aber warum nur willst du sterben?"

„Herrgott noch mal!", rief Ilse ärgerlich aus. „Ich halte keinen Tag länger aus hier. Ich kann ihre stinkenden knochigen Körper nicht mehr ertragen, ihr Gehechel, ihr erbärmliches Stöhnen, ihr gieriges Gegrapsche. Es macht mich wahnsinnig, macht mich krank!"

Elfi schwieg. Ihre Lippen waren wie zugeklebt. Was sollte sie auch sagen?

Doch dann stieg aus dem tiefsten Innern Zorn in ihr empor. Zorn auf die Kameradin, die ihr Leben aufgeben wollte, die keine Lust mehr hatte, weiterzukämpfen, die sie alleine lassen wollte in dieser Hölle. Sie hatte ihr vertraut, hatte ihr mehr erzählt als den anderen. Sogar über Benno hatte sie mit ihr gesprochen. Auf ihren Rat hörte sie, ihre Gelassenheit hatte ihr so oft schon über finstere

Stunden hinweggeholfen. Ilse war ihr mehr als eine Kameradin, sie war ihr zur Freundin geworden, zu einem Halt, zu einem warmen Licht. Und nun wollte sie aufgeben, wollte ihr den Halt nehmen, das Licht, die Wärme. Bedeutete sie Ilse nichts? Hatte für sie ihre Freundschaft keinen Wert? Wie konnte Ilse nur so selbstsüchtig sein? Sie dachte nur an sich selbst, wollte sich davonschleichen, alles zurücklassen, sie zurücklassen. Mehr noch, sie verlangte von ihr, dass sie tatenlos dabei zusah, wie sie langsam zugrunde ging und vor ihren Augen starb.

Ilses Stimme riss sie aus ihren finsteren Gedanken. „Ich muss immer an sie denken. Den ganzen Tag geht mir ihr Bild nicht aus dem Kopf. Immer sehe ich ihre feinen Züge vor mir, ihre grünen Augen, die mich so unendlich traurig ansehen“, sagte sie leise zum Zaun. „Ich könnte ihr nie mehr in die Augen sehn. Nie mehr!“ Es war kaum mehr als ein Flüstern, das wie der bleiche Dunst von ihren Lippen wehte.

Elfi schauderte. Eine eisige Kälte kroch über ihren Körper und strich kribbelnd über ihre Kopfhaut. Der Gedanke an Benno drängte sich in ihr Bewusstsein, doch sie zwang ihn zurück. Sie weigerte sich, darüber nachzudenken wie es sein würde, ihm zu begegnen, ihm wieder zu begegnen nach all dem, was sie getan hatte. Wie sollte sie ihm je wieder in die Augen sehen können? Das wollte sie sich jetzt nicht vorstellen. Es bedeutete bereits eine gewaltige Anstrengung, die Sehnsucht nach ihm in den letzten Winkel ihrer Seele zu verbannen. Sie hatte erlebt, wie gefährlich es war, dieser Sehnsucht Raum zu geben. Sie breitete sich aus, fraß sich durch Seele und Geist und zerstörte unaufhaltsam den Verstand. Es gab Kameradinnen, die sich von ihrer Sehnsucht in den Wahnsinn hatten treiben lassen. So wollte sie nicht enden. Diesen Entschluss hatte sie bereits früh gefasst und verfolgte ihn mit verbissener Hartnäckigkeit. Anfangs war es ihr kaum möglich gewesen, Bennos Bild aus ihren Gedanken zu verdrängen, zu kostbar schien es ihr, zu köstlich die Erinnerung an sein geliebtes Gesicht. Inzwischen hatte die Erinnerung an ihn einen schmerzhaften Beigeschmack, der es ihr leicht machte, von ihr zu lassen.

Sie verstand Ilse nur zu gut, auch wenn sie es sich nicht eingestehen wollte. Sie verspürte diese Scham und den Schmerz der Schuld, die so unerträglich waren, dass sie sie so weit weg schob, wie sie nur konnte, so weit, wie die Gedanken an Benno.

„Iss du das Brot, Elfi. du hast den Willen zu leben und einen Mann, zu dem du zurückkehren wirst."

Ilses große Augen schauten sie mit einer Leere an, die alle Zuversicht verloren, die sich selbst aufgegeben hatte. Dann wandte sich die Kameradin um und ging mit müden Schritten zur Baracke. Der gerade Rücken nun gebeugt, als wäre mit der Hoffnung auch alle Kraft gewichen.

Elfi senkte den Blick auf die Scheibe dunklen Kastanienbrotes, das krümelig in ihrer Hand lag und flüsterte: „Er wird es nie erfahren. Niemals."

An trüben Tagen setzte die Dämmerung noch früher ein, als an den wolkenlosen.

Elfi kauerte sich auf die Pritsche und wartete darauf, dass die Tür aufgestoßen wurde und der erste Häftling hereinkam. Sie wusste, es würde Konrad sein. Er kam alle zwei Tage. Als Oberkapo konnte er sich das leisten. Obwohl er nicht in den Fabriken der Nazis arbeiten ging, genoss er das Recht auf die begehrteste Belohnung des Bonussystems im Lager. Bekam er keine „Sprungkarte" zugewiesen, dann besorgte er sich eine von einem der Häftlinge. Und immer kam er zu ihr. Ob er ahnte, wie sehr sie ihn hasste? Vielleicht. Vielleicht verschaffte ihm dies zusätzlich Befriedigung. So wie er die Macht auskostete, die er über seine Mithäftlinge besaß, die ihm von der SS in dem Moment übertragen wurde, als sie ihn zum Oberkapo ernannten. Willkürlich konnte er seine Kameraden quälen, die nun keine Kameraden mehr waren, die nicht mehr auf derselben Stufe standen, weniger wert waren als er, die machtlos, kraftlos, unwürdig waren. Er durfte sie schlagen, denunzieren, konnte ihnen die Mahlzeiten verwehren, dafür sorgen, dass sie die schwersten Arbeiten zugewiesen bekamen. Und sie mussten alle an ihm vorbei, wenn sie etwas wollten, sei es eine leichtere Arbeit, eine zusätzliche warme Decke, Papier oder sogar ein kleines Stück Seife. Er hatte die Verbindungen, er konnte fast alles besorgen. Dafür ließ er sie zahlen. Am liebsten waren ihm die „Sprungkarten". Die nahm er immer.

Und dann kam er zu ihr. Wie oft hatte er schon mit seinen Feilschereien geprahlt, mit seiner hohen Stellung. Es stieß sie ab. Doch sie musste ihm zu Diensten sein, auch wenn sie ihn verabscheute. Diese Macht hatte er über sie. Dafür hasste sie ihn und dafür, dass er sie dazu brachte, sich selbst zu verachten.

Manchmal keimte in ihr die Vorstellung, wie es wäre, eine Waffe zu haben. Eine Pistole vielleicht, die sie dann direkt auf seine Stirn richten konnte. Sie fühlte die Schwere des kühlen Metalls in der Hand. Doch es war erstaunlich leicht, die Waffe zu heben. Ganz sorgfältig würde sie zielen. Den Blick am glänzend Lauf entlang auf ihn richten. Die Angst in seinen Augen erfüllte sie mit einer tiefen Freude, die eine außergewöhnliche Kraft in ihr weckte, ihren müden Rücken aufrichtete, den Kopf hob, das Kinn vorschob und die Augen klar und mit einer vollkommenen Deutlichkeit sehen ließ. Plötzlich kehrte ihr längst verlorener Stolz zurück und sie fühlte die Macht über Leben und Tod, die in ihrer Hand lag, wie ein Kribbeln durch ihren Körper strömen. Nichts und niemand konnte sie hindern. In ihrer Vorstellung gab es nur Raum für sie und ihn. Opfer und Täter. Täter und Opfer. Kein Häftling, kein Wärter, kein Gott würde sie aufhalten. Auch das erbärmliche Flehen Konrads nicht, der vor ihr auf die Knie sank, mit hündischer Unterwerfung zu ihr aufblickte und mal drängend mal einschmeichelnd um sein Leben bettelte. Doch seine vorgebrachten Worte steigerten nur noch die

Kälte in ihrem Innern und die Genugtuung, die von Kopf bis Fuß durch ihren Körper pulsierte. Unter ihren eisigen Blicken verstummte er schließlich. In seinen Augen erlosch der letzte glühende Hoffnungsfunke und machte einer bitteren Resignation Platz, die das Sterben seiner Seele einleitete. Angstschweiß glänzte auf seinem breiten Gesicht und seine Glieder zitterten in panischem Krampf.

Das kalte Metall der Pistole wärmte sich nicht unter ihren Fingern. Seine Kühle drang durch ihre Haut, erfasste ihre Hand, kroch den Arm entlang und breitete sich in ihrer Brust aus. Es schien ihr, als könne sie den rasenden Pulsschlag Konrads hören. Er wurde lauter und noch lauter, dröhnte in ihren Ohren wie die gellenden Schläge eines Schmiedehammers, verursachte ihr eine unerträgliche Pein.

Sie spürte den schmalen Abzug unter ihrem Zeigefinger, der Lauf der Waffe war auf Konrads Herz gerichtet, ihre Hand umschloss ruhig den Pistolenknauf, zitterte nicht.

Und da drückte sie ab. Es war nur eine kleine Bewegung, kaum wahrnehmbar. Der Knall fiel zusammen mit dem letzten Pulsschlag des verhassten Peinigers. Der zuckte nur kurz, sank langsam vornüber und blieb zu ihren Füßen im Staub liegen. Dann herrschte Stille. Es war eine seltsame Stille, andächtig, fast feierlich, wie man sie auf Friedhöfen oder in Kirchen erlebt. Sie genoss diese Stille, kostete sie aus in vollen Zügen, badete in ihr.

Es war kein Triumph, wie er sich nach großen Siegen einstellt, keine Euphorie, die ihr Blut aufwallte. Es war nur das nüchterne Wissen, dass sie eine notwendige Aufgabe erledigt hatte, getan hatte, was erforderlich gewesen war.

Manchmal verwandelte sich diese Stille in eine ungewohnte Heiterkeit. Dann fühlte sie sich stark und unantastbar, was ihr eine Leichtigkeit gab, die sie wie auf Wolken schweben ließ.

Doch manchmal wurde die feierliche Stille dumpf und schwer und lastete wie eine eherne Last auf ihr. Die Luft um sie wurde zäh und dick, machte das Atmen zur Qual und ließ sie keuchen, bis sie sich gewaltsam frei machte von ihren Gedanken und sich in ihrer kleinen Kammer wieder fand, allein und von Schweiß bedeckt.

Sie hörte die Schritte mehrerer Männer auf dem Flur. Sicher war es der wachhabende SS-Mann, der Konrad zur Tür ihrer Kammer begleitete, um das Geschehen durch den Sehschlitz zu beobachten.

Doch als die Tür aufgestoßen wurde, stand nicht der massige Oberkapo im Rahmen. Es war ein schmächtiger Mann in Häftlingskleidung, der im festen Griff zweier Offiziere hing und mit schamrotem Gesicht zu Boden starrte. Die beiden Uniformierten gaben ihm einen Stoß, dass er strauchelte und auf die Knie fiel. Ihr hämisches Lachen tönte überlaut in der engen Kammer.

„So, jetzt kannst du mal richtig rangehn."

„Na los, anfangen!"

„Denk dran, wir sehen alles."

Mit einem breiten Grinsen auf den glänzenden Gesichtern wandten sie sich um und verschwanden durch die Tür.

Irritiert blickte sie auf ihn hinab. Mit gekrümmtem Rücken kauerte er auf den Knien vor ihren Füßen, stützte sich mit den Armen ab und rührte sich nicht. Den Kopf so tief gesenkt, dass sie nichts von seinem Gesicht sehen konnte, starrte er wohl auf ihre Zehen, wenn er die Augen nicht krampfhaft geschlossen hielt, was sie vermutete. Alles an ihm war angespannt, sein Körper fest und hart in der gebeugten Stellung, dass seine Muskeln an den Armen zu zucken begannen. Doch er schien es nicht zu bemerken. Er verharrte in dieser unnatürlichen Haltung wie ein gefangenes, in die Ecke gedrängtes Tier, das versucht, seinen Feinden durch *Totstellen* zu entgehen.

Sie wusste nicht, was sie tun sollte. Hatte sie sich bereits begonnen, auszuziehen, als die beiden Offiziere die Kammer verließen, saß sie nun, nur mit einem schwarzen

Höschen bekleidet, da und wartete auf eine Reaktion des Häftlings. Ziemlich schnell wurde ihr klar, dass von ihm keine Reaktion kommen würde.

„Willst du nicht aufstehen? Das ist doch sicher sehr unbequem auf dem Fußboden.“ Sie versuchte, ermutigend zu klingen. Doch es zeigte keine Wirkung. Die geduckte Gestalt blieb starr, schüttelte nur mit mechanischen Bewegungen den Kopf. Ratlos überlegte sie, was sie nun tun solle und was dies zu bedeuten hatte. Doch sie konnte sich das eigenartige Verhalten des Häftlings nicht erklären. Wieso kauerte er vor ihr am Boden? Er schien gelähmt, unfähig, sich zu rühren. Schämte er sich? Aber wieso war er dann überhaupt hier? Freiwillig anscheinend nicht. Es hatte eher so ausgesehen, als ob die beiden SS-Schergen ihn gewaltsam hierher geschleppt hätten. Aber zu welchem Zweck? Wozu sollte das gut sein? Und was erwarteten sie nun von ihr?

Sie warf einen unauffälligen Blick zur Tür hinüber und zu den Sehschlitzen. Unverhohlen starrten zwei neugierige Augen hindurch, waren auf den Häftling gerichtet.

Es kam ihr lange vor, wie sie so betreten dasaß und abwartete. Schließlich wurde ihr die Situation unerträglich. Sie stand auf und wollte sich gerade zu dem Häftling hinabbeugen, als die Tür aufgestoßen wurde und die beiden Offiziere hereinkamen. Ihre Gesichter glänzten noch immer und auch das ekelhafte Grinsen war nicht verschwunden.

Zwei große Schritte brachten sie vor den Häftling. Elfi wich zurück. Da die Pritsche im Weg war, plumpste sie unbeholfen auf diese und wartete mit einer Mischung aus Neugier und Furcht, was die beiden SS-Männer tun würden.

Die Uniformierten beachteten sie nicht. Sie bückten sich, packten den Häftling an den Armen und zogen ihn hoch, bis er auf den Füßen stand. Unsicher wankte er zwischen ihnen. Einer der beiden schlug ihm auf den Rücken. „Geheilt, was? Ich fresse einen Besen, wenn du geheilt bist." Darauf brach er in ein schallendes Gelächter aus, in das sein Kamerad sofort mit einfiel. Dann zerrten sie den Häftling herum, der noch immer mit gesenktem Kopf und hängenden Schultern zwischen ihnen stand. Zu zweit schleiften sie ihn zur Tür, drängten ihn hinaus und verschwanden. Mit einem leisen Klacken fiel die Tür hinter ihnen zu.

Der Himmel war Wolken verhangen. Kein Sternenschimmer, kein Mondschein drang bis auf die regennasse Erde herab. Ein eisiger Wind schob immer mehr Wolken heran und brachte den Geruch von Schnee mit.

Ilse schlief bereits. Sie konnte es an ihren gleichmäßigen Atemzügen hören. Die Dunkelheit im Zimmer war undurchdringlich. Selbst durch das Fenster kam nicht der Widerschein eines Lichtstrahles herein. Sie tastete sich zu ihrem Bett, zog sich so leise wie möglich aus, um die Freundin nicht zu wecken und legte sich. Beinahe lautlos zog sie die Decke über sich. Mit einem stillen Seufzer schloss sie die Augen und versuchte sich zu entspannen. Mit der Ruhe kamen die Schmerzen, zogen den Rücken hinauf, brannten in ihren Muskeln, pochten dort, wo ein Häftling sie etwas zu fest angefasst hatte. Nach einer kurzen Weile öffnete sie die Augen wieder, doch sie konnte auch nicht mehr sehen, als mit geschlossenen Lidern. Es war wieder so eine Nacht, die sie wach liegen ließ, in der sie keine Ruhe fand, die ihr den erhofften Schlaf versagte, sie aber auch vor ihren schrecklichen Träumen bewahrte.

Gedanken an Benno vermied sie. Es schmerzte zu sehr. So begann sie, über den seltsamen Häftling nachzudenken. Seine kauernde Gestalt, seine vor Verkrampfung zitternden Muskeln gingen ihr nicht aus dem Sinn. Tiefrot angelaufen war sein Gesicht, als sie einen kurzen Moment die Gelegenheit gehabt hatte, einen Blick darauf zu erhaschen. Alt war er noch nicht gewesen, obwohl er sehr mitgenommen ausgesehen hatte.

Was hatte sein Verhalten zu bedeuten gehabt? Sie wusste es nicht. Noch einmal rief sie sich die ganze Szene in Erinnerung. Doch auch das half ihr nicht weiter. Es ergab einfach keinen Sinn.

Sie sollte aufhören, unnötige Gedanken daran zu verschwenden. So käme sie sicher nicht auf eine passende Erklärung.

Vermutlich würde sie diesen Mann nie mehr wieder sehen. Und wahrscheinlich würde sie auch nie erfahren, was es mit dieser Begegnung auf sich gehabt hatte.

Als sie aus einem kurzen und unruhigen Schlaf aufwachte, hatte sie den Häftling vergessen. Ilse schlief noch. Obwohl sich bereits das graue Licht der Dämmerung durch das Fenster stahl, brachte Elfi es kaum fertig, die Augen offen zu halten. Sicher war sie erst gegen Morgen eingeschlafen. Sie fühlte sich müde und kraftlos. Dennoch setzte sie sich auf, streifte die Decke von sich und stand auf. Es war kalt. Als ihre nackten Füße die klammen Holzdielen des Barackenbodens berührten, schauderte sie. Eilends kleidete sie sich an, spritzte sich ein wenig eisiges Wasser ins Gesicht und ging in den Gemeinschaftsraum, wo die meisten Frauen längst am Tisch saßen und auf den Kaffee warteten.

Schließlich wurde das Frühstück gebracht. Elfi trank die braune Brühe in kleinen Schlucken. Es schmeckte scheußlich, doch die Wärme tat gut.

Sie wartete auf Ilse, doch der Stuhl neben ihr blieb leer, das Brot unberührt, der Kaffee wurde allmählich kalt.

Eine jähe Angst durchfuhr sie. Vielleicht schlief Ilse ja gar nicht, sondern war bereits... Elfi brachte es nicht fertig, den Gedanken zu Ende zu führen. Sie spürte, wie ihr das Blut aus dem Gesicht wich und Übelkeit ihren Magen zu zerdrücken begann. Sie trank ihre Tasse leer, steckte den letzten Rest ihres Brotes in den Mund und stand auf. Die anderen beachteten nicht, wie sie mit eiligen Schritten zur Tür ging. Ilses Tasse nahm sie mit.

Ilse war nicht tot. Sie lag auf dem Rücken und starrte die Decke an. Als Elfi an ihr Bett trat, wandte sie den Kopf und sah sie abweisend an.

„Ich hab dir deinen Kaffee mitgebracht. Trink wenigstens den“, versuchte Elfi sie zu überreden. „Ist nicht mehr heiß, aber vielleicht noch ein bisschen warm.“

Sie streckte den Arm aus und hielt Ilse die Tasse vors Gesicht. Die Kameradin verzog angewidert den Mund, nahm aber den Kaffee und nickte.

„Na gut, ich trink das Zeug. Aber lass mich jetzt bloß in Ruhe.“

„Schon in Ordnung“, beeilte sich Elfi zu sagen und zog sich vom Bett der Freundin zurück.

Sie hatte den ganzen Tag versucht, an Ilse heranzukommen, doch jeder Satz, mit dem sie ein Gespräch beginnen wollte, war mit einem schroffen Einwurf unterbrochen worden. Irgendwann hatte Ilse sie angeschrieen, sie solle sich zum Teufel scheren. Elfi gab es auf, für heute. Aber morgen würde sie es wieder versuchen. Sie konnte nicht zusehen, wie sich Ilse zu Tode hungerte, das Leben aufgab und untätig daneben stehen. Sie konnte nicht zulassen, dass Ilse sie allein zurück ließ. Mit wem sollte sie dann noch reden? Wem vertrauen? Sie brauchte die Freundin. Ilse durfte nicht sterben. Jetzt lag es an ihr, sie von ihrem Vorhaben abzubringen. Schließlich war sie Ilses Freundin und Freundinnen waren füreinander da. Sie musste nun für Ilse da sein, musste ihr beistehen, egal wie barsch sie sich gab. Sicher wollte sie mit der schroffen Ablehnung nur ihre Angst überspielen. Ilse war vielleicht nicht so stark, wie sie vorgab. Elfi schloss die Augen, doch die Gedanken wollten nicht weichen. Alles hing von ihr ab. Die Verantwortung drückte wie eine schwere Last auf ihre Schultern. Wenn sie nur wüsste, was sie tun sollte.

Sie hatte Ilse versucht, zu überzeugen, hatte es mit freundlichen, einfühlsamen Worten versucht und sie hatte sie angeschrieen. Doch beides hatte keine Wirkung gezeigt. Sogar ihr verzweifeltes Bitten war vergebens gewesen. Sie hatte Angst. Angst, es nicht zu schaffen, Ilse vor dem Tod zu bewahren. Angst, auch die Schuld am Tod ihrer Freundin auf sich zu laden. Zu all der übrigen Last, die sich immer höher auf den Schultern ihrer Seele auftürmte. Sie hatte Angst davor, die Freundin zu verlieren. Wieder eine Freundin an den Tod zu verlieren. Wie schon Pauline. Rebecca. So viele andere. Wieder alleine zurück bleiben. Alleine weiterkämpfen. Alleine durchhalten. Aber es war so viel schwerer alleine. Ilse durfte sie nicht verlassen. Doch sie konnte sie nicht zwingen, ihr Brot zu essen. Sie konnte ihr noch nicht einmal einen schlüssigen Grund bieten, der gegen den Tod sprach. Der überzeugen konnte. Es war eine Farce, auf das Leben nach dem Lager zu vertrösten. Das hatte Ilse schnell durchschaut und sie dafür ausgelacht. Auf jedes Argument, das sie sich mühsam abgerungen hatte, hatte ihr Ilse gleich mehrere Gegenargumente entgegen geschleudert. Manchmal konnte sie Ilse verstehen. Und dann fragte sie sich, ob sie überhaupt das Recht hatte, sie von ihrem Vorhaben abzubringen. Waren es nicht eigentlich nur egoistische Gründe, die sie dazu bewogen? Wenn sie ganz ehrlich war, dann musste sie zugeben, dass sie dabei zuerst an sich selbst dachte. Aber sie wollte nicht ehrlich sein. Es war zu schmerzhaft, sich dies einzugestehen. Deshalb blendete sie diese Gedanken aus. Es war viel angenehmer, sich vorzustellen, wie sie die Freundin davon abhielt, in den Tod zu gehen. Wie sich alles zum Guten wendete und wie Ilse ihr eines Tage dafür danken würde.

Die Stimmen auf dem Flur rissen sie aus ihren Grübeleien und erinnerten sie daran, dass es Zeit war, den ersten Häftling zu bedienen. Da flog auch schon die Tür auf. Elfi erkannte die beiden SS-Offiziere vom Vorabend. Sie stießen den seltsamen Häftling in die kleine Kammer, wo er torkelte, über seine Füße stolperte und mit einem Poltern auf die Holzdielen fiel.

„Mal sehn, ob du uns heute zeigen kannst, was ein richtiger Mann ist."

Die SS-Männer grinsten sich an, ihre fettigen Wangen glänzten wie die polierten Knöpfe an ihren Uniformen. Ihre Gesichter strahlten vor freudiger Erwartung. Nach einem letzten Blick auf den Häftling drehten sie sich um und gingen zur Tür.

„Wette um eine Flasche Wein, dass er seinen schlappen Schwanz wieder nicht hochkriegt", sagte der eine mit geschäftiger Stimme und stieß dem anderen den Ellebogen kameradschaftlich in die Seite. Doch dieser schüttelte lachend den Kopf: „Vergiss es, die Wette hast du schon gewonnen."

Die Tür schloss sich hinter den spottenden Männern und Elfi war mit dem Häftling allein in der Kammer. Ein kurzer Blick bestätigte ihr die beobachtenden Augen hinter dem Sehschlitz. Keine Bewegung, kein laut gesprochenes Wort würde den Beobachtern entgehen.

Der Häftling hatte sich inzwischen aufgesetzt und betastete vorsichtig die Stelle, auf die er gefallen war. Zum ersten Mal konnte sie sein Gesicht richtig sehen. Er war jung, dennoch hatte sie das Gefühl, in das Antlitz eines Greises zu sehen. Sie konnte nicht sagen, wieso das so war. Erst nach einer ganzen Weile bemerkte sie, dass es seine Augen waren.

„Jetzt steh schon auf!", forderte sie barsch. Sie hatte keine Lust, wieder die ganze Zeit seines Besuches damit zu verbringen, auf seine am Boden kauernde Gestalt hinabzublicken. Als er sich tatsächlich erhob, war sie überrascht. Sie hatte eigentlich nicht erwartet, dass er auf ihre Aufforderung reagieren würde.

Einen Moment stand er verloren in der Mitte der Kammer. Dann kam er zur Pritsche hinüber und setzte sich, so weit wie möglich von ihr entfernt, auf die Kante.

Elfi sah ihn eine Weile von der Seite an. Seine Züge waren beherrscht, nur an seinen roten Ohren konnte sie erkennen, wie sehr er sich schämte. Seine Hände zuckten immer wieder auf und zu.

„Sie erwarten, dass du mit mir schläfst."

Er sah sie nicht an. Aber er nickte zustimmend. „Sie erwarten es nicht nur, sie befehlen es."

„Und warum tust du es dann nicht? Weißt du nicht, was passiert, wenn du nicht tust, was sie wollen?", flüsterte sie so leise, dass es die Lauscher vor der Tür nicht verstehen konnten.

„Oh doch, das weiß ich", antwortete der Häftling leise und sah sie zum ersten Mal an. „Aber ich kann nicht."

Im ersten Moment war sie erleichtert. Dann ertappte sie sich bei dem Gedanken, dass er sie vielleicht nicht anziehend fand, was eine unvermutete Enttäuschung in ihr hervorrief. Sofort ärgerte sie sich über diese Empfindung.

„Warum?"

Er sah sie noch immer an. Der Blick seiner unendlich traurigen Augen rührte sie. Endlich flüsterte er heiser: „Weil ich homosexuell bin."

„Oh", entfuhr es ihr. Sie wich seinem Blick nicht aus, wie sie es noch vor wenigen Wochen getan hätte, sondern sah ihm weiter in die dunkelbraunen Augen. Es fiel ihr unerwartet leicht. Schließlich wandte er den Kopf ab. Seine Ohren waren noch immer rot angelaufen. Nur das nervöse Zucken seiner Hände hatte etwas nachgelassen. Erst jetzt bemerkte sie den rosafarbenen Winkel, der auf seiner Häftlingskleidung prangte.

„Verstehen Sie nun, warum ich es nicht tun kann?"

„Sag nicht *Sie* zu mir, das klingt albern", antwortete sie leise. Sie entsann sich, von der Verschärfung der Gesetze, die die Vergeudung der männlichen arischen Zeugungskraft und die Volkszerstörung durch Homosexualität unterbinden sollte, gelesen zu haben. Damals hatte sie nichts gegen die Bestrafung solcher *Entarteten* einzuwenden gehabt, hatte die Gesetze als selbstverständlich empfunden. Schließlich dachten alle so im Dorf. Hier gab es solche Männer nicht. Hier waren alle normal, untadelig und volkstreu.

Wie weit entfernt ihr dieses Denken inzwischen geworden war. Wie fremd kam ihr diese Elfi von damals nun vor.

Es war Ilse gewesen, die ihre feststehende Meinung ins Wanken und schließlich zu Fall gebracht hatte.

„Aber was werden sie mit dir machen, wenn du es nicht tust?"

Er lachte verbittert auf.

„Ist doch klar. Wenn es sich herausstellt, dass ich *unheilbar* bin und die Umerziehung fehlgeschlagen ist, habe ich keine Daseinsberechtigung mehr."

„Keine Daseinsberechtigung", wiederholte sie tonlos.

„Kein Recht weiter zu leben." Er sah sie an. „Du weißt, was das bedeutet?" Es klang nicht wie eine Frage.

Sie nickte. Natürlich. Sie wusste, was das bedeutete. Wenn er Glück hatte, gewährten sie ihm einen schnellen Tod und erschossen ihn. Aber Glück war nichts, auf das ein Häftling hoffen und Erbarmen war nichts, was ein Häftling erwarten konnte. Sie hatte von grausigen Versuchen gehört, die in den Kellern des Strafbunkers oder im Krankenrevier durchgeführt wurden. Das Tuscheln darüber ging von Mund zu Mund. Gesehen hatte sie davon noch nichts, auch keine getroffen, die solche Versuche über sich hatten ergehen lassen müssen. Aber das mochte daran liegen, dass die meisten diese Versuche nicht überlebt hatten. Sicher wurde dafür gesorgt, dass es keine Beweise gab. Die Gerüchte jedoch hielten sich hartnäckig.

Die Tür wurde aufgestoßen und die beiden SS-Offiziere kamen herein, um den Häftling mitzunehmen. Er erhob sich und ging ihnen entgegen. Kurz bevor sie ihn auf den

Flur hinaus schoben, drehte er noch einmal den Kopf und nickte ihr zu.

Kaum waren die drei Männer verschwunden, als Konrad die Kammer betrat, die wulstigen Lippen zu einem breiten Grinsen verzerrt.

„Na, Kleine, konntest dich ausruhen, was? Mit der schwulen Sau." Sein Grinsen wurde noch etwas breiter, zerschnitt sein Gesicht in zwei Hälften. „Gut für mich." Er ließ ein bellendes Lachen hören. Schon war er bei ihr, sah sich nach der Tür um. Die Sehschlitze waren verwaist. Seine Hände griffen nach der Schnur, die er um den Hals trug. Hastig zerrte er einen Gegenstand unter dem Häftlingshemd hervor, löste ihn von der Schnur und hielt ihn Elfi vor die Nase. Sie erkannte in seiner groben Pranke ein kleines Glasfläschchen, das im grellen Licht der Deckenlampe glitzerte.

„Na los, nimm schon, bevor einer der Wachmänner kommt. Und versteck es gut. Es ist nur für dich alleine. Hörst du?"

Sie nahm es vorsichtig und ließ es mit einer raschen Bewegung unter der Matratze verschwinden. Er nickte zufrieden. „Hat mich einiges gekostet, daran zu kommen. Ist nämlich das edelste Parfüm, das zu bekommen war", erklärte er voller Stolz. Sie sah ihn an und brachte trotz aller Mühe nur ein dünnes Lächeln zustande. Der Ekel kroch wie eine kalte Schlange ihren Rücken hinauf, suchte sich einen Weg nach Innen und schlang sich um ihren Magen. Vielleicht versuchte er nur, nett zu sein, aber sie hasste seine Gefälligkeiten, seine Geschenke. Auch wenn sie ihr das Leben so manches Mal leichter machten, bedeuteten sie auch eine Verpflichtung. Und diese Verpflichtung band sie an ihn mit schweren Ketten, die sie nicht abschütteln konnte, die an ihr hafteten wie eine klebrige Masse, die sie ertragen musste. Gerne hätte sie auf die Geschenke verzichtet, die er ihr brachte, der grobschlächtige, gewalttätige und erbarmungslose Oberkapo, der sich zum Handlanger der SS hatte machen lassen, nichts anderes als ihr gefügiger Knecht und Spion, einer unter vielen, der so lange seine Vorherrschaft genoss, bis sie ihn satt hatten und in der Gaskammer verschwinden ließen. Bis dahin würde er seine Stellung ausnutzen wo er nur konnte. Seine Grausamkeit war unter den anderen Häftlingen bekannt und gefürchtet. Einige Geschichten über ihn machten im Gemeinschaftsraum der Frauen die Runde. Erzählt von den Häftlingen unter vorgehaltener Hand.

Und ausgerechnet zu ihr kam er, alle zwei Tage. An ihr hatte er einen Narren gefressen, brachte ihr Geschenke, um die sie nicht gebeten hatte. Die anderen Frauen sahen sie schief an deswegen. Sie fühlte ihr Misstrauen, weil Konrad nur zu ihr kam. Sie fühlte aber auch ihre Missgunst, wenn sie mitbekamen, was er ihr schenkte.

Sie hasste ihn dafür. Für das alles. Und für seine widerliche Gier, mit der er sie nahm: Besitz ergreifend und rücksichtslos, kalt und ohne jede Menschlichkeit.

Der saure Geruch seines Atems traf sie. Er riss sich die Kleider vom Leib, warf sie achtlos zu Boden und machte eine fordernde Handbewegung. Als er sich über sie schob, ließ er die Zunge über seine fleischigen Lippen gleiten.

Sie hatte nicht mitgezählt, der wievielte Häftling gerade auf ihr lag, als eine Beschwerde quäkend durch den Flur hallte.

„Aber, ich hab sie ja noch nicht mal angefasst."

Stiefel dröhnten über die Holzdielen, eilten an ihrer Kammer vorüber, übertönten die Antwort des Wärters, verstummten am Ende der Baracke.

„Ich habe meinen Bordellschein zugewiesen bekommen und möchte auch etwas dafür bekommen."

„Steck dir deinen Sprungschein sonst wo hin. Und jetzt raus hier! Aber dalli!", brüllte der Offizier ungehalten. Langsam, in stillem Protest, schlurften Holzpantinen auf den Ausgang zu. Dann erklang der Befehl des Wärters: „Schafft sie weg!“

Die Stiefel hämmerten wieder an ihrer Kammer vorüber, dieses Mal in die andere Richtung, und schleiften etwas über die Holzdielen.

Elfi riss vor Schrecken die Augen weit auf. Ilse hatte eine der hintersten Kammern. Bei dem Zwischenfall konnte es sich nur um sie handeln. Vielleicht war sie vor Schwäche in Ohnmacht gefallen. Schließlich aß sie schon seit Tagen nichts mehr und trank viel zu wenig. Ihr Zustand hatte sich sehr rasch verschlechtert. Man konnte dabei zusehen, wie sie abgezehrter und bleicher wurde.

„Heh! Was ist los?“, stieß der Häftling über ihr schwer atmend hervor. Er hatte aufgehört, sich zu bewegen. Die Brauen über seinen blauen Augen waren hochgezogen, die Stirn lag in Falten.

„Nichts“, antwortete sie mechanisch.

„Dann lass uns weitermachen“, forderte er und setzte das rhythmische Schaukeln fort.

Gerade war der Häftling gegangen. Elfi stand auf, um sich, wie angeordnet, mit der scharf riechenden Kreosol-Lösung zu waschen. Vor Anspannung zitterten ihr die Hände. Sie weigerte sich, an Ilse zu denken. Vielleicht hielt sich das Unheil fern, wenn man nicht daran dachte. Gerade legte sie die Hand auf die Türklinke, als klar und deutlich, nicht weit von der Baracke entfernt, der Schuss durch die feuchte Winternacht hallte.

„Heute bin ich das letzte Mal hier.“

„Das letzte Mal?“, wiederholte Elfi.

Er nickte, seine Hände zuckten wieder auf und zu.

„Ja, die letzte *Abkehrprüfung* für mich. Also die letzte Chance, ihnen zu beweisen, was für ein *toller Kerl* ich bin“, antwortete er mit beißendem Sarkasmus und sah hinüber zu den Augen hinter dem Guckloch.

„Ich kann dir helfen", flüsterte sie mit abgewandtem Gesicht.

Überrascht wandte er sich ihr zu. „Wie denn?"

„Psst! Sei doch leise!"

Seine Hände zuckten schneller. Auf und zu, auf und zu, griffen nach dem Nichts, um es im nächsten Moment wieder freizulassen.

„Wie?", hauchte er.

„Zieh dich aus", erwiderte sie, „lass uns doch einfach so tun, als ob du mit mir schlafen würdest."

Er sah sie fassungslos an. „Du meinst..."

„Mach schon!", unterbrach sie ihn ungeduldig. „Und dreh dich mit dem Rücken zur Tür."

Während er sich hastig die Häftlingskleidung auszog, streifte sie ihre *Arbeitskleider* ab und legte sich mit dem Rücken auf die Pritsche. Sie blickte ihn an und erschrak. Er war viel dünner als es durch die Häftlingskleidung zu sehen gewesen war. Seine Rippen hoben sich stark hervor über dem eingefallenen Bauch. Arme und Beine waren fast bis auf die Knochen abgemagert. Zögernd stand er vor ihr und seine Ohren leuchteten rot. Sie nickte ihm aufmunternd zu. Da gab er sich einen Ruck, beugte sich vorsichtig über sie und legte sich zwischen ihre Beine.

„Na los, beweg dich. Es muss schon echt aussehen."

Seine Ohren wurden noch einen Ton dunkler, doch er begann, sich zu bewegen.

„Vergiss nicht zu stöhnen", zischte sie ihm ins Ohr. „Stell dir vor, ich wäre keine Frau."

Fast hätte er aufgelacht. Die Situation hatte trotz der Peinlichkeit eine gewisse Komik, wäre da nicht die lastende Verzweiflung gewesen.

„Hast du jemanden? Draußen? Einen Liebhaber? Dann denk an den!"

Er schüttelte den Kopf. „Sie haben ihn vor einem halben Jahr in Auschwitz umgebracht", antwortete er mit verhaltener Wut.

„Tut mir leid." Sie meinte es ehrlich. „Versuch es trotzdem."

Er stöhnte. Bei jedem Stoß seiner Hüften. Zuerst hörte es sich gekünstelt und unecht an, doch schon nach kurzer Zeit hatte er es im Griff und klang immer leidenschaftlicher. Nachdem er einige Minuten so weitergemacht hatte, begann er, sich schneller zu bewegen, sein Stöhnen wurde lauter. Schließlich stieß er einen Schrei aus. Sie lächelte anerkennend. Vorsichtig ließ er sich auf sie sinken und blieb einen Moment erschöpft liegen. Für seinen ausgemergelten Körper musste es ein kaum zu bewältigender Kraftakt gewesen sein. Er atmete stoßweise und sie fühlte, wie sein Herz raste.

Schon ging die Tür auf und die beiden Offiziere drängten in die Kammer.

„Na also! Es geht doch! Warum nicht gleich so?"

„Los! Der Spaß ist zu Ende! Aufstehn! Anziehn!"

Bevor er sich aufstemmte, flüsterte er ihr ins Ohr: „Danke! Aber, warum hast du das für mich getan?"

„Vielleicht weil", sie biss sich auf die Lippen, „sie gestern meine Kameradin erschossen haben. Die war lesbisch."

Der beißende Geruch des Kreosols breitete sich aus. Sie wusch sich sorgfältig. Dann trocknete sie sich ab. Sie hatte das Handtuch noch in der Hand, als sie von einer heftigen Übelkeit überfallen wurde, so plötzlich, dass sie kaum noch Zeit fand, sich vorzubeugen. Das Handtuch fiel auf die Holzdielen. Sie erbrach sich in die Schüssel des Bidets. Eilig drehte sie das Wasser an. Wieder wurde sie von starkem Würgen geschüttelt. Sie sank auf die Knie, doch aus ihrem bereits entleerten Magen kam nur noch scharfe Galle. Kalter Schweiß trat ihr auf die Haut, stand in Perlen auf ihrer Stirn, auf ihrer Oberlippe.

So jäh die Übelkeit gekommen war, verging sie wieder. Elfi wusch sich das Gesicht. Das kalte Wasser erfrischte sie.

Lautes Hämmern an der Tür schreckte sie auf.

„Beeilung!"

Elfi presste ihre Hände auf den Rand der Schüssel und stemmte sich hoch. Noch ein wenig wackelig auf den Beinen, kam sie zum Stehen. Hastig zog sie sich an. Als sie auf den Flur hinaustrat, um in ihre Kammer zurückzukehren, waren ihre Schritte bereits wieder sicher, der Rücken gerade und ihr Blick ausdruckslos.

Sie hatte nur noch zwei Häftlingen zu Diensten zu sein. Die plötzliche Übelkeit kehrte nicht wieder. Dennoch war sie besorgt. Seit sie ins Lager gekommen war, hatte sie sich noch nicht übergeben. Durchfall, ja, den hatte sie sich schnell geholt. Davon war jeder Häftling bereits geplagt worden. Viele waren daran gestorben. Doch seit man sie für das Sonderkommando aus der Strafbaracke geholt hatte, war auch der Durchfall vergangen.

Vielleicht hatte sie das Essen nicht vertragen. Das war die einzige Erklärung, die ihr einfiel und die sie glauben wollte. Gedanken an eine Krankheit schob sie so weit wie möglich von sich. Sie durfte nicht krank werden. Das durfte einfach nicht geschehen. Sonst würde es ihr ergehen wie Ilse. Allein bei der Erinnerung an den hallenden Schuss richteten sich all ihre Nackenhaare auf.

Nein, sicher hatte sie einfach nur das Essen nicht vertragen. Doch nun ging es ihr wieder gut. Sie war nicht krank. Nur eine Magenverstimmung. Nur eine unbedeutende Magenverstimmung.

Am nächsten Tag übergab sie sich noch vor dem Frühstück. Wieder verging der Brechreiz rasch wieder. Sie konnte ihr Brot mit dem süßlichen Brei, den sie Marmelade nannten, ohne Ekel essen. Sogar den Kaffee vertrug sie und fühlte sich nach dem Frühstück gut. Schmerzen hatte sie keine. Das beruhigte sie, auch wenn sie sich immer wieder fragte, was nur mit ihrem Magen, mit ihrer Verdauung los sein mochte.

Das zweite Mal überraschte sie die Übelkeit kurz nach dem Mittagessen. Sie saß mit den anderen Frauen im Gemeinschaftsraum, manche hatten ihren Teller noch nicht ganz geleert, als es ihr plötzlich sauer die Kehle hochstieg. Von einem Moment auf den anderen schien sich ihr Magen zu drehen, die gerade gegessene Mahlzeit drängte nach oben. Hastig presste sie sich die Hand auf den Mund, versuchte, ihn zu verschließen. Dann sprang sie auf, der Stuhl kippte nach hinten um und krachte hölzern auf die Dielen. Eine Hand auf den Lippen, die andere auf dem Magen, stürzte sie hinaus. Sie sah nicht die staunend aufgerissenen Augen der perplexen Frauen, die sogleich die Köpfe zusammenstreckten und tuschelten. Nur schnell zur Toilette. Der Weg dorthin schien plötzlich weiter als sonst. Sie musste es rechtzeitig schaffen. Ihre Füße jagten über den Plankenboden. Endlich hatte sie die Tür erreicht. Sie stieß sie auf und erreichte gerade noch die Toilettenschüssel.

Alles war wieder sauber. Sie wusch sich Hände, Gesicht und spülte den Mund gründlich mit kaltem Wasser aus, um den sauren Geschmack zu vertreiben. Dann überprüfte sie, ob ihre Kleidung etwas abbekommen hatte, doch Bluse und Rock waren nicht verschmutzt worden. Erleichtert verließ sie die Toilette und kehrte ins Gemeinschaftszimmer zurück. Als sie den Raum betrat, brachen die Gespräche mitten im Satz ab und alle sahen sie an. Offensichtlich hatten sie über sie gesprochen. Elfi blieb wie gebannt stehen und erwiderte die Blicke mit jäh aufsteigendem Trotz.

„Es ist nichts“, sagte sie laut.

Die Frauen wichen ihren funkelnden Augen verlegen aus. Keine wagte, ein Wort zu sagen. Eine dicke Stille herrschte. Die Luft schien plötzlich schwül, wie vor einem Gewitter.

„Geht's dir wiada guad?", unterbrach eine leise Stimme das Schweigen.

Elfi nickte. Dann kehrte sie zu ihrem Platz zurück und setzte sich. Allmählich begannen sich die Frauen wieder zu unterhalten. Es war wie immer. Sie sprachen über Belanglosigkeiten, über das Wetter, die Kälte, über den Schnee, der seit der vergangenen Nacht vom Himmel fiel.

Elfi hörte kaum zu. Ein entsetzlicher Hunger begann sie zu plagen. Verwirrt versuchte sie, das beißende Gefühl im Magen zu ignorieren. Doch es gelang ihr nicht. Krampfhaft überlegte sie, ob sie nicht irgendwo noch etwas Essbares herbekommen könnte. Da sie gut versorgt wurden, hatte sie sich kein Brot aufgehoben, so wie früher. Und die anderen Frauen ebenso. Außerdem hätte sie jetzt sowieso keine fragen wollen. Finster starrte sie eine Weile vor sich hin. Erst als eine Hand eine in Papier eingewickelte Scheibe Brot vor sie auf den Tisch legte, sah sie auf und blickte in Emmas Gesicht. Emma lächelte.

„Sicher knurrt dir jetzt der Magen."

Erstaunt öffnete Elfi den Mund: „Woher..."

„Na, ist doch nun leer, oder?", unterbrach Emma. „Ich hab heute morgen keinen Bissen runter bekommen. Du kannst das Brot gerne haben."

„Danke."

Emma machte eine wegwerfende Handbewegung und wandte sich um. Gierig griff Elfi nach der Scheibe, wickelte sie aus dem Papier und biss hinein. Mit vollen Backen kaute sie, ließ die Augen nicht von dem Brot, das ihr mit einem Mal überhaupt nicht mehr klebrig, bitter und klumpig erschien. Köstlich lag es auf ihrer Zunge, rutschte weich durch ihre Speiseröhre und tat ihrem Magen gut. Sie war so vertieft in ihre Mahlzeit, dass sie den nachdenklichen Blick Emmas überhaupt nicht bemerkte, die ihr schräg gegenüber saß und sie beobachtete, die Stirn sorgenvoll in Falten gelegt.

In den nächsten Tagen versuchte Elfi, den wiederkehrenden Brechreiz zu unterdrücken. Es kostete sie große Überwindung. Vor allen Dingen vor den Wärtern und der Aufseherin, der langen Schmied mit den kalten Augen, musste sie ihren Zustand geheim halten. Auch vor den anderen Frauen wollte sie die Anfälle verbergen. Obwohl diese ebenso Gefangene, Gezwungene waren wie sie selbst, herrschte ein beständiges gegenseitiges Misstrauen. Die Zeit in der Strafbaracke hatte sie gelehrt, wie schnell beim Anblick einer Scheibe Käse anvertraute Geheimnisse über hungrige Lippen sprudelten. Alle hatten sie solche Erfahrungen gemacht. Aus diesem Grund wurde im Gemeinschaftsraum nur über Belangloses gesprochen oder über Gerüchte, die sie von den Männern erfuhren. Jede wollte sich schützen. Deshalb sprach niemand über die Familie oder über den Partner zuhause. Nur der Zimmergenossin erzählten sie etwas mehr über sich.

Elfi begann, den Gemeinschaftsraum zu meiden. Sie hielt sich nur noch während der Mahlzeiten dort auf. Dann zog sie sich in ihre kleine Kammer zurück. Sie war froh, dass die lange Schmied noch keinen Ersatz für Ilse angefordert hatte. So hatte sie das Zimmer für sich alleine. Völlig unvorhergesehen kam der Brechreiz, überfiel sie unbarmherzig, stieß ihr in den Magen und stülpte ihn um. Medikamente hatte sie nicht. Sie traute sich auch nicht, danach zu fragen. Sofort hätten alle gewusst, dass sie krank war. Sie musste ohne Medikamente auskommen müssen. Aber alles andere, was sie versuchte, blieb völlig wirkungslos. Weder frische Luft noch Bewegung, weder Schlaf noch Essen oder Hungern wollten helfen. Nichts schien diese Übelkeit mindern zu können.

Zusammengekrümmt hockte sie auf ihrem Bett, die Arme um die angezogenen Beine geschlungen, die Augen geschlossen. Angst streckte ihre knochig dürren Finger nach ihr aus, bohrte sie in ihre Brust. Sie fühlte sich allein. Verloren. Im Stich gelassen. Es gab niemanden mehr, dem sie ihre Not anvertrauen konnte, keinen Menschen, mit dem sie über ihre Angst sprechen, den sie um Rat fragen konnte. Ilse fehlte ihr. Sie vermisste ihre burschikose Art, das leise Geräusch ihrer Atemzüge in der Nacht, die langen Gespräche, sogar der schneidende Zynismus, der sie so oft irritiert hatte, fehlte ihr jetzt. Ilse hatte eine grausame Leere hinterlassen, die sich nicht füllen ließ. Ihr hatte sie vertraut. In ihre Hände hätte sie ihr ganzes verlorenes Leben gelegt. Doch Ilse war nicht mehr da. War weggeschafft worden. Erschossen an einem nebeligen kalten Winterabend. Ausgelöscht ihr Leben, ein winziges kleines Leben, das ihr nicht mehr wert gewesen war weiterzuleben. Und nun war sie allein. Allein. Würde sie hier alleine sterben müssen? Verlassen und einsam? Oder würde es ihr ergehen wie Ilse? Würde man sie hinauszerren und ihr die Pistole in den Nacken setzen? Wie es sich wohl anfühlt, wenn die Kugel durch Haut und Fleisch jagt?

Elfi schüttelte den Kopf. Nein! So durfte sie nicht denken! Sie würde nicht sterben. Sie wollte nicht sterben. Nicht hier und nicht einsam und allein. So wollte sie nicht enden.

Doch die Angst blieb.

Zuerst musste sie wieder gesund werden. Aber sie wusste nicht, wie. Sie vermutete, dass sie sich mit Typhus infiziert hatte. Mit einer Magenverstimmung konnte sie ihren Zustand nicht mehr abtun. Sie hatte im Strafblock gesehen, wie Frauen an Typhus gelitten hatten. Nur wenige waren davongekommen. Die, die ins Krankenrevier mussten, waren von dort nicht mehr zurückgekehrt. Es war eine grausame Krankheit, die den Körper erst schwächte und dann langsam auffraß.

Die einzige Hoffnung, die Elfi sich machte, war, dass sie hier reichlich Nahrung bekam und sich viel ausruhen konnte. Außerdem konnte sie sich täglich waschen. Das war das einzig Gute an diesem Sonderkommando. Es würde ihr helfen, die Krankheit zu besiegen. Immerhin hatte sie noch keinen Durchfall, der den Kranken am meisten zu schaffen machte.

Am späten Nachmittag war sie erschöpft von ihren schwärenden Gedanken und der steten Kraftanstrengung, mit der sie die Übelkeit bekämpft hatte. Als sie erneut ein starker Anfall überkam, hatte sie dem nichts entgegen zu setzen.

Zitternd hing sie über der Toilette und wartete, dass die Schwäche nachließ. Ihr Gesicht war weiß wie Kreide, Schweißtropfen perlten auf ihrer Stirn, rannen in ihre Augen, wo sie brannten wie Säure. Der kleine Raum drehte sich um sie, wurde immer enger. Die Wände kamen auf sie zu, rückten immer näher, neigten sich über ihrem Kopf zusammen, bis sie sich berührten. Die Luft wurde knapp. Keuchend atmete sie ein, versuchte, mehr Luft in ihre Lungen zu bekommen, doch es war keine Atemluft mehr in dem winzigen Raum. Sie fühlte, wie die Wände sie berührten, sie von allen Seiten zu drücken begannen. Gleich würden sie sie zerquetschen wie eine reife Tomate. Sie öffnete den Mund. Ein letzter Versuch, Atem zu holen. Dann wurde alles schwarz um sie.

„Elfi."

Ein Flüstern drang durch ihre Dunkelheit. Sie konnte es nicht verstehen. Langsam wurde es lauter und deutlicher. Endlich drang es klar vernehmlich an ihr Ohr.

„Elfi! Was zum Teufel machst du für Sachen!"

Sie schlug die Augen auf. Das Licht der elektrischen Lampe blendete sie. Blinzelnd versuchte sie, das Gesicht zu erkennen, das sich über sie gebeugt hatte. Schließlich gewöhnten sich ihre Augen an die Helligkeit und sie sah

Emma vor sich. Es war ihre raue Stimme gewesen, die sie gehört hatte.

„So eine verdammte Scheiße! Das hat uns grade noch gefehlt!“, schimpfte ihr Mund, ihre Augen voller zorniger Lichter.

„Ich bin nicht krank“, stammelte Elfi und versuchte, sich aufzusetzen. Doch sofort drehte sich alles um sie und sie sank mit einem Seufzer wieder zurück.

„Natürlich bist du nicht krank!“, antwortete Emma ungeduldig.

Elfi wollte gerade aufatmen, als Emma feststellte: „Du bist schwanger!“

„Nein!“, schrie Elfi entsetzt und fuhr auf. Der Schwindel bildete erneut einen Schweißfilm über ihrem Körper. Doch sie war viel zu aufgeregt, um darauf zu achten.

Emma schüttelte den Kopf, mitleidig, aber auch mit Erstaunen über Elfis Naivität.

„Das darf nicht sein.“

„Kindchen, das ist so sicher wie das Amen in der Kirche.“

Elfi hatte das Gefühl, in eine bodenlose Dunkelheit zu fallen. Gedanken stürzten auf sie ein. Sie fluteten ihr Gehirn bis nur noch das taube Gefühl blieb, das man hatte, wenn man den Kopf unter Wasser taucht.

Sie war gelähmt. Hilflos starrte sie Emma an, ihr Blick eine einzige Frage.

„Was soll ich jetzt nur tun?“

Ihr lange aufrecht erhaltenes Gerüst aus Zuversicht und dem Wissen, ein glückliches Leben mit Benno zu haben, danach, brach in sich zusammen. Das letzte Fünkchen Hoffnung erlosch wie in einem Gewittersturm.

Emma zuckte ratlos mit den Schultern.

„Tja, Kindchen, das kann ich dir auch nicht sagen“, murmelte sie nachdenklich, „aber ich würde dir vorschlagen, es erst einmal geheim zu halten.“

„Aber..."

„Ich weiß, dass das nicht lange geht. Aber ich habe gehört, dass die amerikanischen Truppen nicht weit sind. Es kann nicht mehr so lange dauern, bis sie das Lager erreichen."

„Die vielen Flugzeuge, die ständig übers Lager fliegen?"

Emma nickte: „Ja, das sind die Amerikaner. Wenn sie doch nur schon hier wären."

Elfi schwieg. Ihre Augen starrten ins Leere. Es war alles so aussichtslos, so sinnlos. Vielleicht wäre es besser, sich einfach erschießen zu lassen. Dann wäre sie all die Sorgen, die Angst, die Gewissensbisse mit einem Schlag los.

„Denk nicht mal dran!", mahnte Emma. Sie packte Elfi bei den Schultern und schüttelte sie kräftig. Elfi wand sich, um sich aus dem Griff zu befreien, doch Emma war stärker als sie. Plötzlich ließ Emma sie los.

Für eine Weile lag eine nachdenkliche Stille zwischen den beiden Frauen.

„Wenn du es nur so lange geheim halten kannst bis die Amerikaner da sind."

„Und wenn nicht?", fragte sie bang.

„Wenn nicht?", antwortete Emma. „Ich weiß es nicht. Vielleicht machen sie es dir weg. Oder..."

Sie ließ den Satz unfertig verklingen.

Der Schnee lag kniehoch. Ein tiefblauer Winterhimmel spannte sich wolkenlos über die Welt. Die Sonne war schon seit einigen Stunden auf ihrem Tagesmarsch und warf ihre Strahlen schräg über den hohen Zaun.

Sie standen an der Tür und blinzelten in das blendende Weiß hinaus. Alle hatten ihre Mäntel an, hatten sich Schals um Hals und Kopf geschlungen, waren mit allem angezogen, was sie besaßen.

Der Schnee lag unberührt vor ihnen und bedeckte die kleine Fläche zwischen den Wänden der Baracke und dem

Zaun. Unzählbare Schneekristalle glitzerten und funkelten in der Sonne wie winzige Diamanten. Nichts regte sich, die Vögel schwiegen, kein Hauch bewegte die eisige Luft. Es war still.

„Wat is? Wollt ihr ewig da rumstehn?“, rief Auguste von hinten.

„Es ist so schön.“

„Sieht alles so unschuldig aus“, murmelte Elfi kaum hörbar.

„Jenug rumjestanden! Los! Lasst uns endlich rausjehn!“

Die ersten stapften in die Kälte hinaus, hinterließen tiefe Spuren in der heilen Schneedecke. Die anderen folgten eilig, sahen sich um, zogen ihre Schals enger, um Hals und Ohren besser zu schützen.

Elfi ging zum Zaun hinüber. Der Schnee hatte die groben Holzbretter sanft bestäubt und ließ sie nun samtig und weich aussehen. Sie berührte eines mit dem Finger. Es war eisig und rau. Kleine Schneeflocken blieben an ihrer warmen Fingerkuppe hängen und schmolzen zu winzigen Wassertropfen.

Sie hörte lautes Lachen und vergnügte Schreie und drehte sich um. Einige Frauen waren bereits mitten in einer wilden Schneeballschlacht, griffen mit beiden Händen in das kalte Weiß. Manche formten Schneebälle, andere versuchten, ihre Kontrahentinnen zu packen und zu Fall zu bringen. Kichernd rangen sie miteinander, bis sie schließlich im Schnee landeten und sich johlend hin und her rollten. Elfi lächelte. So ausgelassen hatte sie die Frauen noch nie erlebt. Sie benahmen sich wie die Kinder. Noch nicht einmal die strengen Blicke der langen Schmied, die aufrecht neben der Tür stand, konnte ihre Freude trüben. Ihr Gelächter erfüllte die klare Winterluft und ließ sie für einen kurzen Augenblick vergessen, wo sie waren.

Plötzlich hörte Elfi ein fernes Brummen. Es kam näher, wurde lauter, übertönte bald das fröhliche Gejauchze und steigerte sich zu einem ohrenbetäubenden Dröhnen. Die

Frauen hielten inne und schauten zum Himmel hinauf. Da tauchte dicht über den Wipfeln der Bäume ein Flugzeug auf. Es flog über sie hinweg. Ein zweites folgte.

Emma deutete hinauf und rief: „Amerikaner!"

Elfi war versucht, sich die Ohren zu zuhalten, doch sie tat es nicht. Gebannt schaute sie zum grauen Bauch der Maschine hinauf. Die Nähe der Amerikaner, der Bomben am Flugzeug, der Lärm, der die Luft vibrieren ließ, erzeugte in ihr eine Mischung aus hoffnungsvoller Freude und bangem Harren. Fast erwartete sie, dass gleich etwas passieren würde. Doch auch das zweite Flugzeug dröhnte über sie hinweg und verschwand. Gedämpftes Brummen verriet, dass weitere Flugzeuge nicht weit entfernt am Lager vorbei flogen.

Dann wurde das Dröhnen leiser, schwächte sich immer mehr ab, verklang schließlich. Was blieb, war eine gespenstige Stille.

Der Schnee war getaut und erstes vorsichtiges Vogelzwitschern verriet, dass der Frühling bereits seinen neugierigen Blick übers Land schweifen ließ. Trotz der frostigen Nächte, erwärmte die Sonne die Luft am Tage schon auf milde Temperaturen.

Elfi hatte noch immer mit Übelkeit und Brechreiz zu kämpfen. Obwohl Emma ihr versprochen hatte, dass es bald aufhören würde, musste sie sich regelmäßig übergeben. Natürlich war es nicht mehr länger vor den anderen Frauen geheim zu halten, doch Emma hatte ihnen allen eingeschärft, nicht ein Sterbenswörtchen darüber zu verlieren, weder zu einem der Häftlinge, die sie abends bedienten noch zu sonst jemandem.

Elfi war froh um Emmas Unterstützung und die Hilfe ihrer Kameradinnen, die bereitwillig zusicherten, ihr Wissen geheim zu halten. Dennoch hatte Elfi ein ungutes Gefühl, das sich nicht vertreiben ließ. Sie wusste, dass sie nun auf Gedeih und Verderb abhängig war vom Stillschweigen ihrer Kameradinnen. Sie fühlte sich ausgeliefert. Vollkommen schutzlos. Wie ein Tänzer auf dem Drahtseil, ohne Netz, ohne Sicherung, mitten in einem wütenden Sturm.

Dazu kam die völlige Zerrissenheit, die sie quälte, seit sie von ihrer Schwangerschaft erfahren hatte. Die Frage, was werden würde, wenn sie schwanger zu Benno zurückkehren musste, verfolgte sie in jeder ruhigen Minute. Sie versuchte sich einzureden, dass es sinnlos sei, jetzt darüber nachzudenken, dass sie erst einmal abwarten musste, dass es vermessen sei, sich über die Zukunft den Kopf zu zerbrechen. Schließlich hatte sie erfahren müssen, wie anmaßend es war, weiter als bis zum nächsten Abend vorauszublicken. Das Leben bestand aus aufeinander folgenden Momenten. Ziel war es, den gegenwärtigen Moment zu überleben, um den nächsten zu erreichen.

Doch dies wollte jetzt nicht mehr funktionieren. Die Scheuklappen, die nur die Sicht auf den gegenwärtigen Augenblick zuließen, waren verrutscht, gaben den Horizont einer fernen Zukunft preis und damit kam sie nicht klar. Sie fürchtete sich, genau hinzusehen, aus Angst vor dem, was sie erkennen würde. Wurde sie entdeckt, verraten und wartete der Tod auf sie? Oder war dort Benno, der sich vor Scham von seiner Frau abwenden würde, die schwanger aus dem Lager zurückkam?

Sie wollte es nicht wissen und doch quälte sie diese Ungewissheit. Sie zwang sich, nur auf den jetzigen Moment zu sehen, an dem ihr nichts blieb, als zu hoffen, dass die Aufseher und die lange Schmied, die regelmäßig ihre Runden machte, nichts erfuhren. Die Angst jedoch nagte an ihr, unaufhörlich und drohte, sie langsam zu zermürben.

Ein milder Frühlingstag ging zu Ende. Die Sonne war über einen klaren Himmel gewandert und hatte sich dann hinter aufziehenden Wolken ungesehen davongeschlichen. Die Dämmerung war kurz. Die Wolken beschleunigten den Einbruch der Dunkelheit.

In der Baracke brannte Licht. Es war Zeit für das Abendbrot und die Frauen saßen versammelt im Gemeinschaftsraum, als plötzlich die Sirene losheulte. Verblüfft sahen sich die Frauen an, im ersten Moment vollkommen überrumpelt, und wussten nicht, was sie tun sollten. Emma fing sich als erstes.

„Fliegeralarm!“, schrie sie.

Da kam auch schon ein SS-Mann hereingestürmt und scheuchte die Frauen auf.

„Fliegeralarm! Alles in den Keller! Sofort!“, rief er und fuchtelte hektisch mit beiden Armen. Die lange Schmied erschien hinter ihm und schaute ihm mit abgebrühter Gelassenheit über die Schulter.

In die Frauen kam Bewegung. Eilends sprangen sie auf. Stühle stürzten um. Füße trampelten über die Holzdielen. Vergessen war das Brot, war der Kaffee, der Hunger. So schnell sie konnten, rannten sie die Treppen hinab in den kleinen Kellerraum und sahen sich dort ängstlich um. Von draußen war das laute Brummen der Flugzeugmotoren zu hören. Entfernt donnerte es. Bomben.

Die SS-Wärter kamen die Treppe herab und zwängten sich ebenfalls in den Keller. Auch die lange Schmied kam nach. Sie blieb am Kellereingang stehen, ihre kühlen Augen zählten die anwesenden Frauen ab. Emma seufzte, lehnte sich an die Wand und ließ sich daran hinab gleiten, bis sie zum Sitzen kam.

Das an- und abschwellende Dröhnen der Propeller klang gespenstig in der Dunkelheit des Kellers. Dumpf und bedrohlich kam es näher, wurde lauter, war direkt über ihnen. Einen Moment, der ewig zu währen schien, wagte niemand zu atmen. Mit bangen Gesichtern warteten sie auf den Einschlag der Bombe, auf die Explosion. Doch die Maschine flog über sie hinweg. Langsam wurde das Brummen leiser.

Die Frauen sahen sich an, wussten nicht, ob sie erleichtert sein sollten, dass keine Bombe gefallen war oder ob sie es bedauern sollten.

Über ihnen polterten Stiefel eilig über die Holzdielen. Die Kellertreppen knarrten und zwei junge Offiziere drückten sich zwischen die SS-Wärter. Sie atmeten schwer. Auf ihren blassen Gesichtern stand Entsetzen.

Schon näherte sich das nächste Flugzeug, der Motorenlärm steigerte sich. Mit einem Mal entfernte er sich wieder. Der Bomber hatte abgedreht.

Warten.

Hektische Atemzüge.

Die Schreck geweiteten Augen starr auf den staubigen Kellerboden gerichtet.

Stille Gebete.

Warten.

Minute um Minute.

Sekunde für Sekunde für Sekunde.

Noch immer jaulte die Sirene. Leises Donnern verriet, dass in nicht allzu großer Entfernung weiterhin Bomben fielen. Am Himmel über dem Lager kehrte Ruhe ein. Die Frauen entspannten sich ein wenig, rieben sich ihre verkrampften Arme, fuhren sich mit den Händen über die Stirnen, legten sich Finger an die Schläfen, um die hämmernden Schmerzen zu lindern.

Elfi reckte sich, bestrebt ihren angespannten Rücken zu entlasten. Ihr Körper war von einer feinen Schicht aus Schweiß überzogen, die ihre Kleidung auf der Haut kleben ließ. Nur ganz langsam wich die Furcht. Angestrengt versuchte sie nachzudenken, bemühte sich, ihren Geist zu benutzen, der sich in die tatenlose Leere des Stillstandes zurückgezogen hatte.

Doch mit den Gedanken kehrte die Unruhe zurück. Was wäre geschehen, wenn Bomben das Lager getroffen hätten? Sie hätten alle tot sein können. Bis zur Unkenntlichkeit verbrannt, von den Bombensplittern durchlöchert, von der Explosion zerrissen. Verschüttet und an Rauch und Staub erstickt. Wer weiß? Vielleicht hätte es eine Möglichkeit zur Flucht gegeben. Aber, wohin hätte sie fliehen sollen? Zurück nach Hause? Zu Benno? Zu ihrem Mann? Schwanger?

Sicher wäre sie unterwegs von SS oder Gestapo aufgegriffen worden. Sie wusste ja noch nicht einmal, in welchem Teil des Landes sie sich befand. Vielleicht sogar in einem der besetzten Nachbargebiete. Sie glaubte nicht, dass sie es würde schaffen können. Völlig allein. Ohne etwas Essbares. Ohne Decke. Ohne Schutz gegen die kalten Nächte. Ohne vernünftige Schuhe. In diesem Zustand. Dennoch. Sie weiß, dass sie es versucht hätte.

Allmählich schob sie sich an der Kellerwand entlang, bis sie neben Emma hockte. Die Ältere sah kurz auf.

Still saßen sie nebeneinander. Emmas Kinn ruhte auf ihren angezogenen Knien. Sie atmete ruhig und gleichmäßig. Ein sanfter Duft von Veilchen ging von ihr aus, der nicht recht zu ihrer derben Art und ihrer rauchigen Stimme passen wollte. Elfi mochte ihren Geruch. Sie fühlte sich ein kleines bisschen sicherer, wenn sie in Emmas Nähe war. Selbst hier in diesem winzigen Keller, der voll gestopft war mit Menschen und ihnen doch keinen wirklichen Schutz bieten konnte, wirkte dieser Duft wie ein Versprechen.

Elfis Pulsschlag normalisierte sich allmählich. Sie zog ebenfalls die Beine an, legte ihre Hände auf die Knie und stützte ihr Kinn auf ihnen ab. Die zusammengekauerte Haltung beruhigte sie zusätzlich und sie begann, ihren Blick durch den Keller schweifen zu lassen. Ihre Kameradinnen lehnten an den Wänden oder hatten sich ebenfalls auf dem staubigen Boden niedergelassen und schauten teilnahmslos vor sich hin. Nur Auguste sah sich immer wieder um. Unstet flog ihr Blick hin und her. Zuerst glaubte Elfi, Auguste leide an Platzangst oder wäre besonders ängstlich, weil sie sich so hektisch und scheu umsah. Doch dann fiel ihr auf, dass Augustes Augen auf einem Menschen immer etwas länger verweilten als bei allen anderen. Eine ganze Weile beobachtete sie die Kameradin, bis sie keinen Zweifel mehr hatte. Auguste schaute immer wieder zu einem der jungen Offiziere hinüber, der an der Kellertür stand, unbeweglich und starr, eingekeilt zwischen den übrigen Uniformen, die Hand um den Pistolengriff geklammert.

War es der junge SS-Offizier, der bei der feuchtfröhlichen Feier des Lagerkommandanten dabei gewesen war? Elfi wusste es nicht.

Wieder ruhte Augustes Blick auf seiner Gestalt. In diesem Moment wandte er den Kopf. Für einen Sekundenbruchteil sah er zu Auguste hinüber und über seine Lippen huschte ein kaum wahrnehmbares Lächeln.

Die lange Schmied riss die Tür auf und blieb im Rahmen stehen. Elfi zuckte zusammen, sprang von ihrem Bett auf und stellte sich auf, Augen geradeaus. Die lange Schmied betrachtete sie mit einer Mischung aus Herablassung und Genugtuung. Schließlich tat sie einen Schritt ins Zimmer hinein und schloss die Tür hinter sich.

„Ich habe gehört, du hättest mir etwas zu sagen."

Elfis Herzschlag verdoppelte die Geschwindigkeit. Verwirrt versuchte sie zu erraten, was die Aufseherin von ihr wissen wollte. Es konnte doch nicht ihr Zustand sein. Bisher war der Aufseherin nicht anzusehen gewesen, dass sie ein besonderes Augenmerk auf sie hatte. Und wenn sie es nun doch wusste? Vielleicht hatte die lange Schmied irgendwie von ihrer Schwangerschaft erfahren. Im selben Moment, in dem sie es dachte, wusste sie, dass es so war.

Elfi wunderte sich, dass die erwartete Panik ausblieb. Im Gegenteil, es war ein Gefühl der Erleichterung, ja fast der Freude darüber, dass das Versteckspiel nun vorbei war. Sie hatte so lange schon Zeit gehabt, sich zu überlegen, was geschehen würde, wenn ihr Geheimnis entdeckt würde. Sie war fest davon überzeugt, dass sie denselben Weg gehen musste, den Ilse gegangen war. Inzwischen hatte sie keine Angst mehr vor dem Tod. Er kam ihr viel mehr wie ein längst herbeigesehnter Freund vor, der nun endlich die Erlösung von all der Angst, all dem Schmerz, den erbarmungslosen Träumen und Qualen ihres schlechten Gewissens brachte. Nun würde bald alles vorüber sein. Nichts und niemand würde ihr mehr etwas anhaben können. Der Tod würde seinen schwarzen Mantel des Vergessens um sie legen und sie in einen ewigen traumlosen Schlaf senken.

Nein, sie hatte keine Angst mehr vor dem Tod.

Die lange Schmied sah Elfi durchdringend an. Die Veränderung in Elfis Zügen war ihr nicht entgangen. Nun wunderte sie sich über die offensichtliche Gelassenheit.

„Nun?“, bellte sie.

Elfi schwieg.

„Stimmt es, dass du schwanger bist?“

Elfi nickte.

Das verkniffene Gesicht der langen Schmied verzog sich zu einem zitronensauren Lächeln. „Nun, da müssen wir wohl eine Lösung für das Problem finden.“

Es war ein völlig veränderter Tonfall, zuckersüß und honigmild, aber er überraschte Elfi nicht. Sie ließ sich von der geheuchelten Freundlichkeit nicht beeindrucken, aber auch nicht ängstigen.

„Schön!“, stellte die lange Schmied zufrieden fest, als sie sah, dass sie hier nicht mit Gegenwehr zu rechnen hatte. „Gehen wir!“

Der letzte Blick auf ihr Bett, der Gang durch den engen Flur, die gedämpften Stimmen, die aus dem Gemeinschaftsraum wehten, der Schritt hinaus in die kühle Luft, die ein Frühlingshauch mild durchwob, das alles kam Elfi unwirklich vor, so fern, als wäre sie bereits weit weg und würde all dies durch einen Dunstschleier betrachten, einen Schleier, den die Zeit längst zwischen sie und der Wirklichkeit gezogen hatte. Sie wollte sich von der Welt verabschieden, doch es war ihr, als wäre diese bereits in weite Ferne gerückt, als hätte sie sie schon vor langem verlassen. Es war kein Abschied mehr nötig. Sie war schon gegangen.

Das erste, was sie wahrnahm, waren die Geräusche geschäftigen Treibens. Schritte waren zu hören, Stimmen, die hin und her schwirrten, Klappern von Metall. Sie öffnete langsam die Augen. Alles lag verschwommen in gleißendem Licht vor ihr, wollte ihr die Netzhaut verbrennen. Sie kniff die Augen wieder zu. Erst nach einer ganzen Weile probierte sie es erneut. Es dauerte geraume Zeit, bis sich nach langem Blinzeln ihre Augen endlich an die Helligkeit gewöhnt hatten. Allmählich wich der trübe Schleier und sie erkannte ein vertrautes Gesicht, das dicht über dem ihren zu schweben schien.

„Emma!"

Sie versuchte, sich zu erheben, doch ein wütender Schmerz bohrte sich wie ein Dolch in ihren Leib und sie sank schon nach wenigen Zentimetern wieder zurück.

„Sei vernünftig und bleib liegen!", mahnte Emmas rauchige Stimme, um sogleich in ein freundliches Schnurren über zu gehen: „Bestimmt fragst du dich, warum ich hier bin?" Ohne auf eine Antwort zu warten, fuhr sie lebhaft fort: „Es herrscht ein absolutes Chaos. Angeblich sind die Amerikaner nur noch wenige Kilometer entfernt. Es kann nicht mehr lange dauern bis wir endlich frei sind." Vor Begeisterung war sie immer lauter geworden. Jetzt sah sie sich prüfend um, doch niemand nahm Notiz von ihr. Leiser sprach sie weiter: „Es sollen schon einige der SS-Schweine abgehauen sein. Haben alles stehn und liegen lassen, um ihren Arsch zu retten."

Emma grinste breit, als sähe sie vor ihrem inneren Auge die Offiziere davonrennen wie Kaninchen. Doch dann schaute sie Elfi an und ihr Grinsen war wie weggewischt.

„Weißt du, wer dich verraten hat?", fragte sie. Wieder schien sie keine Antwort zu erwarten, auch wenn Elfi ihr von ihrem Verdacht hätte erzählen können.

Mit bitterer Enttäuschung berichtete sie: „Es war Auguste! Die Verrückte hat sich doch tatsächlich mit einem von den Nazischweinen eingelassen, so einem junger Pimpf. Und dem hat sie es gesteckt. Wollte wohl noch mehr Vorteile für sich rausschlagen, die Schlange!"

Elfi wusste es, seit sie die beiden im Keller beobachtet hatte.

„Jetzt ist sie verschwunden. Seit gestern Nacht. Vermutlich ist sie mit ihrem *tapferen Offizier* auf der Flucht."

Emma machte eine wegwerfende Handbewegung.

„Genug davon."

Ihr Gesicht verformte sich zu einem ehrlichen Lächeln, das ihre Augen zu schmalen Schlitzen werden ließ und eine Menge Lachfältchen in ihre Haut grub.

„Ruh dich aus, Kindchen, damit du bei Kräften bist, wenn unsere Befreier kommen."

Elfi öffnete die Lippen, um etwas zu sagen, doch es kam nur ein krächzendes Geräusch aus ihrem Mund. In ihrem Hals brannte es, als hätte sie sich ununterbrochen übergeben. Ein beständiges Hämmern quälte ihr Gehirn und zerbeulte ihren Verstand. Ihr Körper schien einzig aus Schmerz zu bestehen. Jede Bewegung rief neue Schmerzen hervor und verursachte ihr unerträgliche Qualen.

„Armes Kind", flüsterte Emma, „du siehst aus wie der Tod. Aber du hast es überstanden."

Wieder öffnete Elfi die Lippen. Dieses Mal gelang es ihr, doch es war nur ein Hauch: „Was haben sie mit mir gemacht?"

Emma blickte sie ernst an. Sie zögerte lange bevor sie endlich antwortete: „Sie haben es weggemacht."

Emma bedachte Elfi mit einem prüfenden Blick. „Ist vielleicht besser so. Für dich." Für eine Weile schwieg sie gedankenverloren. Dann legte sie Elfi ihre kühle Hand auf die Wange. Mitleid stand in ihren Augen, als sie weiter sprach: „Aber du wirst keine Kinder mehr bekommen können. Dafür haben sie gesorgt."

6

Der Oberkörper der langen Schmied wippt vor und zurück, in einer gleichmäßig fließenden Bewegung wie ein angestoßenes Steh-auf-Männchen. Ihre Lippen sind in die Breite verzerrt, von einem Ohr zum anderen, spalten das Gesicht in zwei Teile. Ein lautes Lachen hallt aus den Tiefen ihres Körpers, schallt durch ihren geöffneten Mund. Echos, von unsichtbaren Wänden zurückgeworfen, vervielfältigen es zu einem verworrenen Durcheinander, immer neuen langsam verhallenden Gelächters. Es steigert sich, schwillt an, wird lauter. Lauter.

Vor und zurück schwingt der Körper der Aufseherin. Ihre Arme baumeln links und rechts wie leblose Anhängsel. Am Ende des einen pendelt eine Pistole, eingeklemmt im Griff bleicher Finger, dünn und lang wie Spinnenbeine.

Vor ihr stehen menschliche Gestalten, aufgereiht zu einer lebenden Kette. Ihre Gesichter gesenkt in den Schatten, unkenntlich, einheitlich, die Körper in blau-weiß gestreiften Stoff gehüllt. Von irgendwo kommt ein Lichtstrahl, der die Szene auf gespenstige Art beleuchtet, die Schatten finsterer werden lässt, mehr zu verbergen scheint, als zu erhellen.

Reglosigkeit. Nur das unaufhörliche Wippen, das Pendeln der Arme, ein unwirklicher Tanz zur Symphonie des hallenden Lachens, das sich nun anhebt zu einem ohrenbetäubenden Höhepunkt.

Sie steht nicht weit von der langen Schmied entfernt, blickt auf den schwingenden Hinterkopf, sieht die Pistole, den gespannten Hahn, den Finger, der sacht am Abzug ruht. Wie die Spinnenfinger sich um den Pistolengriff krallen, umklammert eine unsichtbare Spinnenhand ihr Herz, kalt wie Angst, heiß wie Zorn. In ihr fordert eine Stimme nach Taten, befiehlt den Händen, sich auszustrecken, sich um den Hals der langen Schmied zu legen und zuzudrücken. Doch eine andere Stimme schreit dagegen an, will die Flucht, verlangt von den Beinen, loszulaufen, jetzt, so schnell wie möglich. Rennen, nur rennen und nicht mehr anhalten. Die beiden Stimmen übertönen sich gegenseitig, brüllen, schrauben sich hoch zu einem entsetzlichen Gekreisch, das ihr die Sinne raubt, ihren Körper unsicher wanken lässt, wie ein Grashalm im Wind.

Sie möchte sich die Ohren zuhalten, doch ihre Hände hängen links und rechts herab, gefühllos, betäubt.

Da stoppt das rhythmische Wippen der Aufseherin. Das widerhallende Lachen wird zu einem Flüstern und verebbt schließlich. Stille.

Die erste Gestalt in der Menschenkette hebt unendlich langsam den Kopf bis der Lichtstrahl das Gesicht trifft, es enthüllt. Traurige Augen, blasse Haut, eingefallene Wangen. Ilse. Sie ist nicht wirklich zu erkennen und doch ist klar, dass sie es ist.

Mit einem plötzlichen Ruck schwingt der Arm mit der Pistole hoch, ein ohrenbetäubender Knall explodiert in die Lautlosigkeit. Für einen Moment verlangsamt sich die Zeit, zieht sich in die Länge. Die Kugel schwebt durch den leeren Raum und trifft Ilse in die Stirn. Sie zuckt kaum merklich und dann zerplatzt ihr Kopf wie ein Luftballon. Der Körper zerfällt und bleibt als kleines Häufchen Staub am Boden zurück.

Die nächste Gestalt in der Menschenkette sieht auf. Der Schatten weicht von dem Gesicht. Traurige Augen, blasse Haut, eingefallene Wangen. Pauline ist kaum zu erkennen, doch sie ist sicher, dass es Pauline ist.

Wieder schwenkt die Pistole nach oben, es kracht. Sie beobachtet, wie die Kugel auf Pauline zuhält. Die Stimmen in ihrem Kopf haben sich zu einem gellenden Geflecht verwoben. Sie will Pauline retten, will die Kugel ablenken, will verhindern, dass auch ihr Kopf zerplatzt. Doch ihre Füße scheinen festgewachsen, ihre Hände gelähmt. Sie möchte schreien, doch ihre Lippen sind mit starkem Garn zusammengenäht. Sie fühlt, wie feine Blutfäden über ihr Kinn rinnen, spürt ihr leises Kitzeln.

Pauline zuckt kaum merklich, dann zerspringt ihr Kopf in tausend Teile. Ihr Körper fällt in sich zusammen, wird zu Staub, der niedersinkt und neben dem ersten Häuflein liegen bleibt.

Die Zeit kehrt in ihre normale Form zurück. Da dreht sich die lange Schmied gemächlich zu ihr um, die Lippen zu einem breiten Grinsen verzogen, das die Augen zu schmalen Schlitzen werden lässt. Nach langen Sekunden öffnet die Aufseherin den Mund und spuckt ihr die Worte ins Gesicht: „Für dich gestorben! Du elender Feigling!"

Dann bricht sie erneut in ihr schallendes Gelächter aus, das sich bricht und vom Echo tausendfach kopiert wird. Die lange Schmied schwingt im Takt vor und zurück, vor und zurück. Der seltsame Tanz scheint eine Ewigkeit zu dauern. Dann hält sie inne und wendet sich wieder um. Nur langsam erlischt das Lachen.

Stille.

Wie von einer unhörbaren Stimme gerufen, richtet sich die dritte Gestalt auf. Der Lichtstrahl erfasst das Gesicht, beleuchtet die Konturen. Bleiche Wangen, der Blick aus den traurigen Augen erschüttert sie. Benno. Sein Haar geschoren, sein Körper unter dem groben Stoff nicht zu erkennen und doch weiß sie, es ist Benno.

Die lange Schmied hebt die Pistole. Die Mündung zeigt auf Bennos Stirn. Wieder verwandelt sich die Zeit in träge Masse, die sich dehnt.

Bewegen! Schnell! Sie muss Benno retten! Jetzt! Bevor es zu spät ist. Ein panischer Ruck durchfährt ihren Körper. Die Lähmung weicht. Wie lebendig sich ihre Arme und Beine nun anfühlen. Sie hört den Knall, sieht wie die Kugel den Pistolenlauf verlässt und auf Benno zuschwebt. Sie will rennen, doch ihre Bewegungen sind noch langsamer. So sehr sie sich anstrengt, sie gleitet wie durch zähe Flüssigkeit. Die Kugel ist fast da. In grenzenloser

Furcht reißt sie den Mund auf. Sie fühlt nicht, wie die Fäden ihre Lippen durchschneiden, fühlt weder Schmerz noch das Blut, das ihr nun in Strömen über das Kinn läuft, den Hals hinab. Sie öffnet den befreiten Mund so weit sie kann.

„NEIN!"

Irgendetwas packt sie an der Schulter und zerrt sie herum. Sie will sich wehren, ihre Arme rudern, sie schlägt um sich, ihre Faust trifft etwas Warmes, Weiches. Nur für einen kurzen Moment lockert sich der Griff, um sich dann erneut fest um ihre Schulter zu schließen. Sie hört, wie jemand ihren Namen ruft.

Endlich öffnet sie die Augen.

Sie sieht direkt in Bennos Gesicht. Sein Kopf ist nicht zerplatzt, nicht explodiert. Auf der Wange prangt ein roter Fleck. Verwirrt möchte sie sich umsehen, um festzustellen, wo sie sich befindet, wo die lange Schmied steckt, doch sie kann keinen Muskel rühren. Es dauert einen Augenblick bis sie merkt, dass Benno auf ihr liegt und sein Gewicht sie nieder drückt.

„Beruhige dich", sagt er beschwörend, „du hast nur schlecht geträumt."

Geträumt? Ein Traum?

Ein Zittern durchläuft ihren Leib. Die Panik will nicht weichen, umschlingt sie mit ihren Tentakeln wie ein Krake. Nur langsam kehrt ihr Bewusstsein in die Realität zurück, befreit sich aus den Fängen des Traumes. Der glasige Ausdruck weicht aus ihren Augen.

Geträumt? Schon wieder schlecht geträumt. Nur schlecht geträumt? Nur?

„Alles in Ordnung?", fragt Benno behutsam. Sie sieht ihn an. Er atmet schnell. Der rote Fleck auf seiner Wange breitet sich aus. Sie nickt schließlich. Er gibt sie frei. Misstrauisch richtet sie sich auf, blickt sich um. Der vertraute Anblick ihres gemeinsamen Schlafzimmers beruhigt sie ein wenig. Die Erleichterung, Benno unversehrt bei sich zu haben, steigt ihr feucht in die Augen. Sie wendet sich ihm zu, fällt ihm in die Arme und drückt sich eng an ihn. Er hält sie fest. Seine Hand streicht zart über ihr Haar. Er schweigt.

Irgendwann löst sie sich von ihm.

„Warum schnaufst du so schwer?"

Er lacht kurz auf. „Weil du mir einen ganz schönen Kampf geliefert hast. Sieh nur." Er zeigt auf seine Wange. „Den hast du mir verpasst."

Erschrocken legt sie die Hand auf den Mund.

„Das war ich?", murmelt sie zwischen den Fingern durch.

Sein Lachen ist herzlich. „Allerdings! Du hast einen kräftigen Schlag, das muss ich dir lassen."

„Entschuldige. Das wollte ich nicht."

„Weiß ich doch", beeilt er sich zu sagen. Dann fügt er hinzu: „Muss ja dieses Mal ein besonders schlimmer Traum gewesen sein."

Sie sieht ihn fragend an.

„Na, um dich geschlagen hast du bisher noch nicht."

Die Erinnerung an Ilses zerplatzenden Kopf und das widerhallende Lachen der langen Schmied lässt ihr einen Schauer eisig über den Rücken rinnen. Sie nickt. „Ja, entsetzlich."

„Was war es denn für ein Traum? Von was hast du geträumt?"

Ihre Augen weiten sich. Für einige Sekunden sagt sie nichts. Dann schluckt sie mühsam und schüttelt den Kopf.

„Ich kann mich an nichts mehr erinnern", sagt sie mit einer Stimme, die ihr fremd vorkommt. „Ich weiß nur noch, dass es schrecklich war."

Seinem Blick sieht sie an, dass er ihr nicht glaubt. Für einen Moment überlegt er, ob er sich damit zufrieden geben soll oder nicht. Schließlich seufzt er leise und lässt sich zurück in die Kissen sinken.

„Lass uns weiterschlafen. Ich bin müde und morgen in der Klinik muss ich wach und konzentriert sein."

Er tastet nach dem Lichtschalter. Dunkelheit erfüllt den Raum. Sie liegt auf dem Rücken und starrt geradeaus ins Schwarze. Zuerst ist sie froh, dass er nicht weiter nachgehakt hat. Doch schnell kommt Reue auf und sie bedauert, ihm nicht von dem Traum erzählt zu haben. Aber sie konnte nicht. Zu furchtbar waren die Bilder, die sie gesehen hat. Allein die Erinnerung lähmt sie. Wie sollte sie das Entsetzen beschreiben? Welche Worte gibt es, um das Grauen auszudrücken? Er würde es nicht verstehen. Wie sollte er auch? Vielleicht würde er sie für verrückt halten, für durchgedreht. Davor fürchtet sie sich, vor allem, weil sie ahnt, dass er damit gar nicht so falsch läge.

Bald schon hört sie seine gleichmäßigen Atemzüge. Er ist eingeschlafen. Lange liegt sie da, reglos, lauscht seinem Atem. Sie hat Angst einzuschlafen, erneut das Wippen der langen Schmied vor sich zu sehen, ihr entsetzliches Lachen zu hören. Die Augen weit aufgerissen, liegt sie da und starrt ins Dunkel.

Das Fenster umrahmt eine kalte Welt. Dürre, nackte Äste, vom letzten Herbststurm endgültig entkleidet, ragen in den Himmel. Bewegungslosigkeit. Jedes Leben scheint gewichen, zurückgezogen in die Wurzeln unter der schützenden Erde. Ein grauer Himmel hängt lastend über dem Land und verbreitet seine Eintönigkeit, ein düsteres Zwielicht, das die Tage in einer immerwährenden Dämmerung dahinsickern lässt.

Reif hat alles mit samtigem Weiß überzogen, klebt frostbleiche Grashalme zusammen und zuckert die letzten Hagebutten an blattlosen Dornensträuchern. Eine unwirkliche Stille herrscht. Nur die krächzenden Schreie der Krähen hallen über leere Felder und Wiesen.

Im Haus ist es kalt. Sie sitzt mit zugeknöpfter Strickjacke auf dem Sofa, die Beine in eine Wolldecke gehüllt. Benno trägt einen warmen Rollkragenpullover. Die Füße hat er zu ihr unter die Decke geschoben.

„Soll ich nicht noch ein paar Kohlen ins Feuer werfen?"

„Nein, wir müssen sparsam sein. Du weißt, dass wir nicht viel Kohle bekommen haben. Und der Winter hat noch nicht einmal richtig angefangen."

Er nickt. „Ich weiß. Aber ich dachte, wenigstens heute könnten wir es uns ein wenig gemütlich machen."

Sie sieht ihn von der Seite an. „Heute?"

„Ja. Hast du denn vergessen, was heute für ein Tag ist?"

Ihre Stirn legt sich in Falten, als sie nachdenkt. Plötzlich erhellt sich ihr Gesicht. Sie lächelt.

„Ja?", fragt er freudig.

„Ja, und es war genauso trüb und grau wie jetzt."

Er lacht. „Genauso kalt. Du hast in dem dünnen Kleid gezittert wie Espenlaub."

„Stimmt. Da warst du in deinem Anzug besser dran."

„Ich habe auch gezittert. Aber nicht nur vor Kälte. Es war so aufregend."

„Die Aufregung hat man dir aber nicht angemerkt."

„Ich hab mir auch alle Mühe gegeben. Schließlich hatte ich einen Ruf als nervenstarker Arzt zu verlieren." Er lacht.

„Es war ein schöner Tag."

„Der Schönste."

Er rutscht etwas zur Seite, greift unter das Sofa und zieht eine kleine Schachtel hervor, nicht viel größer als sein Handteller.

„Deshalb hab ich dir auch etwas ganz Besonderes mitgebracht."

Er reicht ihr die Schachtel. Überrascht wiegt sie sie in den Händen. Er strahlt sie an und winkt auffordernd. „Na los, mach sie auf."

Vorsichtig hebt sie den Deckel und schaut ins Innere der Schachtel. Dort liegen, fein säuberlich durch Seitenwände getrennt, vier Pralinen. Herber Schokoladenduft steigt ihr in die Nase und macht ihr den Mund wässrig.

„Benno!" Mehr bringt sie nicht über die Lippen. Unentwegt starrt sie in die Schachtel, betrachtet die perfekt geformten Pralinen, die liebevollen Verzierungen aus kandierten Früchten und Nüssen. Endlich reißt sie sich von dem Anblick los. Bennos Gesicht leuchtet vor Begeisterung.

„Dafür habe ich einige Schichten für meinen Kollegen übernommen. Sein Bruder hat einen Freund, der eine Schwester hat, die als Übersetzerin bei den Amerikanern arbeitet."

Sie schüttelt ungläubig den Kopf. Sorgsam schließt sie die Schachtel und stellt sie behutsam auf den Tisch. Dann umarmt sie Benno.

„Ich danke dir", flüstert sie in sein Ohr.

Er küsst sie sanft. Mit beiden Händen umschließt er ihr Gesicht und sieht ihr aus wenigen Zentimetern Entfernung in die Augen.

„Ich wünsche mir, dass es dir gut geht. Ich möchte, dass du dich freust. Ich will, dass du die Zeit im Lager vergisst", sagt er eindringlich. „Vergiss die schrecklichen Dinge. Lass alles hinter Dir. Tu einfach so, als wenn es nur ein böser Traum gewesen ist."

Er zieht sie an sich, küsst sie zart, knabbert an ihren Lippen. Seine Küsse werden stürmischer. Sie erwidert sie, öffnet den Mund für seine liebkosende Zunge.

„Ich liebe dich", haucht er zwischen den Küssen, „ich liebe dich so sehr."

Langsam sinken die beiden Körper um, liegen eng umschlungen auf dem Sofa. Hände tasten, suchen nach nackter Haut, fühlen Wärme und Leben.

„Heute muss es klappen", flüstert er, als sie die Kleider abgestreift haben und nackt unter der Decke liegen. „Heute muss es klappen. Ich will endlich ein Kind von dir. Einen Sohn oder eine Tochter. Bestimmt klappt es heute."

Sie schließt ihre Augen, sperrt die Verzweiflung in ihrem Kopf ein. Natürlich hätte sie gerne ein Kind bekommen. Ein Kind bedeutet Leben. *Weiterleben.* Es ist ein Zeichen, ein Ausdruck, ein JA zum Menschsein, zur Menschlichkeit. Ein Kontrast allem, was sie erlebte, zum Tod, der sie die ganze Zeit umgeben hat, gefangen hielt, der sich ihr immer wieder auf grausamste und endgültige Weise gezeigt hat. Und doch lebt sie noch. Wie viele Menschen hat sie sterben sehen? Sie weiß es nicht mehr, hat irgendwann das Zählen aufgegeben. Hat resigniert. Was hätte sie dem Tod auch entgegensetzen können?

Ein Kind zu gebären wäre solch ein Zeichen, ein Zeichen gegen den Tod. Einem Menschen das Leben zu schenken bedeutet einen Sieg über die Vergänglichkeit, über Mord und Vernichtung. Aber auch dies haben sie ihr genommen. Haben ihr die Möglichkeit geraubt, dem Tod auf diese Weise die Macht zu nehmen. Haben ihren Leib verstümmelt wie sie ihre Seele verstümmelt haben. Die Wunden ihres Körpers sind längst verheilt, vernarbt. Ihre Seele dagegen blutet.

Als er sie liebt und sie von oben auf ihre verschlungenen Körper hinabblickt, fragt sie sich, wie lange sie es ihm noch wird verheimlichen können.

Das Gebäude sieht noch so aus, wie sie es in Erinnerung hat. Die dunklen Balken des Fachwerks bilden einen starken Kontrast zu den weiß gestrichenen Wänden. Die Fensterläden sind offen.

Seit sie sie damals zum Verhör hierher gebracht haben, ist sie nicht mehr in die Nähe des Amtsgebäudes gekommen. Viel lieber nahm sie einen Umweg in Kauf, weil sie sich vor dessen Anblick fürchtete.

Jetzt steht sie auf der gegenüberliegenden Straßenseite und spürt eine seltsame Kälte in sich aufsteigen. Die freundlichen Gardinen hinter den Fenstern, die einladend geöffnete Tür scheinen sie verhöhnen zu wollen. Beinahe wendet sie sich ab, um wieder zu gehen. Doch dann beißt sie die Zähne zusammen, so fest, dass ihre Kiefer mahlen. Entschlossen überquert sie die Straße, steigt die wenigen Stufen zur Tür hinauf und betritt den schattigen Flur des Amtshauses. Es riecht nach feuchtem Stein und Holz, nach altem Mauerwerk. Ihre Absätze klackern laut auf dem Fliesenboden des verlassenen Flurs.

Welche Zimmernummer hat Benno ihr genannt? Zimmer 10. Ja, Zimmer 10 muss es sein. Ganz aufgeregt ist er mit der Neuigkeit heimgekommen. „Elfriede, stell dir vor", ist es aus ihm herausgesprudelt, „du bekommst jetzt eine Entschädigung für das, was sie dir im Lager angetan haben. Du musst nur aufs Amt gehen und einen Antrag stellen."

Das hat ihr die Sprache verschlagen. So sehr hat sie diese Nachricht überrumpelt. Eine Entschädigung? Geld? Geld für all das, was sie sehen und ertragen musste? Geld für das Leben, das sie ihr gestohlen haben? Ist das mit Geld zu bezahlen? Wie viel ist ihr Leben wert? Wie viel das Leben des getöteten Kindes? Und all die Kinder, die sie nicht mehr wird bekommen können? Für welchen Betrag will die Regierung ihr Gewissen erleichtern, sich reinwaschen von aller Schuld? Vom Wegsehen? Vom Totschweigen? Vom Stillhalten?

Nur mit Mühe hat sie die hoch kochende Wut unterdrückt. Immerhin erkennt der Staat damit an, dass es Unrecht war, was ihr, was all den Frauen angetan worden ist. Doch das Gefühl von Genugtuung will sich nicht einstellen. Es mutet ihr wie ein Almosen an, mit dem sich die

Regierung freikaufen will. Wenn sie diesen Antrag stellt, wird sie das Almosen annehmen, wird sich kaufen lassen. Es fühlt sich an wie schäbiger Verrat.

„Ich weiß, dass man all das Leid nicht mit Geld wieder gutmachen kann", hat Benno gesagt, als er die Abwehr auf ihrem Gesicht sah. „Aber, das Geld können wir wirklich gut gebrauchen."

Nur ein stummes Nicken hat sie über sich gebracht. Die aufgewühlten Gefühle und das Durcheinander in ihrem Kopf ließen sich jedoch lange Zeit nicht vertreiben.

Zimmer Nummer 10. Da ist es. Sie bleibt vor der Tür stehen, braun lackiertes Holz, so wie all die anderen Türen. Sie atmet tief durch und hebt die Hand, ballt sie zu einer Faust, um anzuklopfen. Da fällt ihr Blick auf ein kleines Schild, das neben dem Rahmen an der Wand angebracht ist. Sie hält inne und liest: Zimmer 10, Herr Rauch

Die Finger ihrer Faust lösen sich, langsam sinkt die Hand, bis sie kraftlos an ihrer Seite hängt. Noch immer starrt sie auf das Schild, ohne es wahrzunehmen. Herr Rauch. Bodo Rauch. Bilder steigen in ihr empor. Ein breiter, runder Kopf, lichtes dünnes Haar, fettig glänzende Wangen ganz dicht vor ihr. Sie kann die Mischung aus Schweiß, billigem Rasierwasser und Pomade riechen. Doch da ist noch etwas anderes. Erregung. Ja, der Geruch männlicher Erregung. Die dicke Zunge leckt über feuchte Lippen. Sie muss sich zwingen, den Anblick zu ertragen. Der Kopf kommt näher. Sie fühlt den Atem an Hals und Ohr und hört die nasale, viel zu hohe Stimme sagen: „Wenn du nett zu mir bist, dann kann ich bestimmt was für dich tun."

Die Bilder verschwimmen, schweben als Dunstschleier davon und lassen eine Übelkeit zurück, die ihr den Magen zusammenkrampft. Sie merkt, dass sie noch immer mit offenem Mund das Schild anstarrt. Schnell schließt sie die Lippen. Dann wendet sie sich ab. Mit müden Schritten geht sie den einsamen Flur entlang. Kaum hat sie die Kraft, ihre Füße zu heben. Den Rücken gebeugt, den Blick gesenkt, verlässt sie das Amtsgebäude und geht über die Straße davon ohne sich noch einmal umzusehen.

Ein einzigartiger Sonnenuntergang ergießt sich in leuchtenden Farben über dem Horizont, sprenkelt die Wolken mit rotem Glimmer. Das ferne Glühen fließt durchs Fenster und taucht das Wohnzimmer in einen milden Schein.

Die andächtige Stille wird nur unterbrochen von den Abendgesängen der Amseln, die allmählich verklingen, als das Leuchten verblasst und einen graublauen Nachthimmel zurücklässt. Hier und da funkeln einzelne Sterne.

Benno entzündet eine Kerze und stellt sie auf den Tisch, direkt neben die Schachtel mit den Pralinen.

„Schmecken sie noch?", fragt er, als sie eine der süßen Kostbarkeiten zwischen die Zähne schiebt und vorsichtig ein winziges Stück davon abbeißt. Sie schließt die Augen, lässt die Schokolade auf ihrer Zunge zerlaufen, verteilt sie im Mund und versucht, das Schlucken so lange wie möglich hinauszuzögern. Endlich nickt sie. Fast widerwillig öffnet sie die Augen.

„Gott sei Dank", seufzt er, „hätte mich nicht gewundert, wenn sie inzwischen schlecht geworden wären." Er schüttelt den Kopf. „Sie so lange aufzuheben", fügt er tadelnd hinzu.

Sie zuckt mit den Schultern und lächelt. „Sie sind eigentlich viel zu schade, um sie einfach zu essen."

„Aber dafür sind sie doch da. Außerdem habe ich sie dir geschenkt, um dir zu zeigen, wie viel du mir wert bist."

„Ich weiß, Benno." Sie lächelt ihn an. „Sie sind unbeschreiblich."

Zufrieden setzt er sich in den Sessel und sieht ihr eine Weile dabei zu, wie sie die Praline Stückchen für Stückchen genießt.

„Hast du inzwischen den Antrag gestellt?"

Sie sieht ihn nicht an. „Noch nicht."

„Hast du nicht gesagt, du wolltest zum Amt gehen?"

„Es ist etwas dazwischen gekommen", antwortet sie abweisend.

„Schon gut. Geh aber bald, sonst verfällt vielleicht dein Anspruch."

Sie antwortet nicht. Stattdessen beugt sie sich vor und nimmt eine zweite Praline. Als sie das angeknabberte Teil wieder zurück in die Schachtel legt, hört sie Benno sagen: „Weißt du, ich mache mir allmählich Sorgen. Das kann doch nicht normal sein, dass du immer noch nicht schwanger bist."

Fast verschluckt sie sich an dem süßen Schleim, den die Schokolade auf ihrer Zunge gebildet hat. Mühsam schluckt sie. Da spricht Benno weiter: „Ich dachte, es wären die seelischen Auswirkungen, aber was ist, wenn es etwas Organisches ist?"

Stumm sieht sie ihn an. Ihr Gesicht ist eine Maske aus Teilnahmslosigkeit, die sie ihrer verzweifelten Angst übergestülpt hat.

„Ich hab mir gedacht", sagt Benno mit einer Leichtigkeit, die erzwungen wirkt, „du lässt dich in der Klinik untersuchen. Ich habe einen sehr kompetenten Kollegen, der Gynäkologe ist. Er ist sehr nett. Wenn du willst, lasse ich dir einen Termin..."

„Ich will nicht in die Klinik", stößt sie hervor.

„Das versteh ich natürlich. Wer geht schon gerne ins Krankenhaus. Aber es ist ja nur eine Untersuchung."

„Nein."

„Hör mal, wir wüssten dann wenigstens Bescheid", bemerkt er leicht gereizt. Er atmet tief durch und fährt dann ruhiger fort: „Und wenn es etwas Organisches ist, dann kann man vielleicht etwas tun. Es gibt Medikamente."

Er sieht sie an und kann seine Ungeduld nur noch schwer unterdrücken.

Nun ist er also gekommen, der Moment, und es fühlt sich noch viel schlimmer an, als sie es sich bisher vorgestellt hat. Alle Ausflüchte und Ablenkungen waren nur ein Hinauszögern, haben ihr nur ein wenig Zeit verschafft. Von Anfang an war klar, dass Benno sich nicht sehr lange damit zufrieden geben wird. Er ist schließlich Arzt. Ihm kann sie bezüglich ihres körperlichen Zustandes nichts vormachen. Jetzt ist der Zeitpunkt gekommen, es ihm zu sagen. Ihm zu sagen, dass sie nie mehr wird Kinder bekommen können. Seinen Wunsch nach einer Familie wird sie zerstören, seinen Traum von Kindern wird sie zerplatzen lassen wie eine Seifenblase. Dieses Wissen ist so quälend, dass es ihr körperliche Schmerzen bereitet. Wie wird er reagieren? Mit welcher Lüge wird sie seine Frage nach dem *Warum* entgegnen? Längst hat sie sich eine passende Antwort einfallen lassen, hat sich eine plausible Erklärung zusammengereimt, um nicht die Wahrheit sagen zu müssen. Sie bereut ihre Lüge noch bevor sie sie ausgesprochen hat. Aber sie hat keine andere Wahl. Sie kann ihm die Wahrheit nicht sagen. Dieser Zwang macht sie traurig und wütend zugleich. Wütend auf sich selbst, auf jene, die ihr diesen Zwang auferlegt haben, wütend auf Benno, weil er Gewissheit haben will, weil er sie zu Sätzen zwingt, die sie am liebsten niemals aussprechen will. Doch es gibt keinen anderen Ausweg. Wenn sie es ihm jetzt nicht sagt, wird er sie mit ins Krankenhaus schleppen und von einem Kollegen erfahren, was mit ihr los ist. Nein, das kann sie ihm nicht auch noch antun.

„Können wir nicht ein andermal darüber sprechen?“ Es ist ein erbärmlicher Versuch und sie weiß es, noch bevor sie den Satz beendet hat. Er wird sich damit nicht zufrieden geben.

„Ich möchte das klären, Elfriede, versteh doch!“ Wieder kommt seine Ungeduld durch.

„Ich werde nicht ins Krankenhaus gehen“, sagt sie schließlich.

„Aber hier kann dich der Kollege nicht untersuchen, Herrgott noch mal, das geht nur in der Klinik.“ Die Anspannung lässt seine Stimme lauter werden.

„Ich brauche keine Untersuchung“, erwidert sie leise. Sie kann seinem fordernden Blick nicht mehr standhalten und schaut an ihm vorbei zum Fenster.

„Wie soll ich denn das verstehen? Du brauchst keine Untersuchung?“ Er spricht nun noch lauter.

„Ich brauche keine.“

Unvermittelt springt er auf. Erschrocken sieht sie ihn an. In seinen Augen entdeckt sie zum ersten Mal ein Flackern von Wut. Er ist mit seiner Geduld endgültig am Ende.

„Warum?“, schreit er sie an.

Sie zuckt zusammen. Vor ihren Augen beginnt alles zu verschwimmen. Ihr Herz pumpt wie wild. Sie atmet viel zu schnell und merkt es nicht.

„Sprich endlich!“

Sie versucht tief Luft zu holen, doch das Stechen in ihren Lungen lässt es nicht zu. Als sie zu ihm aufblickt, sieht sie ihn wie durch einen Nebelschleier. Er geht aufgebracht hin und her.

„Ich weiß, warum ich nicht schwanger werde.“

Er hält mitten in der Bewegung inne. Verblüfft zieht er die Augenbrauen nach oben. „Wie meinst du das? Was weißt du?“

„Ich“, beginnt sie, doch sie bricht ab. Zu schwer scheinen die Worte, zu schwer, um sie auszusprechen. „Sie haben mich im Lager“, presst sie heraus, senkt den Blick. Das letzte Wort ist nur mehr ein Flüstern: „sterilisiert.“

Für einen Moment herrscht eine bleierne Ruhe. Benno steht reglos. Sie wagt es nicht, ihn anzusehen, wagt nicht, sich zu rühren, zu atmen.

„Sterilisiert?“, fragt er ungläubig.

Sie nickt mit gesenktem Kopf.

„Das heißt, du wirst nie mehr Kinder bekommen können", sagt er heiser, als ihm klar wird, was dies bedeutet.

Wieder bringt sie nur ein Nicken zustande, ist unfähig aufzusehen.

„Warum sagst du mir das erst jetzt?", fragt er leise, doch mit schneidender Kälte in der Stimme.

Sie ist zu keiner Antwort fähig. Stumm schüttelt sie den Kopf, aus ihren brennenden Augen fließen Tränen über ihre Wangen. Plötzlich stürzt er auf sie zu, packt sie an den Schultern und schüttelt sie heftig.

„Warum hast du es mir nicht gesagt?", brüllt er ihr ins Gesicht.

Alle Kraft ist aus ihr gewichen. Widerstandslos lässt sie sich von ihm schütteln wie eine leblose Gliederpuppe.

Als er endlich damit aufhört, sieht sie sein Gesicht dicht vor sich, weiß vor Zorn und Enttäuschung.

„Es tut mir leid", stammelt sie.

Da lässt er sie los, dreht sich um und verlässt fluchtartig das Zimmer.

Sie sinkt haltlos in sich zusammen.

Mit einem dumpfen Schlag fällt die Haustür ins Schloss. Elfriede schließt die Augen.

Lautlos weint sie in ihre ausgebreiteten Hände.

Sie liegt wach. Mit offenen Augen liegt sie im Bett. Bennos Seite des Bettes ist leer. Er ist noch immer nicht zurück. Seit er am Nachmittag aufgebracht das Haus verlassen hat, hat sie nichts mehr von ihm gehört. Inzwischen ist Mitternacht längst verstrichen. Sie macht sich Sorgen. So lange ist er noch nie weggeblieben. Vor allem nicht, wenn er am nächsten Morgen wieder pünktlich ins Krankenhaus muss. Seine Arbeit als Arzt bedeutet ihm sehr viel, ist mehr als nur ein Beruf. Es ist ein Teil seines Lebens, ein Teil seiner Persönlichkeit.

Suchend wandert ihre Hand übers Laken. Doch wo sie sonst seine warme Nähe spürt, ertastet sie nur kalte Kissen. Wenn er nun überhaupt nicht mehr wiederkommt? Wer würde dann für sie sorgen? Sie erschrickt über diesen Gedanken. Wie kann sie nur zuerst an ihre Existenz denken? Erschüttert will sie ihr Denken in eine andere Richtung lenken. Es funktioniert nicht. Wieder kehrt es zurück zu Benno. Er hat sie allein gelassen. Ein nagender Schmerz wühlt sich in ihre Seele seit die Haustür mit einem lauten Knall zugeschlagen ist. Tiefer und tiefer bohrt er sich in sie, zerstört Wärme und Zuversicht, lässt sich nicht vertreiben, egal, was sie zu denken versucht.

Ist sein Wunsch nach eigenen Kindern so stark, dass er sie verlassen würde, um sich eine andere Frau zu suchen? Eine Frau, die Kinder bekommen kann? Diese Frage stellt sie sich immer wieder. Irgendwann wird ihr jedoch klar, dass sie mit dieser Frage seine Liebe anzweifelt und augenblicklich bereut sie sie.

Er hat nicht verdient, dass ich so von ihm denke. Schließlich hat er sich immer um mich bemüht. So viel Verständnis haben andere Männer sicher nicht mit ihren Frauen. Ich bin ungerecht. Ich habe seine Träume mit einem Satz zerstört. Träume, die er glaubte, verwirklichen zu können. Bis heute hat er geträumt und gehofft, weil ich verschwiegen habe, dass es nichts mehr zu träumen und hoffen gibt. Ich wusste es und habe es verschwiegen. Wie kann ich da verlangen, dass er ruhig bleibt, dass es ihm nichts ausmacht? Es ist nur verständlich, dass er zornig ist, dass er Wut hat. Aber ich konnte es ihm nicht sagen. Kein Wort hätte sich freiwillig über meine Lippen getraut. Was hätte es auch geändert? Wäre es leichter gewesen? Nein, weder für mich noch für ihn. Sicher nicht. Wäre er nicht zornig geworden? Doch, er wäre zornig geworden. Auch ich bin zornig geworden, als ich es erfahren habe. Als Emma mir berichtete, was sie mir angetan haben. Hätte ich eine Möglichkeit gehabt, ich hätte den Arzt umgebracht, der mir nicht nur mein Kind, sondern auch mein Leben als Mutter für immer genommen hat, zerschnitten, zersäbelt.

Nun liege ich hier und habe nichts Besseres zu tun, als meinem geliebten Mann Vorwürfe zu machen, ihm seine Enttäuschung vorzuhalten. Ob er mir verzeihen kann? Ob er mir überhaupt verzeihen will? Er ist einfach gegangen. Er hat nicht wissen wollen, wie es mir ergangen ist. Im Lager. Was ich durchgemacht habe. Welche Schmerzen, all die seelische Not, die Ängste. Er hat nicht danach gefragt, was ich empfinde, wie ich leben kann in dem Bewusstsein, keine ganze Frau mehr zu sein. Er hat sich nicht interessiert. Warum hat er mich allein gelassen? Warum hat er nicht mit mir geredet? Will er mich bestrafen? Warum ist er weggegangen? Warum lässt er mich allein? So, wie sie mich alle allein gelassen haben, zurückgelassen. Meine Eltern, Pauline, Ilse. Und jetzt Benno? All jene, die ich ins Herz geschlossen, die ich geliebt habe, all jene, auf die ich mich verlassen, denen ich vertraut, die ich gebraucht habe. Sie sind alle gegangen. Sie haben mich im Stich gelassen.

Ein leises Klappern reißt sie aus ihren Gedanken. Dann poltert es laut. Sie setzt sich auf und horcht ins Dunkel. Nichts ist mehr zu hören. Zögernd erhebt sie sich und sucht sich einen Weg durch die Finsternis. Ihre suchende Hand findet die Türklinke. Sie öffnet die Tür und tritt in den Flur. Durch die offene Haustür flutet bleiches Mondlicht herein und beleuchtet schemenhaft die Gestalt eines Mannes, der am Boden liegt. Benno. Er liegt auf dem Bauch und rührt sich nicht. Sie nähert sich leise, kniet sich bei ihm nieder. Als sie ihn umdreht, weht ihr ein schaler Alkoholdunst entgegen. Es klappert und eine Flasche rollt über den Fußboden. Sie ist leer.

Benno atmet tief und gleichmäßig. Seine Augen sind geschlossen. Eine Weile versucht sie, ihn wachzurütteln, doch ohne Erfolg. Da steht sie auf und holt sein Kopfkissen und die Bettdecke aus dem Schlafzimmer. Vorsichtig schiebt sie ihm das Kissen unter den Kopf. Dann deckt sie ihn sorgfältig zu, schließt die Haustür und kehrt ins Bett zurück.

Noch lange lauscht sie, ob nicht ein ungewöhnliches Geräusch auf dem Flur zu hören ist. Doch Benno schläft tief und fest und rührt sich kein einziges Mal. Erst als die Amseln ihr Morgenlied anstimmen, sich die Dämmerung vorsichtig durchs Fenster stiehlt und der erste Hahn kräht, fällt sie in einen unruhigen Schlaf.

Seit diesem Abend herrscht distanziertes Schweigen zwischen ihnen. Sie begegnen sich mit der ausgesuchten Höflichkeit zweier Fremder. Ihre Gespräche sind kurz und drehen sich nur um Belanglosigkeiten und Alltägliches. Die Erwähnung ihres Streites und der Nacht danach vermeiden beide. So hat sie noch immer nicht erfahren, wo Benno gewesen ist und was er gemacht hat. Das einzige, was sie weiß ist, dass er im Vollrausch die wenigen Stunden bis zum Morgen auf dem Fußboden im Flur verbracht hat. Und als sie gerädert und erschöpft aufgewacht ist, war er bereits zur Arbeit gegangen.

Anfangs ist es ein erleichterndes Gefühl gewesen, dass sie all den verfänglichen Themen aus dem Wege gehen. Sie hat geglaubt, vielleicht so die Vergangenheit vergessen zu können. Wenn man sie ruhen lässt, wenn man nicht mehr daran denkt, sich nicht mehr damit beschäftigt, wird man sie dann nicht früher oder später vergessen? Werden diese furchtbaren Monate sich dann nicht in einem Nebel des Vergessens verlieren?

Sie wollte vergessen. Sie hat sich bemüht. Doch die Erinnerungen wollen nicht verschwinden, immer wieder tauchen sie auf, als schreckliche Bilder, zermarternde Gedanken, Angst, grausame Träume, suchen sich einen Weg aus dem Vergessen in ihr Bewusstsein. Es gibt kein Entrinnen, keine Flucht, kein Entkommen. Sie gibt auf, zu erwarten, dass die Wunden verheilen könnten, sie hofft, dass sie vernarben. Aber selbst das scheint unmöglich.

Noch immer bluten sie und nichts kann sie zum versiegen bringen. Die Vergangenheit bleibt gegenwärtig.

So beginnt sie schon bald unter der Distanz, die zwischen ihr und Benno herrscht, zu leiden. Sie weiß nicht, ob es ihm genauso geht. Nichts an seinem Verhalten lässt erkennen, was er denkt und fühlt. Manchmal glaubt sie, diesen kühlen Menschen, den sie da vor sich hat, gar nicht zu kennen. Dann beeilt sie sich, diesen Gedanken zu vertreiben und sich an den warmherzigen und gütigen Benno zu erinnern, der immer für sie da war. Doch das ruft einen noch größeren Schmerz in ihr wach und sie will am liebsten davonlaufen. Aber sie weiß nicht, wohin sie gehen sollte. Sie hat keine Familie mehr, keine Freundinnen, niemanden mehr. Niemand. Nur Benno. Wohin also sollte sie gehen?

So bleibt sie – auch wenn der Zustand von Tag zu Tag unerträglicher wird.

Es ist still in den Straßen zu dieser frühen Morgenstunde. Elfriede geht gerne um diese Zeit zum nächsten Bauernhof, um dort ihre Kanne mit Milch füllen zu lassen. Sie möchte niemandem begegnen, weicht den Menschen aus. Tief atmet sie ein. Die kühle Morgenluft riecht frisch und sauber, so als beginne das Leben an diesem Tag vollkommen neu.

Elfriede trägt die gefüllte Kanne in der einen Hand, während von der anderen ein kleines Bündel baumelt, das sie aus einem Taschentuch geknotet hat. Die Bäuerin hat ihr zwei Eier geschenkt und sie freut sich darauf, Benno damit zum Frühstück zu überraschen. Vielleicht wird ihn das milder stimmen. Bereits mehrmals hat sie versucht, mit ihm zu sprechen, über alles zu reden, doch er hat jeden Versuch sofort abgewehrt. Als er ihr dann knallhart ins Gesicht sagte *Du hast mir die Sterilisation verschwiegen. Wer weiß, was du mir noch alles verschweigst!* hat sie erst begriffen, wie tief ihre Beziehung erschüttert ist. Er ist verletzt und hat das Vertrauen zu ihr verloren. Wie soll sie das je wieder gutmachen? Wie kann sie sein Vertrauen zurückgewinnen, wenn ihr Kopf voll ist von Geheimnissen, von Dingen, die sie ihm verheimlichen muss, die sie ihm nie wird sagen können? Wie sein Vertrauen zurückgewinnen, wenn sie sich selbst nicht vertrauen kann? Mit welchen Worten soll sie ihn überzeugen? Welche Worte, die sie sagen wird, sind frei von Lügen?

Wie lange wird er sich noch zurückziehen hinter seine leblose Maske, sein dünnes Lächeln, seine kargen Sätze? Eine hohe Mauer trennt sie von Benno und sie weiß, dass es keinen Weg gibt, die Mauer einzureißen. Wie kann ihre Liebe jemals wieder heil werden? Sie hat es sich gewünscht. Seit sie zurück ist hat sie sich gewünscht, dass es wieder so wird wie früher. So voller Harmonie und Wärme. Immer wieder hat sie sich bemüht, hat versucht, das schwarze Loch in ihr zu stopfen. Ihm einen lebendigen Inhalt zu geben. Doch was sie auch tat, um Benno glücklich zu machen, sie hat es aus rationalen Gründen getan. Angetrieben von einem nie schweigenden schlechten Gewissen. Egal, was sie sich einzureden versucht hat, sie hat nur ihren Verstand überzeugt. Ihr Herz ist unberührt geblieben. Dennoch ist der Wunsch geblieben, mit Benno ein glückliches Leben zu führen. Doch jetzt fällt auch dieser Wunsch langsam in sich zusammen, droht sich aufzulösen. Sie möchte ihn festhalten. Es funktioniert nicht. Wie loser Sand fühlt er sich an, der ihr durch die Finger rinnt. So wie ihr Benno nun zu entgleiten droht.

Seitdem er sie angeschrieen hat, hat sie es nicht mehr gewagt, Benno auf den Streit anzusprechen.

Der Himmel verfärbt sich, wird immer heller. Bald wird im Osten die Sonne über den Horizont steigen. Elfriede lässt sich von der verträumten Stimmung zu einem Umweg verleiten. Das Gewicht der Milchkanne stört sie nicht. Sie biegt in die nächste Straße ein und folgt ihr, zwischen stillen Häusern hindurch, vorbei an dunklen Fenstern und zugeklappten Fensterläden. Nur vereinzelt leuchten helle Fenster in die Dämmerung hinaus.

Die Amseln jubilieren sich gegenseitig von den Dachgiebeln aus zu. Irgendwo bellt ein Hund. Ein Windhauch bringt den Geruch von feuchten Wiesen und Misthaufen mit. Der Schrei eines Hahnes übertönt die Morgenstille.

Elfriede biegt in die nächste Straße. Die ersten Strahlen der Sonne kriechen über die Dächer und bringen die roten Ziegel zum Glühen.

Auf der gegenüberliegenden Straßenseite öffnet sich eine Haustür und eine Gestalt tritt ins Freie, hält inne. Elfriede schaut hinüber. Es dauert ein paar Sekunden, dann erkennt sie die Frau endlich. Es ist Gertrud. So sehr hat sie sich verändert, dass Elfriede wie gebannt hinüberstarrt, von einer seltsamen Faszination gefangen. Als sie sie zum letzten Mal gesehen hat, ist sie schlank gewesen. Aber das war vor der Zeit im Lager. Jetzt ist sie nicht dick, sie ist fett. Ein Koloss von einer Frau. Sie füllt ihre Kleidung vollkommen aus. Der Stoff spannt über den wabbeligen Ringen ihres Bauches, klebt an ihren Armen. Elfriede nickt und ruft ein freundliches „Guten Morgen“ hinüber. Sie will sich abwenden. Doch Gertrud hat auch sie erkannt. Angeekelt verzieht sie das Gesicht und mit kaum verhohlener Wut schimpft sie: „Du wagst es, mich anzusprechen? Ich weiß genau, wer du bist.“

Elfriede bleibt überrascht stehen und schaut zu der Frau hinüber, die nun aufgebracht mit den Armen rudert und mit einem fleischigen Finger auf sie zeigt.

„Du bist eine elende Hure! Jawohl! Das bist du!“, schreit Gertrud. Ihr Gesicht ist rot angelaufen, über ihr Kinn läuft ein Speichelfaden, der im Morgenlicht glänzt. Elfriede dreht sich schnell um und geht mit schnellen Schritten weiter. Sie hofft, dass Gertrud aufhört zu schreien. Doch Gertrud kreischt hysterisch hinter ihr her: „Ich weiß genau, was du im Lager getan hast. Du Hure! Du Drecksau!“

Elfriede läuft schneller, beginnt zu rennen. Die Milch schwappt über und landet in kleinen Pfützen auf der Straße. Als sie an der nächsten Kreuzung angekommen ist, hört sie, wie Gertrud mit überschlagender Stimme hinter ihr her brüllt: „Ich werde es allen sagen! Hörst du!? Alle sollen wissen, was du für eine bist!“

Dann ist sie endlich um die Ecke. Sie hält nicht an, rennt weiter. Das zornige Geschrei wird leiser und verstummt schließlich. Elfriede läuft weiter. Sie will weg. Nur weg. Das Laufen hilft gegen die aufsteigende Panik. Erst als sie vor ihrer Haustür angelangt ist, bleibt sie stehen. Ihre Lungen brennen, ihr Herz rast. Das Gesicht glüht vor Scham. Hastig sieht sie über die Schulter zurück, als fürchte sie, Gertrud auf der Straße stehen zu sehen, mit dicken Fingern auf sie zeigend, anklagend.

Doch die Straße ist leer. Erschöpft lehnt sich Elfriede mit dem Rücken an die Haustür, schließt die Augen und wartet, bis sich ihr Atem wieder beruhigt hat. Das Herz rast noch immer. In ihrem Innern saugt die Schwärze alle Energie auf. Ihr Gesicht ist blass und wirkt plötzlich eingefallen, wie von einer schweren Krankheit gezeichnet.

Endlich wendet sie sich um und zieht die Schlüssel aus der Tasche. Es dauert eine Weile, bis ihre zitternde Hand es schafft, den Schlüssel ins Schloss zu stecken. Mit müden Schritten geht sie in die Küche. Ihre weichen Knie wollen sie kaum tragen. Fast schafft sie es nicht, die Milchkanne auf den Küchentisch zu heben. Die Kanne ist nur noch halb voll. Milch tropft auf die Tischplatte. Die beiden Eier sind wenigstens noch heil. Sie legt sie mit dem Taschentuch neben die Milchkanne.

Elfriede sinkt auf einen Stuhl nieder und starrt ins Leere. Unbemerkt tropft die Zeit dahin, verrinnt unaufhaltsam. Irgendwann erhebt sich Elfriede. Sie muss Benno wecken, damit er rechtzeitig zum Zug kommt. Als sie das Schlafzimmer betritt, sind die Betten bereits gemacht. Benno ist fort. Auf ihrem Nachttisch steht eine kleine Vase mit einer roten Rose. Er muss sie im Garten gepflückt haben. Davor liegt ein Zettel. Sie liest: *Ich musste heute früher zur Arbeit. Mach dir keine Sorgen.*

Die geschwungene Handschrift Bennos verschwimmt vor ihren Augen, als sie sich mit Tränen füllen. Bebend fällt sie aufs Bett und bleibt von Schluchzern geschüttelt liegen. Sie krümmt sich zusammen. Ihre Hand, die Finger um Bennos Nachricht gekrampft, drückt sie an ihre Brust, als könne sie damit den Schmerz lindern.

Erst als ihr Kissen nass von den Tränen ist, schläft sie vor Entkräftung ein.

Leichen. Eine neben der anderen. So weit das Auge reicht. Es sind Tausende. Tote. Gesichtslos, geschlechtslos. Weder Männer noch Frauen, weder Kinder noch Erwachsene. Alle sehen gleich aus. Entseelte. Dünne Körper, ausgemergelt, mit knochigen Gliedmaßen, leeren Augen und starren Blicken. Sie tragen keine Kleidung.

Dumpfe Lautlosigkeit ruht über den Leibern. Es ist keine normale Stille. Es ist die Abwesenheit von Geräuschen.

Sie steht mitten auf diesem Leichenfeld, das sich endlos auszudehnen scheint. An ihren Füßen fühlt sie kalte Glieder. Als sie nach unten blickt, bemerkt sie, dass sie keine Schuhe trägt. Ihre Füße sind bloß, ihr ganzer Körper ist nackt, doch das erscheint ihr selbstverständlich. Sie sieht in die leblosen Augen und beginnt plötzlich zu frieren. Weg! Nur weg hier! Sie geht los. Vorsichtig steigt sie über die Toten, setzt einen Fuß vor den anderen, um nicht auf Beine oder Arme zu treten. Sie läuft weiter und immer weiter. Obwohl sie unaufhörlich vorwärts geht, ist es, als ob sie sich nicht von der Stelle bewegt. Wohin sie auch blickt, sie sieht nur Tote. Kein Ende dieses Leichenmeeres ist zu erkennen. Sie beginnt, schneller zu gehen. Das macht sie unvorsichtiger. Sie stolpert über einen Körper. Beinahe fällt sie. Sie kann sich gerade noch rechtzeitig fangen. Hastig geht sie weiter.

Da spürt sie, wie eine Hand nach ihr greift. Eisige Finger schließen sich um ihr Fußgelenk. Sie schüttelt sie ab.

Hastet weiter. Wieder greifen Hände nach ihr. Sie bekommen ihr Bein zu fassen. Halten es fest. Mit aller Kraft tritt sie aus, bekommt ihr Bein frei. Stürzt weiter. Ihre Füße treten auf Waden und Ellen, auf Finger und Zehen. Doch so schnell sie auch rennt, sie kommt nicht weit. Immer mehr Hände schnappen nach ihr, Finger umklammern ihre Füße, Arme umfassen ihre Beine, halten sie fest, hindern sie am Weitergehen. Tote richten sich auf. Von allen Seiten strecken sich ihr Arme entgegen, offene Hände, gespreizte Finger. Sie fassen nach ihr, ziehen an ihr, wollen sie zu Boden zwingen, hinab zu ihnen. Sie wehrt sich, versucht, sie abzuschütteln, doch es ist aussichtslos. Zu viele sind es.

Jetzt öffnen sich die vertrockneten Lippen der Toten. Sie stoßen ein unverständliches Flüstern aus. Es ist ein Wispern, ein Raunen. Immer mehr schließen sich dem seltsamen Chor an. Das Wispern wird lauter. Lauter. Wird zu Worten. Endlich versteht sie. *Komm zu uns.... Komm zu uns... Du gehörst nicht zu den Lebenden... Komm... Komm...*

Als sie erwacht, hat sie noch immer den Totenchor im Ohr. Benommen richtet sie sich auf. Sie erblickt Bennos rote Rose. Seine Nachricht hält sie noch immer fest umklammert. Das Papier ist völlig zerknittert.

Sie steht auf, richtet die zerdrückten Kissen und geht zum Kleiderschrank, um ihr bestes Kleid herauszunehmen. Als sie umgezogen ist, stellt sie sich vor den Spiegel. Sorgfältig kämmt sie ihr Haar, trägt ein wenig Lippenstift auf und pudert die Wangen. Im Flur zieht sie ihren Mantel über. Gedankenverloren steckt sie den zerknitterten Zettel in die Manteltasche. Dann verlässt sie das Haus.

Sie steigt aus dem Zug und blickt sich um. Zwischen den davonziehenden Dampfschwaden wird der vertraute Anblick des Bahnhofsgebäudes sichtbar. Sie geht auf dem Bahnsteig entlang, am Bahnhof vorbei und auf die Straße hinaus. Unwillkürlich zieht sie den Mantel enger zusammen. Es ist kühler geworden. Am Himmel türmen sich grauschwarze Wolken zu bedrohlichen Bergen. Wolkenfetzen, vom Wind zerrissen, treiben dahin. Das Tageslicht verkümmert zu düsterem Zwielicht. Kalt weht ihr der Wind entgegen.

Wie lange ist es her, seit sie das letzte Mal durch diese Straßen gegangen ist? Es kommt ihr vor wie eine Ewigkeit. Damals, in einem anderen Leben. Als sie von Arbeitslagern nur gerüchteweise gehört hat. Als sie dem Tod noch nicht bei seiner Arbeit zugesehen, ihm noch nicht in die finsteren Augenhöhlen geblickt hat. Als sie, mit der Liebe ihres Lebens verheiratet, die glücklichste Frau der Welt war.

Seitdem hat sie die Stadt nicht mehr besucht. Benno erzählt ihr nach der Arbeit alle Neuigkeiten, die er von Kollegen und Patienten gehört hat. Durch seine Arbeit bekommt er viel mehr mit vom Leben in der Stadt.

Ein paar Bomben haben auch hier Häuser zu Ruinen gemacht, doch inzwischen ist längst mit dem Wiederaufbau begonnen worden und die Trümmer liegen nicht mehr überall auf der Straße herum.

Zielstrebig geht sie den Gehsteig entlang. Sie sieht sich nicht um, hebt nicht den Blick zu den Gebäuden, den eingestürzten Häusern. Gedankenversunken setzt sie einen Schritt vor den anderen. An einer Kreuzung biegt sie ab. Erste Tropfen fallen und zerplatzen auf dem harten Pflaster, auf Steinen, Lehm und Holz. Schnell werden es mehr. In der Ferne ist ein dumpfes Grollen zu hören. Elfriede scheint es nicht zu bemerken. Unbeirrt setzt sie ihren Weg fort. Die großen Tropfen vermehren sich zu einem heftigen Regenguss. Elfriede stellt den Kragen ihres Mantels hoch und geht weiter. Bald hängt ihr Haar tropfnass herab, Mantel und Kleid sind vollkommen durchweicht, ihre Schuhe knarzen bei jedem Schritt.

Als sie endlich auf einer Brücke stehen bleibt, zittert sie in ihren nassen Kleidern. Noch immer fällt Regen. Das Donnergrollen hat sich verzogen.

Elfriede beugt sich übers Brückengeländer und schaut hinab, wo tief unten das Wasser des Flusses träge dahin fließt. Sie steht in der Mitte der Brücke, die menschenleer und verlassen im herab fallenden Regen ruht.

Elfriede starrt in die braune Flut, die sich unaufhaltsam vorwärts wälzt. Hier und da kräuseln sich kleine Strudel, krönt Gischt die Wellenkämme. Ein immer gleicher Anblick, der etwas sonderbar Beruhigendes hat, so wie das gleichmäßige Plätschern und Gluckern, das sich mit dem Rauschen des Regens zu einer tröstenden Melodie vereint.

Schließlich hält sich Elfriede an einem Brückenpfeiler fest und steigt vorsichtig aufs eiserne Geländer. Im ersten Moment wankt sie gefährlich, doch schnell hat sie das Gleichgewicht wieder. Vor ihr breitet der Fluss seine Arme aus, um sie zu empfangen, mitzunehmen auf eine ewige Reise. Nur ein kleiner Schritt noch.

Der Regen lässt nach. Über den Häusern der Stadt lichten sich die Wolken. Der Wind treibt sein wildes Spiel mit ihnen, fegt sie auseinander, schiebt sie beiseite, so, dass eine Lücke entsteht, durch die die Sonne zögerlich ihre Strahlen sendet.

Elfriede will ein letztes Mal den Himmel sehn. Sie hebt den Blick. Regentropfen kitzeln ihre Wangen. Die Sonnenstrahlen tauchen die Welt in einen goldenen Schimmer. Aus dem kalten Grau der Wolken erscheint ein schwaches Glimmen. Es wird stärker und bunter bis sich endlich mit überwältigendem Leuchten ein Regenbogen über den Himmel zieht.

Strahlend und unbeweglich steht er vor den Wolken.

Ein Trost.

Ein Versprechen?

Nachwort

Eines Tages las ich einen Zeitungsartikel, der von einer Ausstellung über Zwangsprostitution in nationalsozialistischen Arbeitslagern berichtete. Bis zu diesem Zeitpunkt hatte ich noch nie etwas von Lagerbordellen gehört. Der Artikel hat mich gleichermaßen geschockt und berührt. Das Thema ließ mich nicht mehr los. Ich beschloss, mir die Ausstellung anzuschauen (zu diesem Zeitpunkt war sie im KZ Mauthausen aufgebaut, organisiert durch den Verein „Die Aussteller"). Von dem Gesehenen bewegt, habe ich mich intensiv mit dem Thema beschäftigt, über das es inzwischen, dank einiger mutiger und behutsamer Wissenschaftler, ein paar sehr gute Studien zu lesen gibt.

Je mehr ich über die Qualen und das Leid der betroffenen Frauen erfahren habe, die, wenn sie die Zeit im Lager überlebten, für den Rest ihres Lebens zum Schweigen und zu Notlügen verdammt waren, desto stärker reifte in mir der Entschluss, das verschwiegene und verdrängte Schicksal dieser Frauen in einer fiktiven Geschichte zum Leben zu erwecken, um es der völligen Vergessenheit zu entreißen. Deshalb sind alle Namen, alle beschriebenen Orte und Personen von mir frei erfunden. Es ging mir nicht darum, ein tatsächlich existierendes Schicksal zu beschreiben, sondern den Weg einer Frau, wie er vielleicht hätte verlaufen können.

Sandy Green

Ebenfalls von Sandy Green bei ShakerMedia erschienen:

GreenZeug
Erzählungen
erschienen bei ShakerMedia, Aachen, Juni 2009
ISBN 978-3-86858-305-2

Zwischen ungeschriebenen Zeilen
Gedichte
erschienen bei ShakerMedia, Aachen
Dezember 2009
ISBN 978-3-86858-496-7

Weitere Informationen über die Autorin finden Sie im Internet unter
www.sandy-green.de

Informationen über Schreib-Seminare und -Workshops der Autorin finden Sie unter
www.service-fuer-autoren.de